HanSong et al.

时空骗局

韩松 等 著

江苏凤凰文艺出版社
JIANGSU PHOENIX LITERATURE AND
ART PUBLISHING

图书在版编目（CIP）数据

时空骗局 / 韩松等著. —南京：江苏凤凰文艺出版社，2020.10
ISBN 978-7-5594-0761-0

Ⅰ. ①时… Ⅱ. ①韩… Ⅲ. ①科学幻想小说－小说集－中国－当代 Ⅳ. ①I247.7

中国版本图书馆CIP数据核字(2018)第273982号

时空骗局

韩　松　等著

出 版 人　张在健
责任编辑　李珊珊　牟盛洁
责任印制　刘　巍
出版发行　江苏凤凰文艺出版社
　　　　　南京市中央路165号，邮编：210009
网　　址　http://www.jswenyi.com
印　　刷　苏州市越洋印刷有限公司
开　　本　880毫米×1230毫米　1/32
印　　张　11.5
字　　数　290千字
版　　次　2020年10月第1版
印　　次　2020年10月第1次印刷
书　　号　ISBN 978-7-5594-0761-0
定　　价　68.00元

江苏凤凰文艺版图书凡印刷、装订错误，可向出版社调换，联系电话 025-83280257

目 录

带上她的眼睛 刘慈欣--001
生命 韩松--017
负限奥运会 赤膊书生--027
仅此一次 韩松--041
羿射九日 张静--055
世界先生 单桐兴--081
云雾 王侃瑜--103
猴王打字记 宝树--191
备案号J-92 夕文--195
到星星上去 康乃馨--243
雾霾公路 吴元锴--253
鱼人绝唱 sleeper--275
宇宙之歌 夜雨--291
定制记忆 朱奕璇--309
时空骗局 张佳风--325
观无语 星海一笑--347
连锁信 赵佳铭--357

◆ 带上她的眼睛

刘慈欣

连续工作了两个多月,我实在累了,便请求主任给我两天假,出去短暂旅游一下散散心。主任答应了,条件是我再带一双眼睛去,我也答应了,于是他带我去拿眼睛。眼睛放在控制中心走廊尽头的一个小房间里,现在还剩下十几双。

主任递给我一双眼睛,指指前面的大屏幕,把眼睛的主人介绍给我,好像是一个刚毕业的小姑娘,呆呆地看着我。在肥大的太空服中,她更显得娇小,一副可怜兮兮的样子,显然刚刚体会到太空不是她在大学图书馆中想象的浪漫天堂,某些方面可能比地狱还稍差些。

"麻烦您了,真不好意思。"她连连向我鞠躬,这是我听到过的最轻柔的声音,我想象着这声音从外太空飘来,像一阵微风吹过轨道上那些庞大粗陋的钢结构,使它们立刻变得像橡皮泥一样软。

"一点都不,我很高兴有个伴儿的。你想去哪儿?"我豪爽地说。

"什么?您自己还没决定去哪儿?"她看上去很高兴。但我立刻感到两个异样的地方,其一,地面与外太空通讯都有延时,即使在月球,延时也有两秒钟,小行星带延时更长,但她的回答几乎感觉不到延时,这就是说,她现在在近地轨道,那里回地面不用中转,费用和时间都不需多少,没必要托别人带眼睛去度假。其二是她身上的太空服,作为航天个人装备工程师,我觉得这种太空服很奇怪:在服装上看不到防辐射系统,放在她旁边的头盔的面罩上也没有强光防护系统;我还注意到,这套服装的隔热和冷却系统异常发达。

"她在哪个空间站?"我扭头问主任。

"先别问这个吧。"主任的脸色很阴沉。

"别问好吗?"屏幕上的她也说,还是那副让人心软的小可怜样儿。

"你不会是被关禁闭吧?"我开玩笑说,因为她所在的舱室十分窄小,显然是一个航行体的驾驶舱,各种复杂的导航系统此起彼伏地闪烁着,但没有窗子,也没有观察屏幕,只有一支在她头顶打转的失重的铅笔说明她是在太空中。听了我的话,她和主任似乎都愣了一下,我赶紧说:"好,我不问自己不该知道的事了,你还是决定我们去哪儿吧。"

这个决定对她很艰难,她的双手在太空服的手套里握在胸前,双眼半闭着,似乎是在决定生存还是死亡,或者认为地球在我们这次短暂的旅行后就要爆炸了。我不由笑出声来。

"哦,这对我来说不容易,您要是看过海伦·凯勒的《假如给我三天光明》的话,就能明白这多难了!"

"我们没有三天,只有两天。在时间上,这个时代的人都是穷光蛋。但比二十世纪大多数人幸运的是,我和你的眼睛在三小时内可到达地球的任何一个地方。"

"那就去我们起航前去过的地方吧!"她告诉了我那个地方,于是我带着她的眼睛去了。

草　原

这是高山与平原,草原与森林的交接处,距我工作的航天中心有2 000多公里,乘电离层飞机用了15分钟就到了这儿。面前的塔克拉玛干,经过几代人的努力,已由沙漠变成了草原,又经过几代强有力的人口控制,这儿再次变成了人迹罕至的地方。现在大草原从我面前一直延伸到天边,背后的天山覆盖着暗绿色的森林,几座山顶还有银色的雪冠。

我掏出她的眼睛戴上。

所谓眼睛就是一副传感眼镜,当你戴上它时,你所看到的一切图像由超高频信息波发射出去,可以被远方的另一个戴同样传感眼镜的人接收到,于是他就能看到你所看到的一切,就像你带着他的眼睛一样。

现在,长年在月球和小行星带工作的人已有上百万,他们回地球度假的费用是惊人的,于是吝啬的宇航局就设计了这玩艺儿,每个生活在外太空的宇航员在地球上都有了另一双眼睛,由这里真正能去度假的幸运儿带上这双眼睛,让身处外太空的那个思乡者分享他的快乐。这个小玩艺开始被当做笑柄,但后来由于用它"度假"的人能得到可观的补助,竟流行开来。最尖端的技术被采用,这人造眼睛越做越精致,现在,它竟能通过采集戴着它的人的脑电波,把他(她)的触觉和味觉一同发射出去。多带一双眼睛去度假成了宇航系统地面工作人员从事的一项公益活动,由于度假中的隐私等原因,并不是每个人都乐意再带双眼睛,但我这次无所谓。

我对眼前的景色大发感叹,但从她的眼睛中,我听到了一阵轻轻的抽泣声。

"上次离开后,我常梦到这里,现在回到梦里来了!"她细细的声音从她的眼睛中传出来,"我现在就像从很深很深的水底冲出来呼吸到空气,我太怕封闭了。"

我从中真的听到她在做深呼吸。

我说:"可你现在并不封闭,同你周围的太空比起来,这草原太小了。"

她沉默了，似乎连呼吸都停止了。

"啊，当然，太空中的人还是封闭的，二十世纪的一个叫耶格尔的飞行员曾有一句话，是描述飞船中的宇航员的，说他们像……"

"罐头中的肉。"

我们都笑了起来。她突然惊叫："呀，花儿，有花啊！上次我来时没有的！"

是的，广阔的草原上到处点缀着星星点点的小花。"能近些看看那朵花吗？"我蹲下来看，"呀，真美耶！能闻闻她吗？不，别拔下她！"我只好半趴到地上闻，一缕淡淡的清香。"啊，我也闻到了，真像一首隐隐传来的小夜曲呢！"

我笑着摇摇头，这是一个闪电变幻疯狂追逐的时代，女孩子们都浮躁到了极点，像这样的见花落泪的"林妹妹"真是太少了。

"我们给这朵小花起个名字好吗？嗯……叫她梦梦吧。我们再看看那一朵好吗？她该叫什么呢？嗯，叫小雨吧；再到那一朵那儿去，啊，谢谢，看她的淡蓝色，她的名字应该是月光……"

我们就这样一朵朵地看花，闻花，然后再给它起名字。她陶醉于其中，没完没了地进行下去，忘记了一切。我对这套小女孩的游戏实在厌烦了，到我坚持停止时，我们已给上百朵花起了名字。

一抬头，我发现已走出了好远，便回去拿丢在后面的背包，当我拾起草地上的背包时，又听到了她的惊叫："天啊，你把小雪踩住了！"我扶起那朵白色的野花，觉得很可笑，就用两只手各捂住一朵小花，问她："她们都叫什么？什么样儿？"

"左边那朵叫水晶，也是白色的，它的茎上有分开的三片叶儿；右边那朵叫火苗，粉红色，茎上有四片叶子，上面两片是单的，下面两片连在一起。"

她说的都对，我有些感动了。

"你看，我和她们都互相认识了，以后漫长的日子里，我会一遍遍地想她们每一个的样儿，像背一本美丽的童话书。你那儿的世界真好！"

"我这儿的世界？要是你再这么孩子气地多愁善感下去，这也是你的世界了，那些挑剔的太空心理医生会让你永远待在地球上。"

我在草原上无目标地漫步，很快来到一条隐没在草丛中的小溪旁。我迈过去继续向前走，她叫住了我，说："我真想把手伸到小河里。"我蹲下来把手伸进溪水，一股清凉流遍全身，她的眼睛用超高频信息波把这感觉传给远在太空中的她，我又听到了她的感叹。

"你那儿很热吧？"我想起了她那窄小的控制舱和隔热系统异常发达的太空服。

"热，热得像……地狱。呀，天啊，这是什么？草原的风?!"这时我刚把手从水中拿出来，微风吹在湿手上凉丝丝的，"不，别动，这真是天国的风呀！"

我把双手举在草原的微风中，直到手被吹干。然后应她的要求，我又把手在溪水中打湿，再举到风中把天国的感觉传给她。我们就这样又消磨了很长时间。

再次上路后，沉默地走了一段，她又轻轻地说："你那儿的世界真好。"

我说："我不知道，灰色的生活把我这方面的感觉都磨钝了。"

"怎么会呢?!这世界能给人多少感觉啊！谁要能说清这些感觉，就如同说清大雷雨有多少雨点一样。看天边那大团的白云，银白银白的，我这时觉得它们好像是固态的，像发光玉石构成的高山。下面的草原，这时倒像是气态的，好像所有的绿草都飞离了大地，成了一片绿色的云海。看！当那片云遮住太阳又飘开时，草原上光和影的变幻是多么气势磅礴啊！看看这些，您真的感受不到什么吗？"

……………

我带着她的眼睛在草原上转了一天，她渴望地看草原上的每一朵野花，每一棵小草，看草丛中跃动的每一缕阳光，渴望地听草原上的每一种声音。一条突然出现的小溪，小溪中的一条小鱼，都会令她激动不已；一阵不期而至的微风，风中一缕绿草的清香都会让她落泪……我感到，她对这个世界的情感已丰富到病态的程度。

日落前，我走到了草原中一间孤零零的白色小屋，那是为旅游者准备的一间小旅店，似乎好久没人光顾了，只有一个迟钝的老式机器人照看着旅店里的一切。我又累又饿，可晚饭只吃到一半，她又提议我立刻去看日落。

"看着晚霞渐渐消失，夜幕慢慢降临草原，就像在听一首宇宙间最美的交响曲。"她陶醉地说。我暗暗叫苦，但还是拖着沉重的双腿出发了。

草原的落日确实很美，但她对这种美倾泻的情感使这一切有了一种异样的色彩。

"你很珍视这些平凡的东西。"回去的路上我对她说，这时夜色已很重，星星已在夜空中出现。

"你为什么不呢，这才像在生活。"她说。

"我，还有其他的大部分人，不可能做到这样。在这个时代，得到太容易了。物质的东西自不必说，蓝天绿水的优美环境、乡村和孤岛的宁静等等都可以毫不费力地得到；甚至以前人们认为最难寻觅的爱情，在虚拟的网上至少也可以暂时体会到。所以人们不再珍视什么了，面对着一大堆伸手可得的水果，他们把拿起的每一个咬一口就扔掉。"

"但也有人面前没有这些水果。"她低声说。

我感觉自己刺痛了她,但不知为什么。回去的路上,我们都没再说话。

这天夜里的梦境中,我看到了她,穿着太空服在那间小控制舱中,眼里含泪,向我伸出手来喊:"快带我出去,我怕封闭!"我惊醒了,发现她真在喊我,我是戴着她的眼睛仰躺着睡的。

"请带我出去好吗?我们去看月亮,月亮该升起来了!"

我脑袋发沉,迷迷糊糊很不情愿地起了床。到外面后发现月亮真的刚升起来,草原上的夜雾使它有些发红。月光下的草原也在沉睡,有无数点萤火虫的幽光在朦朦胧胧的草海上浮动,仿佛是草原的梦在显形。

我伸了个懒腰,对着夜空说:"喂,你是不是从轨道上看到月光照到这里?告诉我你的飞船的大概方位,说不定我还能看到呢,我肯定它是在近地轨道上。"

她没有回答我的话,而是自己轻轻哼起了一首曲子,一小段旋律过后,她说:"这是德彪西的《月光》。"她又接着哼下去,陶醉于其中,完全忘记了我的存在。《月光》的旋律同月光一起从太空降落到草原上。我想象着太空中的那个娇弱的女孩,她的上方是银色的月球,下面是蓝色的地球,小小的她从中间飞过,把音乐融入月光……

直到一个小时后我回去躺到床上,她还在哼着音乐,是不是德彪西的我就不知道了,那轻柔的乐声一直在我的梦中飘荡着。

不知过了多久,音乐变成了呼唤,她又叫醒了我,还要出去。

"你不是看过月亮了吗?!"我生气地说。

"可现在不一样了,记得吗,刚才西边有云的,现在那些云可能飘过来了,现在月亮正在云中时隐时现呢,想想草原上的光和影,多美啊,那是另一种音乐了,求你带我的眼睛出去吧!"

我十分恼火,但还是出去了。云真的飘过来了,月亮在云中穿行,草原上大块的光斑在缓缓浮动，如同大地深处浮现的远古的记忆。

"你像是来自十八世纪的多愁善感的诗人，完全不适合这个时代，更不适合当宇航员。"我对着夜空说，然后摘下她的眼睛，挂到旁边一棵红柳的枝上，"你自己看月亮吧，我真的得睡觉去了，明天还要赶回航天中心，继续我那毫无诗意的生活呢。"

她的眼睛中传出了她细细的声音，我听不清说什么，径自回去了。

我醒来时天已大亮，阴云已布满了天空，草原笼罩在蒙蒙的小雨中。她的眼睛仍挂在红柳枝上，镜片上蒙上了一层水雾。我小心地擦干镜片，戴上它。原以为她看了一夜月亮，现在还在睡觉，却从眼睛中听到了她低低的抽泣声，我的心一下子软下来。

"真对不起，我昨天晚上实在太累了。"

"不，不是因为你，呜呜，天从三点半就阴了，五点多又下起雨……"

"你一夜都没睡？！"

"呜呜，下起雨，我，我看不到日出了，我好想看草原的日出，呜呜，好想看的，呜……"

我的心像是被什么东西融化了，脑海中出现她眼泪汪汪，小鼻子一抽一抽的样儿，眼睛竟有些湿润。不得不承认，在过去的一天一夜里，她教会了我某种东西，一种说不清的东西，像月夜中草原上的光影一样朦胧，由于它，以后我眼中的世界与以前会有些不同的。

"草原上总还会有日出的，以后我一定会再带你的眼睛来，或者，带你本人来看，好吗？"

她不哭了，突然，她低声说：

"听……"

我没听见什么，但紧张起来。

"这是今天的第一声鸟叫,雨中也有鸟呢!"她激动地说,那口气如同听到世纪钟声一样庄严。

落日六号

又回到了灰色的生活和忙碌的工作中,以上的经历很快就被淡忘了。很长时间后,我想起洗那次旅行时穿的衣服时,在裤脚上发现了两三粒草籽。同时,在我的意识深处,也有一颗小小的种子留了下来。在我孤独寂寞的精神沙漠中,那颗种子已长出了令人难以察觉的绿芽。虽然是无意识的,当一天的劳累结束后,我已能感觉到晚风吹到脸上时那淡淡的诗意,鸟儿的鸣叫已能引起我的注意,我甚至黄昏时站在天桥上,看着夜幕降临城市……世界在我的眼中仍是灰色的,但星星点点的嫩绿在其中出现,并在增多。当这种变化发展到让我觉察出来时,我又想起了她。

也是无意识的,在闲暇时甚至睡梦中,她身处的环境常在我的脑海中出现,那封闭窄小的控制舱,奇怪的隔热太空服……后来这些东西在我的意识中都隐去了,只有一样东西凸现出来,那就是在她头顶上打转的失重的铅笔。不知为什么,一闭上眼睛,这只铅笔总在我的眼前飘浮。终于有一天,上班时我走进航天中心高大的门厅,一幅见过无数次的巨大壁画把我吸引住了,壁画上是从太空中拍摄的蔚蓝色的地球。那只飘浮的铅笔又在我的眼前出现了,同壁画叠印在一起,我又听到了她的声音:"我怕封闭……"一道闪电在我的脑海里出现。

除了太空,还有一个地方会失重!!

我发疯似的跑上楼,猛砸主任办公室的门,他不在,我大约想到他在哪儿,转身飞跑到存放眼睛的那个小房间,他果然在里面,看着大屏幕。她在大屏幕上,还在那个封闭的控制舱中,穿着那件"太空服",画面凝固着,是以前录下来的。"是为了她来的吧。"主任说,眼睛还看着屏幕。

"她到底在哪儿?!"我大声问。

"你可能已经猜到了,她是'落日六号'的领航员。"

一切都明白了,我无力地跌坐在地毯上。

"落日工程"原计划发射十艘飞船,它们是"落日一号"到"落日十号",但计划由于"落日六号"的失事而中断了。"落日工程"是一次标准的探险航行,它的航行程序同航天中心的其他航行几乎一样。

唯一不同的是,"落日"飞船不是飞向太空,而是潜入地球深处。

第一次太空飞行一个半世纪后,人类开始了向相反方向的探险,"落日"系列地航飞船就是这种探险的首次尝试。

四年前,我在电视中看到过"落日一号"发射时的情景。那时正是深夜,吐鲁番盆地的中央出现了一个如太阳般耀眼的火球,火球的光芒使新疆夜空中的云层变成了绚丽的朝霞。当火球暗下来时,"落日一号"已潜入地层。大地被烧红了一大片,这片圆形的发着红光的区域中央,是一个岩浆的湖泊,白热化的岩浆沸腾着,激起一根根雪亮的浪柱……那一夜,远至乌鲁木齐,都能感到飞船穿过地层时传到大地上的微微震动。

"落日工程"的前五艘飞船都成功地完成了地层航行,安全返回地面。其中"落日五号"创造了迄今为止人类在地层中航行深度的纪录:海平面下3 100公里。"落日六号"不打算突破这个记录。因为据地球物理学家的结论,在地层3 400—3 500公里深处,存在着地幔和地核的交界面,学术上把它叫做"古腾堡不连续面",一旦通过这个交界面,便进入地球的液态铁镍核心,那里物质密度骤然增大,"落日六号"的设计强度是不允许在如此大的密度中航行的。

"落日六号"的航行开始很顺利,飞船只用了两个小时便穿过了地表和地幔的交界面——莫霍不连续面,并在大陆板块漂移的滑动面上停留了五个小时,然后开始了在地幔中三千多公里的漫长航行。宇宙航行是寂寞的,但宇航员们能看到无限的太空和壮丽的星群;而地航飞船上的地航员们,只能凭感觉触摸飞船周围不断向上移去的高密度物质。从飞船上的全息后视电视中能看到这样的情景:炽热的岩浆刺目地闪亮着,翻滚着,随着飞船的下潜,在船尾飞快地合拢起来,瞬间充满了飞船通过的空间。有一名地航员回忆:他们一闭上眼睛,就看到了飞快合拢并压下来的岩浆,这个幻象使航行者意识到压在他们上方那巨量的并不断增厚的物质,一种地面上的人难以理解的压抑感折磨着地航飞船中的每一个人,他们都受到这种封闭恐惧症的袭击。

"落日六号"出色地完成着航行中的各项研究工作。飞船的速度大约是每小时 15 公里,飞船需要航行 20 小时才能到达预定深度。但在飞船航行 15 小时 40 分钟时,警报出现了。从地层雷达的探测中得知,航行区的物质密度由每立方厘米 6.3 克猛增到 9.5 克,物质成分由硅酸盐类突然变为以铁镍为主的金属,物质状态也由固态变为液态。尽管"落日六号"当时只到达了 2 500 公里的深度,目前所有的迹象却冷酷地表明,他们闯入了地核!后来得知,这是地幔中一条通向地核的裂隙,地核中的高压液态铁镍充满了这条裂隙,使得在"落日六号"的航线上,古腾堡不连续面向上延伸了近 1 000 公里!飞船立刻紧急转向,企图冲出这条裂隙,不幸就在这时发生了:由中子材料制造的船体顶住了突然增加到每平方厘米 1 600 吨的巨大压力,但是,飞船分为前部烧熔发动机、中部主舱和后部推进发动机三大部分,当飞船在远大于设计密度和设计压力的液态铁镍中转向时,烧熔发动机与主舱结合部断裂,从"落日六号"用中微子通信发回的画面中我们看到,已与船体分离的烧熔发动机在一瞬间被发着暗红光的液态铁镍吞没了。地层飞船的烧熔发动机用超高温射流为飞船切开航行方向的物质,没有它,只剩下一台推进发动机的"落日六号"在地层中是寸步难行的。地核的密度很惊人,但构成飞船的中子材料密度更大,液态铁镍对飞船产生的浮力小于它的自重,于是,"落日六号"便向地心沉了下去。

人类登月后,用了一个半世纪才有能力航行到土星。在地层探险方面,人类也要用同样的时间才有能力从地幔航行到地核。现在的地航飞船误入地核,就如同 21 世纪中期的登月飞船偏离月球迷失于外太空,获救的希望是丝毫不存在的。

好在"落日六号"主舱的船体是可靠的,船上的中微子通信系统仍和地面控制中心保持着完好的联系。以后的一年中,"落日六号"航行组坚持工作,把从地核中得到的大量宝贵资料发送到地面。他们被裹在几千公里厚的物质中,这里别说空气和生命,连空间都没有,周围是温度高达 5 000 度,压力可以把碳在一秒钟内变成金钢石的液态铁镍!它们密密地挤在"落日六号"的周围,密得只有中微子才能穿过,"落日六号"处于一个巨大的炼钢炉中!在这样的世界里,《神曲》中的《地狱篇》像是在描写天堂了;在这样的世界里,生命算什么?仅仅能用脆弱来描写它吗?

沉重的心理压力像毒蛇一样撕裂着"落日六号"地航员们的神经。一天,船上的地质工程师从睡梦中突然跃起,竟打开了他所在的密封舱的绝热门!虽然这只是四道绝热门中的第一道,但瞬间涌入的热浪立刻把他烧成了一段木炭。

指令长在一个密封舱飞快地关上了绝热门,避免了"落日六号"的彻底毁灭。

他自己被严重烧伤,在写完最后一页航行日志后死去了。

从那以后,在这个星球的最深处,在"落日六号"上,只剩下她一个人了。

现在,"落日六号"内部已完全处于失重状态,飞船已下沉到6 300公里深处,那里是地球的最深处,她是第一个到达地心的人。

她在地心的世界是那个活动范围不到10平方米的闷热的控制舱。飞船上有一个中微子传感眼镜,这个装置使她同地面世界多少保持着一些感性的联系。但这种如同生命线的联系不能长时间延续下去,飞船里中微子通信设备的能量很快就要耗尽,现有的能量已不能维持传感眼镜的超高速数据传输,这种联系在三个月前就中断了,具体时间是在我从草原返回航天中心的飞机上,当时我已把她的眼睛摘下来放到旅行包中。

那个没有日出的细雨蒙蒙的草原早晨,竟是她最后看到的地面世界。

后来"落日六号"同地面只能保持着语音和数据通信,而这个联系也在一天深夜中断了,她被永远孤独地封闭于地心中。

"落日六号"的中子材料外壳足以抵抗地心的巨大压力,而飞船上的生命循环系统还可以运行五十至八十年,她将在这不到10平方米的地心世界里度过自己的余生。

我不敢想象她同地面世界最后告别的情形,但主任让我听的录音出乎我的意料。这时来自地心的中微子波束已很弱,她的声音时断时续,但这声音很平静。

"……你们发来的最后一份补充建议已经收到,今后,我会按照整个研究计划努力工作的。将来,可能是几代人以后吧,也许会有地心飞船找到'落日六号'并同它对接,有人会再次进入这里,但愿那时我留下的资料会有用。请你们放心,我会在这里安排好自己生活的。我现在已适应这里,不再觉得狭窄和封闭了,整个世界都围着我呀,我闭上眼睛就能看见上面的大草原,还可以清楚地看见每一朵我起了名字的小花呢。再见。"

透明地球

在以后的岁月中,我到过很多地方,每到一处,我都喜欢躺在那里的大地上。我曾经躺在海南岛的海滩上、阿拉斯加的冰雪上、俄罗斯的白桦林中、撒哈拉烫人的沙漠上……每到那个时刻,地球在我脑海中就变得透明了,在我下面 6 000 多公里深处,在这巨大的水晶球中心,我看到了停泊在那里的"落日六号"地航飞船,感受到了从几千公里深的地球中心传出的她的心跳。我想象着金色的阳光和银色的月光透射到这个星球的中心,我听到了那里传出的她吟唱的《月光》,还听到她那轻柔的话音:

"多美啊,这又是另一种音乐了……"

有一个想法安慰着我:不管走到天涯海角,我离她都不会再远了。

◆ 生命

韩松

最近,我在为电视台的大自然频道编写一个名为《生命》的脚本,讲述地球上各种生物的进化轨迹。怎么说呢?这无疑是这个国家最枯燥乏味却又最重要的工作之一,令我激动不已。目前,根据工程进度,已经进入了鸟类的起源部分。说起来,鸟儿是一种具有生命的存在,而它之所以能获得鸟这种生命性,其实是因为鸟是从恐龙演变而来的。这就为这项工作打上了浓厚的科学色彩。外国摄影师已经在野外拍下了大量的优质画面。我的任务,是为它们填上深入浅出、符合国情的解说词,再包装上能够吸引观众的噱头。为做好这件大事,实际上我已经把自己关闭在电视台包租下的宾馆里面,半个月没有回家了。但是,我写下的几个脚本都没有获得通过,统统被制片人打回来重写。制片人是个刚刚生育了孩子的年轻女人,兼任大自然频道的节目主持人,据说不懂科学也不懂艺术,但她掌握着资金,而且也出过国,在大洋彼岸的野外亲眼见过鸟,听见了它们啁啾,那的确是与国内不同的;并对广告和收视率方面的事项十分熟悉。在我加入剧组之前,她已经把六个编剧炒鱿鱼了。其实我并不是专业搞电视的,我在一个与艺术及科学均毫无关系的单位工作,我因为担心在那个单位里干长了会发疯,就逃了出来,伪装懂得艺术也懂得科学,到电视台来打工。但现在制片人看样子也快要因为我而疯掉了。

此时，制片人正在给剧组开一个紧急会议，她扯着大嗓门，用尖辣的女高音把每个人骂得狗血淋头："你们都这副蠢样子，还想不想活下去？我养着你们，饭碗不是白捡来的！要不想干了，都给我滚蛋！"大家一动不动，木偶般端坐着听她讲话，也不回应，仿佛这样挨骂还挺痛快。敬业的制片人其实是一个漂亮女人，唇红齿白，小巧玲珑，丰满苗条，化了淡妆，穿一身进口名牌套装，看不出是生孩子不久的样子，包括她骂人的姿仪，那彤红的脸蛋儿，那不达目的不罢休的劲头，都惹人心疼。我觉得她就是一只艳丽的、勇猛的雌雉，心里十分憎恨她，却又无端崇拜她，乃至暗暗期望她能当众扇我一记耳光。我满怀对她的微妙感觉。多可怜的人啊，刚刚生育了一个孩子，柔嫩如蚕茧的身体还没有恢复过来吧。我同时也意识到，自己其实是为了不与老婆待在一起，不想生养孩子，才离家出走，来到这个剧组的，而绝不仅仅是因为害怕待在单位里会发疯——那大概只是一个借口。我偷眼去看其余人，包括导演、场记、技术什么的，他们的表情只能称作好玩，像一堆组装起来的儿童积木，一边做出同情的表情，倾听女人的詈骂，一边懒洋洋地看着柜子上的一台液晶电视机。电视画面上正在播出新闻，好像是发生在中东或者非洲的一场战争，那是个什么地方啊，只知道那里的人类比我们还要可怜，好像早已不是人类（我们勉强还算是吧），正在血肉横飞、无声无息地群体死去。这使我骤然觉得，《生命》作为一个节目其实是没有意义的，这间屋子里正在发生的事情，与人类的命运毫不相干。于是，我叹了一口气，携着手稿，不辞而别，从会场溜了出来，大踏步离开宾馆，漫无目的地游走在灰蒙蒙的大街上。我抬头看了看竖井般的天空，见高楼大厦的上方，没有太阳，也没有一只鸟儿在飞。外国摄影师拍下了那么多的鸟，但它们究竟在哪里呢？好像都不在我国境内。难道《生命》其实是假的吗？我感到对不起鸟儿，也对不起苦苦支撑、在逆境中奋斗的制片人。于是我想到了死,就来到一座立交桥上,爬上栏杆,掏出手稿,把自己写的文字重读了一遍。我这样写道:"……最近,有科学家提出了相反的意见,认为鸟儿不是由恐龙进化来的。最早鸟儿的许多结构与恐龙都有重大差异。早在恐龙统治地球以前,天空中就有鸟儿在飞翔了。如果鸟儿早在恐龙诞生前就神秘地出现了,那么,这样一种进化的力量,又来自何处呢?除了自然选择之外,生命是否还能主动地选择进化的方向呢?这也许是一个永恒的谜……不管怎样,'事在人为'这句话已成了我们的日常用语。环境变迁固然重要,然而,环境时刻都在改变,你不能进行选择,你只能选择应付挑战的方式。你可能会最终因为不适应环境而被淘汰,这没有人会笑话你,但你绝不能因此就不去尝试做出一种或几种选择。如果你老是坐着一动不动,一味埋怨环境,那么,作为生命,你在被环境淘汰之前,实际上就已经被自己淘汰了。"我的文字无一处不妙,都是心血凝成的。我读着读着就哭了。哭够之后,我就展开双臂,像鸟儿一样往立交桥下面飞去。但十分遗憾的是我没有摔死。我把自己砸在了混凝土的路面,就像砸在了一个松软的沙发上,马上就弹了出来。我诚惶诚恐地看了看周围,见还有很多人也在往下跳,但他们的结果也跟我一样不幸,想死却死不成。这十分奇怪。我颇不自在地拍了拍衣服上的尘土,悻悻站起身来。关于自杀这件事情,我在短短一生中其实已经重复很多次了,但没有一次获得了成功。我只好重新走回马路上。世界肯定出了什么问题,但这话我不能说出来,否则会被笑死的。笑死?这也是死啊。但是,由于不敢说出来,现实一些来看,也无法被笑死。

这时,我看到前面有一群人在急匆匆走路。他们的神态和样子挺像鸵鸟,使我产生了亲近感。我走过去,加入他们的队列,才看到这伙人原来是跟着一个年轻男人在走,那家伙的脑袋剃得光光的,后脑勺上用红色油漆喷着两句话：想知道为什么死不成吗？让我来告诉你吧。原来，是一个做户外广告的家伙。路人都被这条广告吸引了，就紧紧跟着他走，大概是想要得到正确的答案吧。这时我的心情重新紧张起来，生怕会错过什么似的，便也大步流星跟了上去。人们在阴暗的城市中走，好像走上了一条绝路，令人心喜。结果，一路上人越汇越多，真是蔚为壮观啊，历史上大游行的场面也无法与之比拟，总之毕生从未见过。大家跟着做广告的人走啊走，不知走了多久，来到了城乡结合部。在一个烂朽鄙陋的大院子里面，有二十几间同样破败晦暗的灰砖平房，像是当地村民的出租屋，散发出地底才有的那种霉臭味儿。另一些脑袋剃得光光的男女，穿着脏兮兮的白大褂，笑容可掬地站在院子门口迎接客人。他们的胸前挂着套泥巴色塑料封皮的出入证那样的玩意儿，像是什么公司的标志。他们让客人们排队等候，像医院就诊那样，招呼大家挂号买票，然后，分别带入某个房间。"这是要做什么呢？"我小声问边上一个人。"嘘，不要说话，在死的面前。"

我便什么也不说了。终于轮到我了，这时天已黑了（天其实早已黑了，只是被人忽略了）。我走进一间屋子，坐在桌子后面接待我的是一个满脸络腮胡子的中年男人，乍看像艺术家，其实不是，块头不大，身子骨却颇结实，长着麻雀一样的眼睛，黯淡无光，与正常的鸟儿截然不同，人却是见过世面的样子。我就问他为什么我死不成？他说答案其实还要自己去找。我说这不是骗我吗，我是跟着你们的广告来的，刚才还交了挂号费呢。他就问我知不知道他们是什么人。我说："你们是黑社会吗？"他说："不，我们是前太空人。"我一听便肃然起敬了。从小我们就从课本上学习到，太空人是国家的英雄，他们比鸟儿飞得还要高还要快。这时，自称是前太空人的人把身子舒服地往后靠了靠，给我讲起了光荣的往事。原来，他们属于国家的一个课题组，这个课题组研制出了一种可以发射到太空中的合金。那东西搭载在飞船上，在大气层外的轨道上不断兜圈子，受到了空间辐射，变异成了一种新的材料，具有多功能的用途，国防战略价值很大。但是，后来由于经费用完了，这个实验就中途停止了，他们这群太空人也被解散了。但大家在离开基地时，偷偷地把那种材料夹带了一些出来，到了社会上后，以此为基础研制成了一种民用型的高科技产品，并在城乡结合部租了房子，成立了一家公司来做市场推广。我问："你们的产品究竟是什么呢？这与死成死不成又有什么关系呢？"他答："是这样的，我们做的这东西呀，是一种生命探测仪——不，不是那种普通的生命探测仪，它并不用来探测灾难后埋在废墟下的人，而是要探测日常生活中的普通人，看看他们身上究竟还有没有生命。"我没听太明白，心想这是什么意思呢？怎么就可以回答死成死不成这个问题呢？前太空人看出了我的疑惑，就解释说，"世界上的一切，可以分成两种相：一种是有生命的相，另一种是无生命的相。人和生物可能有生命，也可能没有生命。非生物可能没有生命，也可能有生命。你明白这个道理吗？"说到这里，他就急着要给我开单子，让我立马去接受生命探测。我心里很恐慌，嘴上说，"慢，你们探测的结果一般都是什么样的呢？""嗨，很有意思呀！"他两眼放出了鹰似的狡黠光芒，"来我们公司接受探测的人，那可是越来越多了。大家都对自己有没有生命很好奇。通常是那些自以为生命力特旺盛的，像政界新星呀，艺坛精英呀，媒体领导呀，公司老板呀，其实都已没了生命。反倒是那些不起眼的草根人群，身上倒还有一些，比如艾滋病人呀，疯子呀，流浪儿童呀，乞丐呀什么的。你说怪不怪？我不知道你属于哪类人，好像两边都不搭吧。因此进行一下探测，就彻底放心了。当然了，这项新发明不光针对人类，也能探测各种物品呢，看它们有没有生命。喏，像我戴的这块手表，它就是有生命的。听，听，它走动的声音！你赶紧吧，后面的人还排着队呢。"

我这才镇定了一些，拿着他签字的单子，去缴了费，然后，又被工作人员领入另一间平房，爬进一个写着阿拉伯数字和英文字母的像是核磁共振仪的机器中，嗡嗡地被它照射了一阵。这台机器据说就是用从太空中获得的特异物质制成的。给我做检查的人也是一位前太空英雄，他平静地告诉我，我是没有生命的。其实对此我已有思想准备，因此一点儿也没有生气，又请他顺便把我的手稿也照了照。很遗憾，同样没有生命。"可是，我写的是《生命》呀。"我冒失地申辩了一句。"这并不说明任何问题。生命不是你理解的那样。不是说拥有了 DNA，可以进行新陈代谢，能够完成自我复制，这就是生命。你懂科学吗？科学上的事情远非如此简单。"我听了这话，就放心了，觉得无所谓了，好像解答了我的问题——为什么死不成。因为我本来就没有生命嘛。我兴奋地拿着探测结果的报告单，蹦蹦跳跳着回到先前那个长着络腮胡子的中年男人的房间。我问他："那么，我的生命到哪里去了呢？""哦，最初一般都是有的，一定是后来弄丢了。别着急，公司还有一种产品，可以利用它去把生命找回来。"他心情很好地说着，又开了一张单子，催我赶快去缴费。我照他说的办了，就从这家公司的地下库房里领到了一个像是微型手电筒的装置，一揿就吐出雪亮的光焰来，但不是普通的光。它是一道乳白色的笔直光线，在空气中伸缩自如，犹如一种坚硬的固体材料，但绝非刀剑，手指一碰到它，就剧烈震颤，而光线本身亦火花四溅。我猜测这可能类似于一种磁管或磁柱，但也许是别的什么东西制成的。可是，世界这么大，到哪里去寻找我的生命呢？好在，公司还为顾客们提供了一份使用指南，上面附有详细的地图，可以看出，在城市的下水道中，找到生命的概率最大。

我重新走到马路上，一眼看见一个下水道，就搬开井盖，钻了下去。我这是第一次来到下水道中，觉得一切都很新奇。原来，下水道并不真的是下水道，而是一些很古老的地层堆积而成的复杂甬道，沿着它走下去，就仿佛可以直达时间君王的地宫。我一边走，一边用"手电筒"照射，见两侧都是闪闪发光的化石群，犹如珠宝钻石，在光线的碰触下，发出嗡嗡的声音。我心想，这些东西拿到地面一定能够变卖很多现钱吧。但我是为寻找生命而来的，对赚钱没有太大兴趣。我只是又一次想到了自己写的脚本，想到了始祖鸟的形象，心儿怦怦乱跳。我好像走进了真实的电视情境，就如同来到了令人惊叹的外国，真希望制片人也能切身体验这一刻啊。说起来，下水道可真是个聚宝盆，它与世无争，无缘无故就汇集了如此众多的东西，管线啊，铁块啊，废水啊，垃圾啊，身体里流出来的液体和固体啊，所有的有生命和无生命的物质啊，腐肉啊，白骨啊，化石和非化石啊，等等，五色五味，五音五行，都统统集聚在了这里。它们看上去同样古老，没有一点儿是新鲜的，这个正是自然。紧接着，我又注意到，下水道里还有许多人，男男女女，老老少少，也打着"手电筒"，正淘金一般地吭哧吭哧埋头找着东西。但他们似乎还没有找到自己的生命。忽然我又想：那家公司会不会是骗子呢？以我半辈子的经验可知，生命这玩意儿其实很无聊呀，前太空人怎么说也是国家的功臣，怎么会做这种事呢？

　　但我没办法走回头路了，这可是下水道！我找着找着，就遇上了我的老婆。"你好像已经有很久没有回家了。"她抱怨。"需要挣钱养家啊。我得出去工作，尽到男人的责任。"我撒着谎，对她感到怜悯。结果她很感动。我们就坐下来，倚靠着一只大老鼠的尸体休息了一会儿。老婆是在去超市的路上，跟着广告人走，最后接受生命探测，又买下"手电筒"的。这时她忏悔不已，说先前不该对我太刻薄，没想到我也是无生命状态了。我说："这没有什么，我不会伤心的。"她说："我明白，你早已死了。"我说："不，你不明白，我没有死，我只是没有了生命。生命和死是两回事。"我不禁想到，以前就和她这种样子，共同睡在一张床上，想起来很不可思议，两个无生命的人呀，我们却一点儿也不知道。告别老婆后，我又看到了我原先单位的上司，在几名秘书陪同下，也在下水道中掘地三尺地寻找，满头大汗。平时我都躲着领导，但这时我主动迎上前去，认真帮助他们找了一会儿。上司感激不已地紧紧握住我的手说："上次那事，对你太不公平，还要请你原谅。今后我们再不做这种事了。"我平静地说："您说的是什么事呢？我都不记得了。但这没有关系，我已明白是怎么一回事了，生命并不是短暂不短暂的问题。"我觉得上司平时虽然挺遭人忌恨，但其实也很可怜，对上又对下，连生命都没有了，却一直受着夹板儿气。我头脑中于是产生了一种物种平等的意识。这时，我很想在下水道里见到制片人。这个拖家带口又要忙工作的女人，她刚刚生育了孩子，多不容易呀，但她的生命其实在哪里呢？假如她没有找到自己的生命，又怎能让《生命》顺利完工并播出呢？我愁绪万千，又有些嫉妒那个女人，更多却是同情。我觉得自己虽然没有生命，却太善良了。然而我没有在地底遇到制片人。她难道有生命？或许，我需要买一个"手电筒"为她捎回去。

    我就这样在下水道中寻找了二十年，用光了我的青春。终于，我似乎是很偶然地看到了自己的生命。那是一个三叶虫一样的小东西，蜷缩着身子，附体在一道黄褐色的岩壁上。它的原子也许经历了许多形态的变化，才最终键合成了这种样子。我就把"手电筒"当作钉锤，像地质学家一样，把它连同石头一起敲砸下来。然后我小心翼翼把生命揣进口袋，拔腿往回走，如释重负爬出下水道。城市中仍然没有阳光。我看到许多人还在继续往地下走，另外还有更多的人尚不知道该往哪里去，他们是否有生命，这一点儿也不清楚。就在这一瞬间，我看到了自己映照在商店橱窗里的影像，小脸很瘦，被长长的白发覆盖着。不知为何，我获得了生命，却并不十分高兴，反而在汹涌的人群中感到了寂寞与慌张。是的，我有了生命，但我的状态并没有好转起来，而且看样子还更糟了。只是，我舍不得把那好不容易寻得的玩意儿扔掉。我也心疼二十年前花的那笔钱。为了在城市中谋生，我又回到了制片组，看到他们仍在开马拉松会，讨论收视率的问题。《生命》这部戏还没有拍完，每个人已精疲力竭。我郑重地对制片人说："现在，我回来了，请给我一个机会，我要重新开始创作。这回保证让您满意。"她困乏地点点头，勉强咧嘴笑了，眼角垒出了一堆鱼尾纹，化妆品覆盖下的皮肤令人不忍卒睹。她的孩子正站在她身旁，个头比她还要高，好像也成了剧组的成员，怪里怪气地瞅着我，仿佛生怕我夺走了他的妈妈。我就又一次回到宾馆房间，秉承着沧桑感，在孤独无助中终于写出了空前漂亮的文字。这是一个重获生命的人写的。科学性、艺术性和收视率被完美统一了起来，真是很不简单呀。我兴冲冲把手稿拿给制片人看，并期待她的热烈反应。但是我被解聘了。制片人打着呵欠说，她根本看不懂我写的是什么，难道是一纸天书吗？是鸟儿才懂得的文字吗？我想对她解释一下我寻找生命的神奇过程，心想，她作为制片人，不可能看不到那个脑袋上的广告吧。但我看了看她的倦容，又看了看她的孩子，就脸红了，什么话也说不出来了。我就又一次逃离宾馆，走到大街上。那么，我因为有了生命，对其难以割舍，胆怯着再也不能去自杀了。这真是好苦。我只好去找那些找回了生命的同类，比如我的老婆，看看大家还能否同病相怜地生活在一起，也好互相有个照应。我果然找到了她，因为她也在到处找我。于是，我们把各自拥有的生命掏了出来，对暗号般比照一番。然后我们就一起回家了。今后的日子会更难，因为有了新的任务，那就是要活下去。

◆ 负限奥运会

赤膊书生

"我没记错的话,你是一位真正的奥运冠军。为什么要来参加负限奥运会?"

辛妮的中文意外的流畅,她歪着脖子,目光自下而上,蜿蜒扫过。眼神中有一丝疑惑,又有淡淡的挑衅。肤色是西亚共和国特有的那种菜青,象征饥饿的颜色。腰间却有一本烫金的经书,用手夹得很紧。

"真正的奥运冠军……"我嗤笑两声,"没错,56年在马尼拉,我参加男子100米短跑决赛。出了田径场有个菲律宾小孩拦住我的路,说他可以打败我。看上去像本地富人家的孩子,脚上是最新款的AJ。"

"你真被他打败了。"辛妮的语气不像疑问句。

"不止。"我点上一支烟,看着天上的飞机云,它拖出的长尾巴,就像冗余的那部分人生。"是像条狗一样被打败了。"

"从来没有一位对手能在跑道上甩开我那么远。在我用尽了全力的情况下,他轻描淡写地就击败了我,然后说'你输了'。语气就像小学生说'我们去吃甜甜圈吧'那么轻松随意。当然说不定他本来就是小学生。"

"一个经过基因强化的小孩儿而已。"辛妮噘嘴,带着她特有的倔强和不屑。

"可是,这样的小孩已经到处都是了。"我盯着她,"总有一天所有人都能比奥运会冠军快。辛妮,'更高更快更强'的时代已经过去了。"说出这句话的时候,我感觉无比虚弱,就像垂垂老矣,行将就木。

"所以才选择'更低更慢更弱'?"辛妮问。

"你真以为'更低更慢更弱'很容易?"我说,"中国有句古话,'反者道之动'。极致的慢和极致的快一样,都是很难做到的,那是另一种伟大的竞技了。"

"但负限奥运会比拼的不是体力,我不觉得一个传统奥运会冠军参加负限奥运有任何优势。"辛妮说话很直,但看上去并无恶意。

"我不是因为有没有优势才参加的。"

"那是为什么?"

"为了复仇。"

"向谁复仇?"

"向那个小男孩,向所有人。"我掐灭烟头,指纹又一次被烧焦,这是我的习惯,掐烟头从来只用指腹。天边的云点染上一层殷红的光,让我想起拜伦写阿波罗的那首诗——"我步履所至,云霞如焚。"

"原来你记仇。"辛妮有些错愕。

"体育精神锱铢必较。"我说,半是认真半是玩笑的语气。

"更何况我并不是你说的那种只会跑步的傻大个儿,进国家队之前,我在剑桥大学学过数学。要是在学术界评一个跑步冠军,除了阿兰·图灵,我谁也不怕。"

辛妮没有理会我的玩笑,她的表情严肃起来,一字一顿地对我说:"叶先生,负限奥运会 100 米决赛,我会努力打败你。"

"怎样都好。"我心不在焉地答道。

想到我将要在比赛中使用的那个方法,我就有些黯然。辛妮绝对没可能打败我,用那个方法,没有人能打败我。只是那样的胜利,未免有些凄凉。

两天后,负限奥运 100 米短跑决赛正式开始。比赛规则如下:

一、负限奥运会 100 米短跑比赛的目的是挑战人类慢速的极限,赛出全人类跑得最慢的人。

二、所有选手不同时比赛,单独完成比赛项目,评分标准是抵达终点的时间,最晚者胜。

三、比赛过程中,选手在任何一个时间断面都必须处于运动状态,不能静止。

四、可以使用辅助科技装备。

五、在不违反前四条规则的情况下,选手可以自行定义比赛方法,并保留对此方法的解释权。

第一个上场的是日本选手井上越泽。他并没有穿着运动服装,而是一副浪人装扮,我心中隐隐有不妙的感觉。能进入决赛的人,都不简单。

发令枪响,井上越泽采取了一种令人意想不到的姿势起跑——他是倒着跑的。不是说倒着跑有多么新颖,恰恰是因为倒着跑太普通了,在初赛,乃至海选阶段,就有很多人采用这种跑法,事实证明这对于降低跑步速度用处有限。井上越泽怎么会在决赛上使出这么没有想象力的跑法?

"没劲。"辛妮站在我旁边,轻轻瞥了一眼赛场就把视线移开了。我却饶有兴致地看了一会儿,越看神色越凝重,事情没那么简单。

"难波跑法。"我笃定地吐出这四个字。

"什么?"

"你仔细看他的姿势。"我说。

辛妮看了一眼:"这姿势很奇怪,同手同脚。"我接过话头:"没错,但同手同脚只是对难波跑法的粗浅理解,真正的难波跑法,包含一整套相当庞大严密的训练体系,有着极为复杂的呼吸技巧,早就失传了。"

"为什么叫难波,有什么说法吗?"辛妮问。

"难波是大阪的一个地方,江户时代难波的信使特别多,当时很多信使是没有马的,传递邮件和货物一般都是用双脚进行,速度决定了他们买卖的数量。于是他们发明了一种奔跑的方法,据说可以一天跑几百公里。后来人们就把这种可以极大提升奔跑速度的跑步方法称为难波跑法。"

"可我们比的是谁跑得慢啊。"辛妮说。

我说:"没猜错的话,日本应该是完整复原出了古武术中的难波跑法,并在此基础上开发出了反难波跑法。不只是简单的倒着跑,每一个关节的扭动,每一次呼吸的节奏,都反过来了。这种反难波跑法,可以极大地降低奔跑速度。使用正常跑法的人,再怎么努力也做不到比反难波跑法更慢。"

井上越泽的成绩最终证实了我的猜测,100米的距离,他跑了整整八天。比赛过程中他全靠营养液维持生命。计算机分析指出,这八天他一直在纳米尺度上保持匀速运动,没有一个时刻是静止的,所以成绩完全有效。初赛最好的成绩是四天,井上越泽超越了这个成绩整整一倍。

辛妮也没想到日本选手能有这么强,但她的表现还算淡定,难道她藏着一手?我不禁有些期待。

第二个出场的是英国人艾伦·兰伯特,他出现的时候,我们甚至没有意识到那是一个活生生的人。艾伦整个人包裹在一个雪茄形机械中,那个机械的外壳采用透明设计,可以看见里面成千上万个齿轮和轴承,还隐隐传出松油的味道。

艾伦·兰伯特接受赛前采访时说:"英国文明是大机器的文明。机械赋予我们严谨，也赋予我们艾萨克·牛顿式的英雄气质。但第五次科技革命之后，这种气质已经在英国消亡殆尽了，我来到这里，就是提醒英国人找回那种气质。"

接着他向记者详细介绍了他的辅助器械："尽管科技日新月异，但人类最伟大的发明却是六千年前出现的，那就是——轮子。简简单单的一个圆，却在文明史上发挥了巨大的作用。利用两个轮子，加上简单的传导装置，就能构成一种传动式机械结构：自行车。这种机械结构可以把人类的移动速度成倍提升，而耗费的能量却远比奔跑来得少。我的参赛思路也由此衍生而出：能否发明出另一个向度上的自行车，通过机械传导，将人类的移动速度成倍降低？"

"了不起的工程师思维。"我不由赞叹道。

艾伦接着说："要发明这种自行车看似简单，实则非常复杂。就像当初人类找了圆一样，我首先要在几何上找到一种图形，只有采用这种形状的轮子，才能将同样动能做的功降到最低。而要找到那种几何图形，其难度丝毫不亚于解决'倍立方'这样的世界级数学难题。在这一步上我卡住了，一卡就是8年。直到有一天我在无聊中翻看约翰·伯努利的书，从天而降的灵感才击中了我。1630年，伽利略提出了'最速降曲线问题'：一个质点在重力作用下，从一个给定点到不在它垂直下方的另一个点，如果不计摩擦力，问沿着什么曲线下滑的时间最短？1696年约翰·伯努利再次提出这个问题，莱布尼茨、洛必达还有牛顿都分别给出了正确的解答。这个问题的研究，直接推动了变分学的出现。而我要找那种几何图形，和最速降线问题之间存在一种隐秘的近似。在利用了变分学提供的合适的数学工具后，我很快就找到了那种图形。"

原来他八年前就开始准备了，那时负限奥运会的概念才刚刚被提出来。我看了辛妮一眼，她低着头，用手揪着衣服不断打着结，不知道在想什么。

  这时，艾伦把脚抬了起来，把机械装置的轮子展示给我们看。那个轮子的形状无法用语言描述，因为感觉那种形状不应该存在于世界上，就像从高维空间偷出来的一样。非要形容的话，它就像一个浸泡在水里的正二十六边形，有一种怪异的扭曲感，却惊人的优美。我可以断言，单凭这一项发现，艾伦足以跻身世界一流数学家行列。

  艾伦在机械装置中备够了充足的食物，他最终的成绩是一个月零五天，结束的时候北京都已经立秋了。薄薄的一层秋雨落下来，路边凋零了很多花。这时井上越泽已经回国了，艾伦的成绩刚刚超过他时，他就收拾东西去了机场，一边走一边唱着一首我们听不懂的歌。

  下一个，轮到了辛妮。

  在比赛前一晚，我请辛妮吃饭。北京烤鸭，她一个人整整吃掉三只，连汤都喝得一滴不剩。她没有喝酒，却莫名醺然，一边吃一边抬头，以一种古怪的眼神看着我。我被看得很不自在，就说："不够还可以加。"

  她一下就哭起来。瘦小的身躯不住颤抖，仿佛随时都会散架。实在很难相信这样一个孱弱的小女孩居然是代表一个国家的运动员。我曾经问过辛妮为什么要参加负限奥运会，她不假思索地告诉我，为了祖国。

  "在传统奥运会上，西亚共和国没有任何机会证明自己。培养专业运动员所需要的资源，不是我们这样的国家能够承受的。"

  "可负限奥运会需要的资源你们同样没有，艾伦的比赛你也看到了。"为了不让她将来太过失望，我选择不给她希望。

  "叶先生，你知道军舰鸟吗？这种鸟可以在风里睡觉，所以即便有些鸟天生比军舰鸟飞得快，军舰鸟还是可以赶上去，因为它们从不停下来休息。"

  所以你的国家是要成为军舰鸟吧？我没有问出口。

直到辛妮的比赛开始那一刻,我才明白,军舰鸟并不只是一种比喻。

"只要能抵达终点,走哪条路并不重要。"这是辛妮面对记者的开场白,"西亚共和国是一个穷国,我们没有艾伦那样的天才科学家,也没有难波跑法那样的古老传承,但这不代表我们不想赢,西亚共和国有自己的智慧。我能走到今天,和四大强国并肩,就是这种智慧的明证。可惜,在决赛上,我们却要使用一种最笨的方法了。"

我看到辛妮在跑道上缓缓转身,背对终点。她要干吗?模仿井上越泽?不,不可能。凝望着辛妮缓缓弯曲的背脊,和慢慢拱起的足弓,脑海里浮现出她昨晚说的那些话,我瞬间明白了一切!

"不要,辛妮!"我大声狂吼。辛妮回过头来看了我一眼,眼睛里有一点哀伤,但更多的是一种坚硬的决绝。看到那个眼神,我知道一切都晚了。

"我将从起点出发,环绕整个地球,在我生命的最后一刻,抵达终点。"辛妮对着话筒,平静地说出了她的参赛计划。

"可是你这样是犯规的,因为几十年的时间内你必定会停下来睡觉。这就违反了比赛规则中不能静止这一条。"记者当即指出问题。

辛妮点点头,说:"我们国家最优秀的科学家已经解决这个问题了,他们从军舰鸟身上得到了启发。在太平洋东部的赫诺韦萨岛,他们为在这里喂养后代的15只成年雌性军舰鸟安装了头部加速度记录仪、GPS和脑电图(EEG)记录仪,并在接下来10天里,对它们的飞行活动及大脑状态展开了彻底调查。结果显示,军舰鸟可以边飞边睡觉,得益于一种名为'不对称慢波睡眠'(asymmetric SWS)的机制。也就是仅让一半大脑进入睡眠状态,同时让另一侧保持相对清醒。根据这个原理,他们在我的头部安装了不对称慢波睡眠模拟装置,我可以用一半大脑跑步,另一半大脑进入慢波睡眠休息,这样的话几十年都不用停下来。简单来说,我变成了一只军舰鸟。而我的同伴们，将陪伴我一生，为我提供食物和水，必要的时候还要为我架桥铺路。"

这时我才注意到有几个西亚人慢慢围到了辛妮周围，就像虔诚的信徒拱卫着女神。他们大多肤色黝黑，手有意无意地掩住衣服上的补丁。看向人群的眼神躲躲闪闪，像一群刚走出大山的孩子，一边好奇地张望繁华世界，一边竭力掩饰自己的贫穷。但他们已经是西亚共和国最出色的一批人了，这是辛妮的国家能为她提供的全部。

此时观众席一片哗然，奥委会和裁判组也陷入了激烈的讨论。争论的焦点不在于辛妮的参赛方式是否符合规定——选手有权自己定义比赛方式。而在于让辛妮参赛是否符合人道主义精神。毕竟她才20岁，还有好长的一生需要度过。

如果不参加负限奥运会，她可能会嫁给一个英俊的男人，给他生一个哭声嘹亮的儿子。看着他长大，看着他纵马飞驰过大高加索山脉下的草原……在苍青色的天空下，半人高的草海荡起波浪，一直涌到天边。

奥委会最终讨论的结果是尊重选手的意志，他们将派遣特别行动委员会，几十年后在终点等待辛妮，并告知她最后的成绩和名次。不过在正式起跑前，国际奥委会主席还是郑重地最后一次询问辛妮的意见："你确定要为这次比赛付出一生吗？"

辛妮回答了，用的是她本民族的语言：

在真理那里必得到自己的路
我们将来没有恐惧，也不忧愁

辛妮起跑了，她的步伐并无考究，只是用很蹩脚的方式强行放慢着自己的速度。组委会进行了测算：按照她现在的速度，她将在两天后跑出田径场，一年后跑到位于北五环的奥林匹克森林公园，再用几个月时间就能彻底跑出北京的行政范围。之后她将一路北上，在大约六年后跨越中俄国境线，西伯利亚冰原严酷的地表环境将进一步减慢她的行进速度，不过这正合她意。也许再花个七八年她就能到达叶尼塞河，那时她已经三十几岁了。之后再用十年穿过北冰洋到达北极点，这需要依赖她的同伴为她修的路。等她从北极点跑到南极，她的人生已经所剩无几。这时即使是最慢速的跑动也会使她感觉异常劳累，但她不会停下来休息，因为她是军舰鸟，军舰鸟睡在风里。

辛妮的赛程要持续几十年，当然不可能等到她结束再进行之后的比赛。辛妮出发的翌日，第四位选手就上场了。被媒体认为最有可能夺冠的美国人伊恩·琼斯。这个留着长头发，胡子邋遢的黑人，从出现在公众的视野开始没说过一句话。不知道的甚至一度以为伊恩是哑巴。

有可靠情报称伊恩之前是个乞丐，他在纽约狮子大道的正中央打坐冥想了37年。当地流传过一个说法，说伊恩是有大智慧的贤者，他在为全人类思考，探索人类思维边疆的极限，所以理应受到全人类的供养。路过的司机偶尔会扔一些面包和水给他，他靠这个活下来。

有一天，沉思中的伊恩突然睁开了双眼，在别人的搀扶下来到市政府。他的语言能力基本已经退化，用零星的几个单词和手势表达了他的诉求：他要求代表美国参加负限奥运会。而当时负限奥运会的概念还没提出来。纽约市政府的工作人员以为他是在冥想中发了疯，将他赶走了。临走时他说了两个词："三天后，狮子大道。"

三天后，负限奥运会的概念正式提出，美国政府紧急成立专项小组遴选运动员。这时纽约市政府才想起了伊恩，认为他有未卜先知的能力，急忙派人把他请了回来。他们一面崇拜着伊恩，一面又很怕他。站在伊恩面前，人们总有一种被凝视的感觉，而他明明闭着眼。

今天，伊恩再一次睁开了眼睛，他用手撑着地面，晃晃悠悠站了起来，由于常年盘坐，大腿的肌肉早已萎缩。工作人员递给他一根拐杖，他才艰难站稳。"这副样子倒是很适合参加负限奥运会。"我忍不住调侃一句。伊恩蓦地转过头来看我，那目光里仿佛真有火焰，我急忙避开他的视线，可是皮肤上却还是产生了一种灼烧感。我离他的距离至少有800米，那么远他怎么听见的？

只见伊恩缓缓走上跑道，拿着话筒对着裁判席说了两个单词："细胞，扫描。"裁判席表示没有理解伊恩的意思。美国代表团专门派人上前解释：伊恩选手要求启用细胞扫描仪。细胞扫描仪是出现争议判罚时的仲裁设备，可以对一个人全身上下的每一个细胞进行扫描，然后在计算机中建立数学模型，根据运算结果判断该选手是否处于静止状态。一般只有出现极端争议的情况下才会启用。

伊恩的要求并没有违反规定，裁判组启用了细胞扫描仪。随后伊恩站到起跑线上，做出一个非常符合国际田联标准的起跑动作。真不知道以他的身体条件怎么办到的。发令枪响，伊恩的比赛正式开始。

可是——他没动。准确来说是，一，动，不，动。

裁判席响起了警告声，伊恩的行为属于严重犯规。如果在听到警告后还是保持静止的话，将会被判罚为作弊。所有的观众都傻眼了，最有希望夺冠的人怎么会出现这么低级的失误？

等等！

我的目光落到细胞扫描仪上，上面的曲线剧烈起伏着，这分明显示伊恩正处于运动状态。裁判席也注意到了这个情况，暂停了警告。开始细致地研究细胞扫描仪，看样子他们认为细胞扫描仪出了问题。

这时，美国代表团解释道："细胞扫描仪并没有出问题，要理解现在的情况。需要大家先理解一个数学概念——'极限'。打个比方，

0.99999……无限循环等于 1（注意不是约等于），就是一个简单的极限问题。伊恩虽然没有发生位移，但是他调用了每一个细胞，使身体处在一种无限接近于'运动'的状态中，这点用细胞扫描仪就可以证明。类比数学上的'极限'概念，如果我们对此状态的伊恩进行求极限的运算，就可以得到一个运动的伊恩。他是那个处于无限循环状态的 0.99999……，毫无疑问，他就是 1。"

美国代表团的解释没有错。伊恩那 37 年的冥想，使他对身体的调用能力达到了极致，他可以操控每一个细胞，使身体无限接近于"运动"，然后用意志强行控制身体不发生位移。按照规则，伊恩并非处于静止状态，同样按照规则，伊恩到达终点的时间最晚——他到达的时间是"正无穷大"。艾伦输了，井上越泽也输了，还有辛妮，也输了。

但我输了吗？不，我不这么想。

美国队的比赛当天上午就结束了（伊恩只要保持极限状态一瞬间就可以了，因为那一瞬间里包含永恒），下一个上场的就是我。我却没有急着准备，而是先联系了体育总局，请求他们帮我找到辛妮，告诉她不用再跑下去了，伊恩是无法超越的。其实我知道她不会听，这么做只是为了让我自己好受一点。

组委会很人道，害怕我再做出类似辛妮这样的悲壮之举，特意来问我要不要弃权，因为结局早已注定。我微笑着拒绝了，对来的人说："你们害怕基因修饰会使体育精神完全丧失，所以开发出了别出心裁的负限奥运会，但现在看来这并没有用，奥委会早就把真正的体育精神搞丢了。"

"叶先生，那您认为的体育精神是什么？"奥委会派来的特使有些不服气。

"明天你就知道了。"我说。

他对我的自信表示惊讶，愣了好一会儿才说："明天，全世界都会关注您的比赛。"然后他向我鞠了一躬，转身告辞。

第二天，全球各大媒体齐聚新鸟巢，报纸头版全是我的照片。一是因为我代表主办国压轴出场，二是因为伊恩已经确立了绝对胜利，他们想看我还能玩出什么花样。巨大的圣火火炬熊熊燃烧，观众席上数万人呼喊我的名字，我从来没想过有一天还能重回奥运赛场。当初的队友一大半做了地方队教练，另外的进体校当了老师，如果没有负限奥运会，我的命运和他们是一样的。

发令枪响，我开始冲刺，用尽一个中年男人的全部力气。

观众应该会很惊讶吧，他们可能认为我已经放弃了比赛。没有关系，因为在短暂的惊愕之后他们就会发现：我消失了。在冲过终点的一瞬间，我消失了。

中国代表团稍后将为我进行比赛阐释，因为我本人已经没有机会解释了：我的比赛方法要追溯到1947年，那年普林斯顿来了一个名叫哥德尔的年轻人，他致力于寻找爱因斯坦方程组的新解。为了解释爱因斯坦那莫须有的"宇宙常数"，哥德尔提出了一个旋转宇宙模型：这种宇宙不膨胀，所有的物质都绕着一个对称轴匀速转动。后来爱因斯坦摒弃了自己的"宇宙常数"，哥德尔的旋转宇宙模型也不攻自破了。

但我们的科学家在今年发现，哥德尔旋转宇宙和大爆炸宇宙并非水火不容，当二者被更先进的数学工具统一起来的时候，人类才发现了真实宇宙的图景。

哥德尔宇宙模型的真正意义，在于帮助我找到那条"路"。旋转宇宙中，转动对光锥产生影响。当我们离开中心，光锥就开始倾斜，这是因为转动的线速度增大了。在距转动轴一定距离的地方，光锥完全翻倒，然后倒扣了起来。于是光线就沿着开口朝下（过去）运动。当你沿着倒扣过来的光锥行进的路线运动,你就走进了你的"过去"。

而那条路就直挺挺的摆在现实世界中,但从来没有人找到它,因为只有脑子里有完整宇宙模型的人,才能"看"到那条路。其实很容易理解,就像做几何题用到的辅助线,很多人怎么也"看不到"那条"辅助线"。但理解了哥德尔宇宙图景的人,早就知道了辅助线的位置,只需要把它画出来就行了。

我的那条"辅助线"就是和 100 米跑道重合的,新鸟巢还在设计的时候我就知道了,或者说跑道就是为了那条"辅助线"而设计的。只要头脑中清晰浮现出倒扣光锥行进的路线,我就能跑进"过去"。

我从今天出发,在过去抵达。

所有的一切都被我抛在了明天,我会一天比一天年轻,我会跑进和辛妮吃饭的那个夜晚,跑进被菲律宾男孩打败的早晨。跑进第一次国家队队训时阴雨绵绵的下午。

而对于现实中的人们来说,我抵达终点的时间将是"无穷大加上任意数",不过无穷大加上任意数仍然等于无穷大,所以我会和伊恩并列负限奥运会 100 米短跑冠军。他赢了,但我也没有输。可惜的是,我永远无法参加颁奖典礼。

我在参赛的那天其实就已经死了,因为我没有了"未来",我的每一天,都是在遍历过去的人生。

体育精神是什么?奥委会特使问的那个问题,被菲律宾小男孩儿击败的时候我就已经明白了:

从来就没有什么虽败犹荣,世界上只有一种体育精神,那就是发现了竞技的残忍却依然热爱它。

◆ 仅此一次

韩松

有一天，量子工程师忽然宣布，世界上的众生，只能生存一次，而不再允许转世。这事就这么定了，也没有征求众生们的意见，或者开听证会什么的。如今搞科学的人总是这样的独断专行。众生大哗，但又能怎样呢？游行和罢工吗？谁都知道不会起到任何效果，搞得跟体制外似的。就好像是自然界的规律被破坏了。但实际上并不是自然界的。自然界并不存在，一切都是量子工程师用高科技手段人为赋予的，现在要收回去，也无可厚非，科学的发展已经解决了如何把魔鬼拽回潘多拉匣子的问题。这也可能是对大家的惩罚吧，因为众生们尤其是人类，太不珍惜每一生了。他们往往把量子工程师赐予的短暂却宝贵的人生虚度了。但大概是为了顾及大家的面子，量子工程师也没有这么明说，他只是解释道，由于宇宙加速膨胀的缘故，时间变得紧张了，具体到日常生活中，节奏加快了。他打了个读书的比方，说以前有了一本好书，要反复读许多遍，现在，只能匆匆翻上一翻，没工夫看第二回了。好多书甚至连翻都没有机会去翻。那么生命也是一样的情况，过一遍足够了，所以，转世就没有必要了。宇宙虽然无限，时间和空间无穷，但每个人活一次就行了。量子工程师又补充说，取消转世，这在整个宇宙中，是一次统一的联合行动，每个有生命的星系都涉及了，并不单纯针对太阳系，也就是说没有例外。这在科学上也是能够自洽的。说到科学，它就是这个世界的真理和指南。

卢玉川是地球东部大陆某国人氏，刚从大学毕业，未能找到工作，在家待业，还要靠父母养活。值此天道大变之际，人人都没有来世了，他开始也哀叹不已，看到权力结构崩溃，经济体系混乱，社会层面动荡，周围很多人自杀，也深深悚惧，但他作为家庭的独生子，好吃好喝惯了，对未来充满盲目乐观，想到只能活一次的话，就应该更珍惜呀，干吗不积极一些呢？何况他从来都没有认真思考过如何过好下一辈子的问题，他打小就认为，那太遥远了，并不可靠。现在，终于踏实了。于是，他反过来安慰涕泪涟涟的父母："我已打定主意，不准备过从前那样的骄奢生活了，就把此生老老实实、认认真真地过好吧，毕竟你们生我养我也不容易。再说这也是科学上决定了的事情。谁不相信科学呢？"父母年纪大了，本来已经在为下世做准备了，这时也只好说："啊，孩子，你这样想，那我们就放心了。反正我们没有下辈子了。唉，赶上了。"总之，倒好像这异变的到来，反倒提醒卢玉川该干点儿正经事了，可不能坐以待毙。那么，这一生中要做些什么样的事情，才算对得起自己呢？他想了整整三天三夜，才醒悟过来：应该好好爱一次！作为人这样的一种动物，难道还有什么事情比爱情更重要吗？从前虚度时光，连这也疏忽了。但毕竟是在这样的一个动荡时代，爱也要有资本才行，尽管无法转世了，女人也不会平白无故爱上一个吃闲饭的男人。于是，原本慵懒的卢玉川变得勤奋了，这可是前所未有的呐。卢玉川上大学时学的是理工科，也掌握一些量子工程技术，自己又爱琢磨，趁别人都在自暴自弃、胡作非为，潜下心来，悄悄做起了研究。他研究的是什么呢？说来也很了不起，他知难而上，研究的正是一种人工转世系统！经过反复革新改进，也令它可以工作了。他先用动物来做实验，很快成功了。他心想，还是巴甫洛夫说得对：感谢科学，它不仅使生命充满快乐和欢欣，并且给生活以支柱和自尊心。他又向几个好朋友展示自己的发明。大家见这机器虽然还比较粗糙和低级，但凑合着也能使用，权且当作替代品吧，如果不能游行和罢工，这总比自杀要强吧。不到一个月，卢玉川就成功转世了十余人——主要是亲戚朋友。

那些在卢玉川的帮助下，幸运地得到转世机会而降生在来世的人们发现，量子工程师说得并没错，真的只有一生了。因为他们看到，未来的宇宙中没有别的生命，仅仅剩下他们这十几个人，跟偷渡客一模一样，只能百无聊赖地待着。由于是非法转世，要千方百计避免让量子工程师觉察到，这伙人就在空荡荡的世界上东躲西藏，想办法活下去。或许是宇宙实在太大了，区区十几人，跟芥子似的，找个藏身之处还不算太难，没有被量子工程师发现，否则，那就麻烦大了。但他们活得也很艰难，于是通过虫洞中的时间隧道向卢玉川发来口信，称需要尽快把大量的动植物转世过来，不然连食物都成问题，大家快要饿死了。

卢玉川听说了这个消息，便认真改进机器，增大其功率和频宽，使它能够把更多的生命转世过去，而不仅仅是人类。这样，他不断地向那个世界投放动植物，也包括微生物。在机器能够稳定运行后，他就把自己的父母转世了过去。他对他们说："还不知道今后会怎么样呢。世界充满不确定性。早走一步比晚走一步好。你们先在那边等着，我过一段时间就来看望你们。"随后，他又扩大对象，让更多的人来参与转世，彼方那个世界人口少了可不行，至少，会寂寞的。而且，卢玉川知道自己的寿命有限，有一天也是要过去的，所以先要为此打好基础，既是把好事做在前头，也是为自己的未来积聚人气。不久后，他成立了俱乐部，参加转世的必须是俱乐部成员。要由至少两位可靠人士介绍推荐，才能加入转世俱乐部，这样做的好处，既是最大限度防止转世秘密泄露，从而躲开量子工程师的侦查；也是为了进一步拉拢人心，团结广大群众，壮大实力。卢玉川自任俱乐部会长。俱乐部实行收费制，卢玉川也因此积累了一笔财富。后来，因为希望加入俱乐部的人越来越多，卢玉川就在机器上增设了一种功能，可以区别情况对待，决定一个人在下世要么成为人，要么成为动物。欲成为人的，需是白金级会员，付更高的费用。但就算是成为动物级别的蓝银和黄铜会员也算不错了，因为只要能够进入俱乐部，顺利到达下一世，那么，至少就有了成为宠物的机会，如果讨得主人欢心的话，再付上一笔可观的费用，就有可能在下下世再转世为人。由于费用相对便宜，其实想做动物的人比想做人的人还要多，能够多活一生，比什么都要强啊，至于怎样活，那是次要的，走着瞧吧。卢玉川也拒绝了一些人加入俱乐部。一种，是根本付不起钱的人，卢玉川平生就讨厌穷光蛋，认为一个人穷，那是他不努力所致，都没脸活在这世上，还转个什么世啊；另一种，是那些虽然有几个臭钱，却为卢玉川平素里就憎恨的人，比如有一个邻居家的孩子，从小就自恃爸爸有权有势，自己又长得人高马大，老是欺负瘦弱的卢玉川，而就是这个家伙，现在居然也来求告卢玉川，要他帮助他转世，这怎么可以呢！但有一些人，卢玉川觉得是哥们儿的，或者他认为人品不错，或者有才气的，虽然家境贫寒一些，也减免其入会费用，令其获得转世的机会。

　　这时候，卢玉川最初为自己定下的目标也接近成为现实了。许多年轻漂亮的女孩子都来找卢玉川，向他表达爱意。卢玉川乐滋滋的，天天都拿着她们的照片看来看去。但卢玉川是个聪明人，他清楚知道，她们中的大多数一是看中了他口袋里的那几个钱，二是因为怕永远死去，为了转世求生，而来找他的，目的还是想着下辈子再吃香喝辣，穿金戴银，而不是欲与他共度当下这个艰难时世。他只与她们虚与委蛇，逢场作戏，却不付出真情。直到有一天，卢玉川遇到了他的真心爱人。这是一个外省女孩。她性格叛逆，很小的时候就离开了家，一个人跑到沙漠上去生活,在那里天天晚上数星星,数得心潮澎湃。那女子听说了卢玉川,就来找他。卢玉川问:"你为何来找我?"她说:"我想知道宇宙是怎么一回事。你搞的这东西跟宇宙的秘密有关系。""还有呢?""我景仰你的才华。不是每个人都这样艺术性地去思考问题。""除此之外呢?""我还佩服你的勇气。连量子工程师制定的秩序,你也敢于挑战啊,真是不简单。男人就该这样。"卢玉川点点头,又问:"那你知道巴甫洛夫的那句名言吗?""我当然知道啦。巴甫洛夫说:在世界上我们只活一次,所以应该爱惜光阴。必须过真实的生活,过有价值的生活。""对,对!还有呢?""巴甫洛夫又说:科学需要一个人贡献出毕生的精力,假定你们每个人有两次生命,这对你们说来也还是不够的。"卢玉川震惊了,在远道而来的女孩面前,他第一次害羞地低下尊贵的头颅,就像在对她俯首称臣。他觉得,这个女子美丽而聪慧,多智而饱学,大胆而热情,并具有理想主义的精神,与他又是那么的默契。他们就好上了,就在一起了。新婚之夜,他们相约要生生世世结为夫妻。这是能够办到的,转世机就掌握在卢玉川的手里。

在妻子的辅佐下,卢玉川的事业继续发展,如日中天。不过,天长日久,俱乐部也遇到一些麻烦,比如行贿者和讹诈者开始来捣蛋了。对于前者,卢玉川也不是全然拒绝,而是根据具体情况,相机行事。反正,对方口袋里装的本是不义之财,而卢玉川也需要争取更多投资,以进一步改进系统。妻子对他说,转世机是把人类从水深火热中拯救出来的伟大科学发明,维护它、完善它,是一个了不起的社会实践,不应该为小节所拘。卢玉川还根据妻子的建议,在俱乐部中组建了一支防暴大队,遇到前来讹诈的,就派队员将其捉住,一律就地处死。如今,社会早已乱套了,既无治安可言,更无法律可循,而且大多数人失去了对来世的希望,杀掉几个坏蛋也没有人追究,暴力是解决问题的最佳手段,再加上转世机掌握在卢玉川手里,也不用担心因果报应,再说,正好为社会清除垃圾,把更多的转世机会留给好人。但比较难办的是,不久后,俱乐部又遭遇了公共汽车利益集团的介入。这是社会体系崩溃之后,掌握着人类出行资源的大型垄断集团,财大气粗,现在又试图控制卢玉川发明的转世系统。集团派了人来谈判。原来,卢玉川读大学时的大学校长如今在集团中担任公关部长。校长是一个满脸冒油的小老头儿,长着两只雀眼,浑圆而晶亮,藏在一副黑边儿眼镜的后面,脑袋上只剩下几根头发,涂了黄油整齐地往后梳,穿着一身劣质的双排扣西装,上面斑斑点点尽是油渍。校长紧紧握住卢玉川的手说:"你是我的好学生呀。""校长你过奖了。那时你可是经常批评我们不成器。我因为顶撞老师,你还差点不让我毕业呢。""不,你就是个好学生,不然怎会做出这样伟大的成就? 老师和同学们都以你为傲!"校长浮肿的脸上溢出生硬而虚假的笑容,那形状就像一摊屎。"不,荣耀应该归于母校。"卢玉川谦虚地说。"既然如此,我也就不客气了。小卢,我来找你,就是要坦率谈谈我的一个想法,确切来讲,更代表了很多关心你、期待你的人的真实想法。"听校长这么说,卢玉川有些不安了,但他说:"请你说下去。""是这样的,我们都认为你应该为人类做出更大的贡献。你一定也这样想吧。但是怎样做呢? 你有没有觉得,关于对今生和来世的管理,是不是应该集中在一个正规组织的名义下更合适一些呢? 你有没有注意到社会上的一些新动向呢? 比如,我现在为公共汽车利益集团工作,那可是一个代表了所有公民利益的组织呀,你想一想,谁没有出行的需要呢? 这可是现代公司的治理体系……但是,最近以来,集团内部出现了一些不稳定因素,很多职工不辞而别,跑到你的俱乐部来了。这对社会的正常运转可是很不利哟。""哦,对此我也于心不安。但我会把这些投奔过来的人安全转世到一个更好的世界上去的,所以请你不必多虑。校长你本人如果也想加入转世俱乐部的话，我可以免费赠送你及你家人白金会员的资格，保证不让你在下世成为猪狗。""不，我可不是为了一己之私而来的，"校长夸张地把眉头皱成一个拧巴的川字，严肃而急切地说，"已经很清楚了，这是关系到很多人的公共事务，说白了，也就是全人类的幸福。小卢，你不认为由一个光荣而伟大的集团来管理转世系统，比你一个人单枪匹马打理它更科学、更民主、更高效吗？这样也才能把事业做大做强吧，嗨、嗨。""可是……""放心吧，集团已准备好了向你支付一笔可观的并购费，这比起你收取的那点儿可怜巴巴的会费来，称得上是天文数字哟。"听到这里，卢玉川觉得嗓子一阵发干，但他还是说："但是，还不知道会员们愿不愿意呢……""唉，小卢，我想你可能还没有听明白。虽然，我是来跟你做商量的，但说到底，这件事你不愿意也得愿意。你一定听说过我们集团的背景吧？"校长拉下脸来，做出像是很失望的样子，这是卢玉川上大学时十分熟悉的一副面孔。校长深不可测的眼光不再看卢玉川，却是越过他薄薄的肩头，去打量半空中其他的什么东西。但他到底在看什么呢？

卢玉川回到家，对妻子说了此事。"这可怎么办啊？"他慌张地说。妻子却是个沉着坚毅的女子，说："我还记得我小时离家出走的那一幕。爸爸和妈妈都站在前面阻挡我。他们的面前有一个臭水塘，但就算是臭水塘，里面也映出了很多星星。这十分罕见。他们指着水塘但不是星星说：一个人有许多次生命，但听人劝是最重要的。但我还是不顾一切，踩着水塘走了过去。我一身的脏泥和星光把他们吓坏了。他们一边让路一边说：你做了违背父母心意的事情，你这一辈子就白过了，下辈子也没有盼头了。但结果恰恰相反。你知道我在沙漠数到了星星。你难道不记得巴甫洛夫是怎么说的了？""可是，现在我们面对的是公共汽车利益集团呀，很厉害的，他们个个杀人不眨眼，俱乐部的防暴大队根本不是对手。如果不答应的话，他们会用武力夺去机器的，那些公共汽车转眼之间都会变成坦克……还不如按照他们开出的价码把转世机卖掉算了。我们也好平平安安过日子。"卢玉川有气无力地拉着妻子的手说。"玉川，你怎么这样想呢？你怎么这么天真幼稚呢？我嫁的是你这个人，而不是你制造的那台机器，更不是金钱和权力。"她用一种淡定却决然的语气对他说，在平凡中产生了力度，"我不希望用这样一种方式过所谓平平安安的日子——再说那真过得了吗？哪怕只是短短一生，我也不想因为有人挡着你你就退缩。而且我们不是说好要生生世世在一起吗？你怎么能把关系到我们下辈子幸福的转世机拱手交给别人呢？"卢玉川听了很感动，把妻子紧紧拥在了怀里，眼里流下热泪。这时，公共汽车利益集团已在步步紧逼了，并且给出了最后期限。在这种情况下，卢玉川接受了妻子的建议，两人一起服毒自杀了，死之前，他把转世密码藏在自己的DNA中。这个密码是宇宙中的一个重要常数值。他还事先向一位信得过的朋友作了交代，由他把他们夫妻的尸体送入转世系统，启动早已设定好的程序，于是，两人顺利进入了下一世，逃脱了公共汽车利益集团的威胁。那台转世机则委托朋友熄火后藏匿起来，等到卢玉川转世成功后再来运转它。

在未来世界里，卢玉川的意识和身体经过量子叠加，很快重新聚合起来，他的记忆系统提醒他，首先要找的，是那台转世机——而不是他的女人。他离了它就什么也不是了。他观察了一下四周的情况，知道来到了一个陌生的世界，但不管怎么说，重新掌控转世机才是头等大事，他是它的发明者，是它的主人。但未曾料及的危机出现了，卢玉川忽然发现，他委托的那个朋友已经把转世机卖给公共汽车利益集团了，而且，校长带着一伙人，趁卢玉川的尸体没有腐烂时，就检测了他的DNA，从中破译了转世密码，并一起蜂拥着转世来到了这个时代。他们在这个世界，建立起了新的俱乐部。唯一与以前不同的是，成员们对转世机的操纵者也就是被称作大佬的人——公共汽车利益集团的董事长——提出了更高要求，因为转世这事儿，经过几代人的阐释，说起来已被提升到了责任意识的高度，每个人都觉得自己是最该转世的那个人。会费还在照样收取，但因为通货膨胀，价格上涨了一千多倍，完全交给市场之手，这里面产生了金融危机，因此会员们又提出，公平和正义也很重要，应该通过选举，推出信得过的人来管理转世系统。于是，大家发动一场政变，把大佬赶下台，然后，进行全民普选，以确定一位新的俱乐部会长。

卢玉川作为后来者或新人，按照程序的规定，已经不可能成为会长了，也无法参与会长的竞选。他因为初来乍到，甚至连投票权都没有……不久，新会长经投票选举新鲜出炉了。其实也不是真的投票，都是暗箱操作。卢玉川看到的是，那个新选出来的男人正是他从前的朋友——正是他把转世机卖给公共汽车利益集团的，这笔钱也成为了他贿选的资本。现在，他的身边围聚着很多艳丽女人，其中一个，卢玉川认得，正是他上世的妻子，对会长百般献媚。他感叹一世与一世毕竟不同了，但仔细一想，这岂不正是生活中的常理？并且这也不违背任何的科学法则，他早该想到这个。卢玉川很悲哀，但受着本能的驱动，还是想方设法接近自己的女人，从她身边走过，故意瞥她两眼。她无缘无故感受到了一种不同寻常的目光，遂停下脚步，但只是怔了怔，却没有认出卢玉川，但还是冲他友好地微笑了一下。大概，她看出他是一名新会员，或许需要开导和帮助吧。她随手拿了一些俱乐部的规章资料送给他。卢玉川受宠若惊地赶紧捧在手上，连声称谢，心想她还保留着最后的一分善良。"你一定要仔细阅读啊，包括每个标点符号都要看清记牢，否则，就会遇到麻烦的。时代不一样了，俱乐部这个地方，情况很复杂。你知道巴甫洛夫和他的狗的故事吧？"她小声叮嘱，好像有点儿心乱，又看了一眼身边肥头大耳的新任会长,不安地说:"亲爱的,我说得对吗?"那家伙显出威严的样子,夸张地点点头,一把搂住她的腰就走掉了。卢玉川遵嘱看了一遍,见规章所记载的内容格外烦琐,他只读了一个开头,脑袋都大了。果然,一切都不是他前世的情形了。

  俱乐部里洒满血色的光芒,就好像这世界是在一颗红巨星边上旋转,到处堆着破鞋和自慰器,皮鞭在不停呼啸,枪炮声时时可闻。新会员一开始需过乞丐般的生活,然后才能被赐予打工的机会,为上层会员服务,再凭借获取的赏识,逐步占据上升空间,而只有坐到较高职位,才有资格得到转世机会。不是人人都能转世的,因为这个世界的资源十分稀缺,物价又那么高,银行全是坏账,转世机又只有一台,离了卢玉川,没有谁有本事去制造新的。整个过程因此充满人与人的倾轧,常常弄得刀光剑影,鲜血淋漓。卢玉川毕竟是转世系统的发明者,他利用自己在上一世积累的丰富经验,小心做人,谨慎行事,不但避开了杀身之祸,而且不久后还混成了一个小头目。这时,他忽然异想天开起来,觉得应该去找那个会长,也就是他从前的朋友,向他说明自己的真正身份。卢玉川并不幻想重新获得会长的职位,更没有奢望会长会把女人送还给他,他只是想通过这层别人不具备的私人关系,尽量使自己的未来有一定的保障,至少能够在这番命运终结时,平平稳稳地再次转世吧。他先是通过行贿,买通了会长的秘书。这位秘书在前世曾受过卢玉川的恩惠,被减免了会费而得以转世。秘书就把他引荐给了会长。"你是谁呢?"胖得像头猪的会长睡在一张轰隆直响的黑色大按摩椅里,眯缝着红通通的小眼睛问。"哦,我们见过面。"卢玉川意味深长地凝视会长。会长费力想了好一阵,喘着大气说:"你好像是新会员吧?我们似乎是见过的,我的三姨太还送了你规章读呢,怎么样,你都照她的吩咐认真学习过了吗?""读过了,但还有些疑问。""哦。什么疑问?汇报来让我听听。"会长像是有些疲倦了，伏烁地往回缩进按摩椅深处，脖子像肉虫般一拱一拱。"我认为，规章上应该写上这么一条：所有会员都有掌握转世密码的平等权利。"卢玉川鼓足勇气，带点儿兴奋劲地说出这句酝酿很久的话。他都没有想到自己会有这么大胆，毕竟，也许还是前世受到过妻子的熏陶吧。"哦？这倒是一个新奇建议。"会长勉强笑了笑，脸上露出希望这人快些走掉的表情。这时，卢玉川就把他知道的那个密码说了出来。会长仿佛有些吃惊，又似乎这是在他的意料之中，也没有从躺椅上坐起来，而只是含糊地问："你是怎么知道的？"卢玉川说："你再仔细看看我吧。"会长又打量了他几遍，脸色微变。但他只是乏味地说："我不认识你。但我还是知道你是谁。每个转世的人都有名录在案。这样吧，看你也不容易，你先回去休息，待我再好好考虑一下你的建议，有机会提交俱乐部大会讨论吧。你就回去等通知好了。"说罢会长一侧身就睡着了，打起呼噜。卢玉川只好出来，秘书在走廊上悄悄告诉卢玉川，说像他这样的自称是转世系统发明者的人其实还有很多，也都来找过会长，结果根本没门儿，下场都很惨。卢玉川一听心都凉了。秘书又暗示卢玉川下一步应该怎么办。卢玉川听后很害怕。于是，他又给了秘书一些钱，请求他能给他一点儿时间。秘书点点头笑着答应了。然后，卢玉川开始逃亡。不久，防暴大队的杀手赶到了。但他们没有逮住卢玉川。卢玉川隐姓埋名，东躲西藏，常常要通过行贿，请求有权有势的人来帮他遮挡，避过此祸。但最终他还是被出卖了，被一位本来说好了要收留他的白金会员交到了杀手手中。卢玉川十分不服气地对这位告密者说："我才是转世系统的发明人。你凭什么这样对待我？"对方哂笑："这我早知道，我认识你。你在上一世，把我转世为了一头乌龟。这你不记得了？后来我历尽磨难周折，忍辱负重，低三下四，百般讨好，才重新转世为人。现在你也该尝尝这个滋味了。命运面前，人人平等。"

卢玉川被凌迟处死后,被确定转世为一只苍蝇,这本是俱乐部正在进行的一场大规模集体转世活动中的一个项目,涉及数万人,所以谁也不觉得卢玉川在其中有什么特别。但似乎有些问题,好像发生了什么技术错误。这可能是由于那位民选会长对于业务并不熟悉的缘故吧。于是,卢玉川投生到了一个全新的世界,又一次看到一切均与以前不同,景物殊异。他才如同大梦初醒。他发现,在他经常飞去吸屎的那个厕所的墙上,贴着一些残缺不全的布告,他在空闲时凑近粗略看了一遍,才知道上面公示的是众生的档案材料。原来,大家的这些经历,包括卢玉川本人的——他从发明转世系统,到建立俱乐部,再到与女人结婚,服药自尽,进入来世,最后被人杀害,再次转世来到这个厕所边生活,无不是他那唯一的一次生命中的一些片段或碎片,说得好听一些,只是他一生中所做的一些阶段性事情。这一切仍在量子工程师的掌控之下。卢玉川本来就是一只苍蝇。

◆ 羿射九日

张 静

引

夏夜的天空高阔深邃，银河灿灿，星斗争辉。高高的融天山的山坡上，有几座小小的村落。一座孤零零的茅草屋前，年迈的樵夫和他苍老的妻子，像往常那样坐在门前的石墩上仰望浩渺的星河，倍感孤寂凄清。

老两口相依为命三十多年，砍柴狩猎、纺麻织布，日子还算过得去，只是年过半百至今膝下无儿无女，心中郁闷惆怅。忽然，一颗蓝色的流星拖曳着美丽的银色光华划过夜空，从冥冥天宇直朝融天山的山洼洼落去。顿时，山洼里腾起一片莹莹蓝光。

"听人说一颗流星落下，就有一位贵人来世呢，你快去山洼里看看！"

"说的是，我这就去！"樵夫擎起一个火把，急匆匆地向山洼洼赶去。

清晨，樵夫喜滋滋地抱回一个襁褓中的婴儿，激动地对老妻说："天赐我儿！天赐我儿！我在一块斗笠状的大青石旁找到了他，这男娃准是昨夜那流星下的凡，将来必成大器。"

老妻枯黄的眼睛亮堂了，亮得流光溢彩。细瞧这娃娃，不但比一般孩子硕大，而且"天庭饱满，地阁方圆"。她搂过娃娃，喂他羊乳，娃娃竟冲着两位老人甜甜地咧嘴笑了，逗得樵夫和老妻开心不已，下决心好好呵护这娃娃,把他抚养成人。

从此,小茅屋内充满了孩子牙牙学语声和樵夫老两口的欢笑声。两位老人越活越觉年轻,那娃娃也越长越壮实,樵夫给他取名"羿"。

六年后,羿居然长得比樵夫还要高大,竟能跟随阿爸进山砍柴狩猎了。

"羿儿,你两臂过膝、眼力超群,好好随我习武练射箭,将来定练成天下第一射手。"

樵夫年轻时是方圆几百里有名的狩猎高手,射箭几乎百发百中,他决心把全部武艺传授给羿。

"只是学成后不可逞强作恶、为非作歹,要为百姓除害做好事!"

"放心吧阿爸,孩儿记住了!"

羿刻苦努力,小小年纪很快学会了张弓射箭。但是有一件事令樵夫不安:羿在山谷里习武射箭之余,常会偷空独自一人悄悄溜进森林深处,依偎在那块笠形大青石旁,出神地聆听从九霄云外传来的唿哨声。他常常听得如痴如醉,一点儿觉察不到阿爸在灌木丛中观察他。

樵夫把这事告诉老妻,老妻却笑了,悄声说:"我说老头子你糊涂啦?咱儿可不是凡俗之人,是从天上下凡来的贵人哦!说不定有神仙在林子里跟他说话哩!"

可不是吗?这孩儿原本从天而降;既然从天而降,当然就是"天子";既然是天子,当然要聆听来自天国的教诲。啊啊,那奇妙的唿哨声,准是从九霄云外传来的"天语",那块大青石,说不定是一艘"天舟"呢。

天机不可泄露——樵夫终于"开窍"了。他赶紧独自来到松林里那块大青石旁,恭恭敬敬跪下,虔诚地朝着大青石连叩三个头,颤声说道:"上天啊,求你保佑羿吧!无知草民我再也不敢跟踪他了!"

一

"喂喂,你听到了吗?听懂了吗?羿,很高兴你已渐渐长大。现在我要告诉你:羿,你不是地球上的凡人,你有超凡的体力、听力和眼力。请你仰起头,向东南方向看,这颗闪着金色光华的星星,叫 J 星,它才是你真正的故乡!现在和你说话的我,是 J 星大帝国的首领帝俊。为了 J 星的利益,是我把你派往地球的。务必牢记:你责任重大,我会经常用 J 星人特有的感应力召唤你,你必须随时听从我的命令……"

那天清晨,年少的羿终于在"大青石"旁听懂了从遥远天穹传来的"滴滴嘟嘟唏唏嘘嘘"的唿哨声,心中既感震撼惊喜又忐忑不安。喜的是自己感受到一种来自故星的巨大的使命感;不安的是,担心会失去自己十分眷恋的养父养母。

在这种矛盾的心态中,羿渐渐成长为一位乌眉大眼、虎背熊腰的英俊少年。他学会了砍柴、种地、狩猎、射箭,同时又在帝俊的唿哨声指引下,悄悄学会了开启"天舟"——那块密林深处的神秘的大青石。

"大青石"原来是一艘经过伪装的宇宙飞船!正是这首宇宙飞船把襁褓中的他送到地球上来的。羿只要轻轻按动一下大青石上那颗不起眼的小按钮,他就可以进入"天舟",在"天舟"一方硕大的视屏上与 J 星的帝俊见面,在帝俊的教导下使用宇宙通信设备。

帝俊金红色的卷发、蓬松的大胡子还有那对闪着金光的冷峻的大眼睛,让羿觉得十分威严。羿不可遏制地崇拜帝俊,总有一股不可抗拒的力量,频频召唤他来到天舟,聆听帝俊的教诲。

随着聆听"天语"水平的提高,羿进一步了解到了自己的身世,懂得了更多的宇宙知识:自己原来是 J 星一位女科学家的儿子,出生不久便被帝俊用一艘笠形的宇宙飞船发落到地球，目的是借助羿的成长，观察 J 星人如何在地球上生存，让长大成人后的羿配合 J 星人完成移民计划——被环境污染严重困扰的 J 星人，向往着到地球这颗美丽的蓝色星球上开始新的生活。

然而随着时间的推移，羿却越来越挚爱养育他的阿爸阿妈和融天山四周的父老乡亲，并且十分崇敬九州百姓有口皆碑、爱民如子的尧帝。他跟随樵夫阿爸练箭习武，箭术长进很快。

那一天，山谷里的雾霭刚散，晨曦播撒出万缕金光，羿和阿爸在山上操练弓箭。弓箭在羿的手中是那样得心应手，羿很为自己能够百发百中而沾沾自喜。阿爸却皱了皱眉说："羿儿，看到飞过来的那只鸟儿了吗？你能否将那飞鸟的左眼射中？"

"没问题，阿爸，凭羿的功夫，准能一箭射中！"

羿刚愎自用，挥臂张弓，略略用眼一瞄，银箭急速飞向天空。可是鸟儿落地后羿捡起一看：唉，箭仅仅射中了鸟儿的头部，根本没有射中它的左眼。

阿爸默不作声，只是接过羿手中的弓箭瞄准云端的另一只飞鸟，屏神敛气。银箭"嗖"地飞出，鸟儿中箭落地，果然，阿爸射中了那鸟儿的左眼！

"好箭法，好箭法！阿爸好眼力！"羿高声惊呼。

"羿儿，其实你的眼力、臂力远比阿爸强。"樵夫语重心长，"习武贵在不骄不躁，水滴石穿，只有坚韧不拔地勤学苦练，才能真正练出一身超人的好功夫。有了好功夫，才能成大器，才能为天、为地立大功，树大业啊！"

羿惭愧得红了脸，从此不骄不躁更加勤奋地练弓习武。当他年满十八岁时，果然成了名扬四方、无人可敌的好弓箭手。

二

高耸入云的融天山云雾缭绕，山巅确有融天之势。樵夫一家住在山的南面，再往南，是一望无际的浩瀚大海，因此这里的黎民百姓或以狩猎砍柴为生，或以舟楫捕鱼度日。融天山的北面则是另一番景象：辽阔的平原上，星星点点的村落洒落在四面八方。那儿居住着刀耕火种的农民，男耕女织，生活得其乐融融。

山北的小村庄中有位名叫嫦娥的姑娘，父母早逝，一直跟着哥哥吴刚相依为命。姑娘穿布衣、吃杂粮，却出落得如花似玉。她身材婀娜，肌肤洁白无瑕，水汪汪的丹凤眼十分传神。她不但美丽，而且心灵手巧，会纺纱织布，还会帮哥哥捣药。

哥哥吴刚和嫦娥相反，长得五大三粗，肤黝黑，整整比妹妹大十岁。由于父母去世早，怕娶了妻子妹妹受委屈，所以至今未婚。他心地善良，会刀耕火种、砍柴搭屋，还能采药、煮酒。

这天嫦娥满十七岁了，缠着哥哥吴刚带她一同进山："阿哥说过的，等我满十七岁就领我进山谷挖药采蘑菇，说话算数哦！"

看到妹妹如今已长成亭亭玉立的大姑娘了，吴刚心中十分欢喜，满口答应道：

"好吧阿妹，快换上你的青布裙，挎上小竹筐，这就跟我进山去！"吴刚提起砍柴斧，背起大药篓，高高兴兴地领着妹妹进了山。

山谷里原来这么美！淡紫色的云霞映照着一片片桑林、桃林和松林。嫦娥跟着哥哥穿过桑林和桃林，来到郁郁葱葱散发着松果香味的松林中。这里到处可以看到蹦来蹿去的野兔、小松鼠和梅花鹿，还有黄的、红的、紫的、蓝的野花。唧唧啾啾婉转的鸟鸣声伴随着微风吹动松叶的瑟瑟声，十分悦耳动听。

"阿妹你看,这金黄色的花儿晒干了,就是味道鲜美的金针菜;这野菊花,晒干了泡茶喝能清火,放进枕头能安眠;再看那车前草,是利尿的。"

吴刚一边采药,一边不忘教妹妹识别各种草药的名称和用处:"还有这几棵是杜仲树,你把树皮剥开瞧瞧,有一缕缕白丝对吧?用它煎汤喝,可以补肾。"兄妹俩攀到山腰上,还采到了灵芝、挖到了人参。

在山坡上,嫦娥看到一种奇形怪状的草叶,刚想去摘就被吴刚吆喝住了:"阿妹快住手!这草药千万别碰,它能毒死人!谁吃了它先是飘飘欲仙,后是亢奋难禁,最后昏昏欲睡而死。"

嫦娥不但没被吓着,反倒嘻嘻哈哈笑了:"啊呀哥,谁要不想活吃这草药倒不受罪哩……"

"快别瞎说!"吴刚生气地嗔了妹妹一眼,抡起斧头一边砍柴、一边嘱咐,"快摘你的蘑菇和花草去吧,千万别贪玩走得太远哦。"

嫦娥用五颜六色的野花编成一只花环儿戴到头上,满心欢喜地去采蘑菇、摘野果,不知不觉走到松林深处,忽然听到一阵不同凡响的唿哨声在山谷上空飘荡,既不像虫鸣,也不像鸟叫,"唏唏嘘嘘滴滴滴滴",好听极了,真是天籁之音!

她好奇地循声觅去,来到一个草木隐掩处。透过一丛灌木发现,有位个子高大、虎背熊腰的男子,正背向她在摆弄一只亮闪闪的小盒儿。小盒儿的上端竖着银色长竿,长竿发出的滴滴声正和云霄中传来的唏嘘声呼应。

不一会儿,男子收拢小盒,轻轻一摁身旁的大青石,"嚯"的一声——大青石居然敞开一扇门,让那男子钻进去了!

这不是在做梦吧?大青石能开门?好奇心驱使嫦娥蹑手蹑脚走出灌

木丛,来到大青石前想看个究竟。只见大青石寒光逼人、滑如镜,可那扇门呢?她忍不住小心翼翼地用细细的指尖在大青石上摸呀摸……

"什么人?如此大胆妄为?"随着石门骤开,那位男子一声怒喝跳了出来,吓得嫦娥浑身哆嗦。直到看清眼前的男子原来是位和自己年龄相仿的英俊青年时,她才羞红脸说:"对不起……我只觉得这大青石太神奇才去摸它的,没想到冒犯了您这位阿哥!"

一声轻轻柔柔的"阿哥",把羿叫得不好意思了。他不觉细细打量:这姑娘亭亭玉立、身姿婀娜,面如朗月、目似清泉,长长的乌发上套着一只野花编成的花环,手臂上还挽着一个装满野果和蘑菇的竹筐,那双又羞又怕又窘的会说话的眼睛,说明她确实出于好奇才触摸"大青石"的。

羿放开紧紧抓住嫦娥两肩的手,莫名地红了脸说:"噢,我没吓着你吧?请问姑娘家住何处?贵姓芳名?"

嫦娥松了口气,仔细打量小伙子:他高大伟岸,双目如炬,棕红色的脸庞有棱有角,宽大的额头,方正的下巴,高耸的通天鼻,十分英俊威武。

"我叫嫦娥,家住山北,阿爸阿妈早已去世,靠哥哥吴刚砍柴采药把我带大。今日头一回随阿哥进山,没想到无意间冒犯了你……"说着说着又后怕得哭泣。羿连连鞠躬道歉,嫦娥终于破涕而笑,指着大青石问,"请问阿哥,这究竟是什么?"

"飞舟!"

"阿哥是谁?从哪里来?"

"我叫羿,从天上来!"

"啊,你是神仙?"

见嫦娥惊慌,羿解释道:"我虽然从天而降,从小却被樵夫阿爸阿妈收养，家住山南。"

"你就是那位名扬四方的神箭手羿？"嫦娥两眼顿时熠熠闪光，"小时候常听说'天外有天、人外有人'，我还不信呢。"

羿笑了，拉起嫦娥的手，用她细细的食指去摁大青石上那颗小小的白疙瘩。顿时，大青石的拱门启开，羿邀请嫦娥："姑娘请进，来长长见识！"

三

哇，这石头船里面远比嫦娥想象的神奇：那些五颜六色的小灯儿，不用油、不用灯芯点燃也能闪闪发光；那些细管子、小键子，金灿灿银晃晃的让人目不暇接。

"千万别乱动这些小键子！如果一摁这黄键，咱们就会随着石船儿飞起来；再摁这银键呢，就飞到月亮上去啦！要是再摁那红键，咱们会飞得更远更远，想回来就难了！"羿指着石船前端的一排小键子，认真嘱咐。

嫦娥觉得自己走进仙人洞了，愉快而又迷茫地听羿讲解着。

尽管羿说的话她不全懂，但是她还是饶有兴趣、专心致志地倾听。不知不觉地，羿竟然把憋在心中近二十年的秘密和满腔的心事，一股脑儿向嫦娥倾诉出来。

"我的故乡在遥远的 J 星，"羿打开一扇舷窗，指着天空说，"那里有高耸入云的大厦，纵横交错的大道，还有蚂蚁般密集的人群；可是我觉得它远远比不上这里的地上人间。"

"养育我的阿爸和阿妈相继去世了，我很想念他们，寂寞的时候就来这里看看我天上的故乡。"两滴晶莹的泪珠溢出羿的眼窝。

羿告诉嫦娥，他是通过那方太空天屏看到 J 星景象的，他不知道自己天国上的阿爸是谁,只知道阿妈是位有学问的科学家。如今是天国的君王"帝俊"通过天屏在教导他。

聪颖过人的嫦娥听得如痴如醉,对于羿讲话中夹带的某些"天语"——诸如宇宙、太空、星球、宇宙飞船、科学家之类的名词,她能运用自己的丰富想象力,把这些话与民间流传的"九重天""天帝""天舟""天屏"和"神仙"等等联系起来。

顿时,两位都已失去了父母的少男、少女同病相怜,越谈越融洽,竟忘了时间已过去半晌。

"啊呀不好,我吴刚阿哥还在松林里等我呢!"

想起"天上一日、地上十年"的传说,嫦娥慌了神,心想自己一个凡俗女子,和一位从天而降的人在"天舟"里聊了大半天,会不会人间真的已过去十年?

羿哈哈大笑说,"我们还在地球上啊!没动那键子,飞船怎么会上天呢?今朝之事请姑娘对谁也莫提!否则帝俊会惩罚我的。"嫦娥频频点头,羿情不自禁拉起嫦娥的手……

当这对"天男""地女"携手走出"天舟"时,都觉得融天山分外葱翠欲滴,黄雀儿鸣啭得格外悦耳动听,野花小草也比平时更加馨香艳丽。金红色的夕阳下他们相互微笑着深情凝视良久,还勾了手指儿约定再次来"大青石"约会的时间,不见不散。

羿把嫦娥送到松林外,只见吴刚正焦急地等待妹妹。从此,嫦娥心里再也忘不了这位名羿的英俊少年……

四

岁月匆匆,十年过去了。

不知什么原因，原本祥和安宁的九州大地，最近忽然变得躁动不安：晴朗的天空接连升起了一轮又一轮火鸟似的红色小太阳，最后竟十日并出，烤得江河干涸，田禾焦枯，饥荒四起，百姓叫苦不迭。身为九州君主的尧帝心急如焚。

天上那九个妖日究竟从何而来？如何才能把它们驱走？为了考察灾情、寻找能人智士商讨驱除妖日的良策，尧帝率领人马四处奔波。

那天傍晚，尧帝风尘仆仆来到融天山四周，只见满山遍野干涸凄怆，百姓个个黑瘦无力，不觉泪如雨下。

"苍天啊苍天！你为何如此残忍？十日并出，焦稼禾、杀草木、山河荒、民无食，究竟为什么，为什么啊？"尧帝登上山坡，举起双臂呼喊，"若有英雄助我除害，驱走九日，我愿将一方好土'有穷国'赠送予他！英雄啊英雄，你在哪里？"

尧帝的呼唤恰好被砍柴回家的吴刚听见，他循声找到尧帝，跪下禀报：

"小民吴刚的妹夫羿力大过人，聪慧英勇，且极善弓箭，尧帝不妨与他共商射日除妖大计，或许能为民除害？"

尧帝捋着长长的银须思忖：射箭技术再好，也难以对付高挂在天的妖日呀！不过早就听说融天山有位被百姓称作"天下第一箭"的年轻人，不但箭术高超，而且绝顶聪明，我怎么没有想到请他来商讨驱日大计呢？于是命吴刚带路，进村访羿。

此时的羿，搬到融天山北已经多年。

多年前，好心的吴刚砍去自家门前的十几株桂花树，盖起两间新木屋，取出自己酿造的香喷喷的桂花酒，为妹妹嫦娥和羿成了亲。吴刚砍柴种地采药，羿射猎捕鱼习武，嫦娥纺麻织布捣药，一家人日子过得虽然清贫却其乐融融。

谁知天有不测风云,九个妖日的出现打破了安宁的生活。

吴刚急匆匆带着尧帝一群人赶回家,没进柴门就大声喊道:"好兄弟快快出来,尧帝驾到,邀你商讨射日大计呢!"

听说自己景仰的尧帝来了,羿连忙出门迎接跪拜。

尧帝见羿满心欢喜,眼前这位年轻人不同凡响:身材硕大,气宇轩昂,两眉横山、双目如炬,尧帝将羿扶起。

羿见身为九州之首领的尧帝慈眉善目、银须飘逸、布衣草履、朴实无华,竟然不辞辛劳千里迢迢各处寻找驱日良计,心中分外敬佩感动,立即将尧帝迎进木屋。嫦娥捧来存放多年的桂花酒招待尧帝,却被尧帝谢绝了。

"九个妖日如此猖狂,我哪有心情饮酒啊?驱除妖日是当务之急。听说羿智勇双全,还望你鼎力助我为民除害!"

驱除妖日?羿忽然支支吾吾,面露难色:

"尧帝在上,恕羿违命,"羿匍匐在地,"草民年轻力薄,无德无知、无能无力……实在难以承担如此大任!更何况想射下高挂在天的妖日,……需要多么硕大的弓箭啊!"

"哦,这么说来,如果有足够大的弓箭,或许可以射日?"

尧帝思虑良久,霍然高兴地拍桌道:"太好了!不必多虑。羿,我将动员天下能人壮士一同助你除害。请你先筹划一下,如何制造出一种威力强大的弓箭,足以射日?"

羿苦苦一笑:"唉!再大的弓箭也难射下那些妖日啊!这九个妖日,其实是九个……"羿自知失言,低下头不再言语。

耳聪目明的尧帝立刻听出羿的话外有音,沉吟道:"羿,希望你以拯救神州大地、黎民百姓于水深火热为己任!好好考虑考虑吧,明日我再来与你商讨射日大计!"

夜晚，羿的木屋里小油灯幽幽闪烁。他一会儿站起，不安地在屋内踱步；一会儿坐下，在油灯前发呆；有时还长吁短叹。此时羿心潮起伏，矛盾万分：因为J星帝俊交给他的一项重任，和地球尧帝对他的期望令他不知何去何从……

几天前，帝俊曾在飞船里的"天屏"上对他说："E，见到地球上空那九个大火球了吧？哈，那是我成功向地球发射的九颗热卫星！它们将把围绕在地球四周的磁力波、重力波转化为热能，使地球逐日升温，以便尽快适合我们J星人居住。"

"啊不，帝俊，这样会伤害地球上的人类。他们勤劳善良，用自己的双手耕耘渔猎，正在生机勃勃地繁衍发展。身为具有高度文明的J星人，怎么可以这样野蛮地去摧毁如此优秀的生灵？"羿愤怒了。

"住嘴，E，忘记你是谁了吗？你从哪里来？你的使命是什么？知道吗，J星环境污染严重，能源枯竭，你的J星同胞正面临着星球衰亡、即将毁灭的危险，我们必须另觅栖身之地。你是J星之子，为了J星人的利益，你别无选择！"

"如果是这样，"羿开始犹豫，"又何必发射热卫星？羿在地球上活了二十多年一直健康，J星人移民过来不会有问题！"

"你太愚蠢啦，知道吗？你适应地球温度，是因为我在你的体内注射了极其昂贵的抗冻药剂。记住，J星人对你寄予厚望！从现在开始，我要求你定期监视、检测地球的气温变化向我汇报，随时准备配合J星人移民地球。"

"可是，这样做对地球人太不公平！"

"你别无选择。要知道你还有一位被我囚禁的生母，如果你不服从我的命令，她将永无被赦免之日！还有你和你那美丽的妻子，也会遭到灭顶之灾！如果你表现良好，移民计划完成前，我会解除你体内的抗冻效应,并为你的妻子注射抗热药剂,不久的将来,你们将会和J星移民一同在地球上安居乐业……"

灯盏里的灯芯草闪烁着不安的光芒,嫦娥在灯下用明净如水的眼睛凝望着羿,细心地捕捉着他脸上的每一个表情,柔声问道:

"羿啊羿,你一向豪爽忠义,如今祸临九州,哀鸿遍野,尧帝邀你为民除害,你本该尽力效劳,可为什么吞吐退缩?若有为难之处,不妨说出,嫦娥与你分忧!"

羿仰首连饮三盅桂花酒,一把抓住爱妻的手,把帝俊日前在"天舟"里说的话,和盘托出。

"嫦娥啊嫦娥,我何尝不想助尧除害?可是叛逆J星,J星的居民又何处逃生?何况还要连累你和我在J星的生母,我于心何忍?唉唉,难呐难!"羿涕泪俱下。

听罢羿的话,嫦娥惊得目瞪口呆:

天上那九个可恶的妖日,原来是J星帝俊用来加害地上无辜百姓的!自从和羿相识、相恋、结亲以来,她已懂得不少天文地理知识,心中对帝俊充满崇拜,总以为帝俊派羿下凡是为民造福来的。谁料想帝俊竟让羿为虎作伥,要用九个妖日毁灭大地上的生灵!

嫦娥骤然把自己的手从羿的掌心抽出,扬起蛾眉、瞪圆杏眼,义正词严地问:

"夫君,地上芸芸众生安分守己、辛勤劳作,帝俊为何伤天良、害众生?天上星辰众多,帝俊若想率天民迁居他乡,为何不去无人之星安居?俗话说:'得道多助、失道寡助'。夫君啊,我们要堂堂正正做人!嫦娥愿伴你一同赴汤蹈火,为民除害,你的生母在天之灵也定会为你自豪!"

嫦娥推心置腹的一番话使羿的心豁然敞亮。

是啊,是啊,帝俊为什么不向其他没有高级生灵存在的星球移民?

为什么偏偏要侵犯已有人类居住的地球？地球的父老乡亲养育我成人，我怎能助纣为虐，坐视亲人遭殃？

"爱妻言之有理，快快随我去天舟，我要说服帝俊，请他率领 J 星居民移居其他星球。我还想见见我的生母，帝俊说她是一个有学问的人，也许她能给我驱除妖日的智慧、勇气和力量！"

嫦娥吹灭灯火，随羿趁着融融月色，直向融天山的山洼洼奔去。

五

在"天舟"里的"天屏"上，帝俊冷漠威严，羿不仅说服不了他，还受到严厉苛责：

"E，你好大胆！竟敢违背我的意愿，劝我移民到其他没有高级生灵存在的星球？哼，谈何容易？要知道，地球和我们 J 星最为相似，是我们移民最佳的选择。身为 J 星人，E，你不该如此目光短浅，只为野蛮无知的地球人类着想。永远不要忘记：你的使命是为 J 星人移民到地球服务！"

嫦娥听不懂帝君和羿用 J 星语言交流，但是他们的表情告诉她——帝俊十分顽固。她用眼神鼓励丈夫千万不要妥协！

帝俊不采纳自己的建议，怎么办？羿心想：如果现在激怒帝俊，肯定有百害无一利，最重要的是设法见到生母，也许可以得到帮助？

"好吧，帝俊，尽管我们有不同看法，我仍将遵照您的命令行事。不过，"羿开始讲条件，"羿至今尚未见过生母，恳请帝俊安排我们母子见上一面，了却我的思母之情。否则，您无情，我无义，我只好违抗您的命令，助尧射日。"

"哈哈哈哈，E，你实在年少狂妄！凭你和地球上一群原始无知的蛮野人，哪有什么回天之力？不过，让你见见你的母亲也好，"帝俊古铜色的脸上神情忽然有点凝重，"年轻人，你是该听听一位叛逆者的忏悔，并引以为戒了！你的母亲是 J 星唯一会说地球语言的科学家，刚好，你的妻子和你一同听听她的忏悔吧！"

帝俊愠怒的影像消失，"天屏"上映出一张中年妇女美丽聪慧的棕红色脸庞：宽阔光洁的额头、高耸挺直的鼻梁，一对褐色的大眼睛闪烁着慈爱且有些悒郁的光。见到羿和嫦娥，她雨泪纷飞，哽噎道：

"我的儿啊，你就是我时时刻刻梦牵魂绕的儿子？"

见到母亲，羿觉得自己和她是如此相像，一股暖流涌上心头。羿和嫦娥扑通跪下。

"阿妈——我的天母，羿儿想你，天天都想见到你……"羿泣不成声。

天母伸出戴镣铐的双手，想抚摸羿和嫦娥："听着，我的孩子们，现在我用 J 星人听不懂的地球人的语言和你们讲话。年轻时我曾多次去过地球，通过带回的音像资料，我学会了你们的语言，现在，我要利用这个机会，告诉你们一个重要的秘密。时间紧迫，你们务必认真记住我的话：

"我是 J 星专门研究银河系的科学家。由于我们 J 星人贪得无厌，过度地砍伐森林、捕猎野生动物、挖掘地下矿产、捕捞海洋生物、开发海底资源，生态环境遭受严重破坏，大气层被污染，加上战争连绵，使得 J 星气温越来越高，人们已经不能再在这颗星球上生存。

为此，我们这些宇宙科学家不得不奉命去寻找新的栖身之地。经过长期探索，我们在银河系中找到了一颗类似 J 星的 X 行星，那儿尚未出现高级智慧生灵。但 X 星气温较低，为了适应 J 星人居住，我呕心沥血设计出了一种热卫星，可以改造 X 星。

谁知帝俊听取一些'侵略狂'的意见,认为地球离 J 星更为近便,执意发射我发明的热卫星改造已有人类居住的地球。

热卫星将毁灭地球人类,我竭力反对。我收藏起自己的设计资料,拒不交出。为此,我被定罪为 J 星大帝国的叛逆者,被囚禁入狱。那时,我的腹中已怀有胎儿……

不久,我腹中的小生命诞生了,那就是你——E!襁褓中的你是那样的可爱,初为人母的我迸发出全部母爱,日日夜夜紧紧地拥抱你、哺育你,虽然身陷囹圄,我却因你的诞生倍感欣慰。

可是你刚刚满月,帝俊竟然用你的生命要挟我交出热卫星设计资料。身为母亲的我当然不愿儿子夭亡,同时也不愿意伤害地球上的无辜生灵,痛苦和矛盾几乎使我精神崩溃。

正当走投无路时,幸亏了你,我的儿子啊,是你吸吮我乳头的小小嘴唇,刹那间触动了我的灵感——为了拯救儿子同时拯救地球上的人类,为什么不把我的儿子奉献给地球上的人类呢?我要让他在那颗美丽的星球上成长,长大后配合我击毁热卫星!我要用行动告诫我们 J 星人:切不可随意侵犯有高级生灵存在的星球。

于是,我佯装妥协,用热卫星的资料换取了你的生命;为了进一步表示我的'忏悔',我恳请帝俊为你注射防寒剂,用一艘宇宙飞船把你送往地球,作为帝俊日后征服地球的'助手'。交出儿子和热卫星设计资料后,我并没有因此出狱,帝俊要等到热卫星确实改造地球成功并完成移民后才肯释放我。

我亲爱的儿子,现在该明白我的意愿了吧?快去配合你们的尧帝和民众完成'射日'重任吧!你们击毁九颗热卫星,也是我获得自由、促使帝俊移民 X 星的唯一希望。

切切记住:我拟定好的'射日'方案,就在这艘宇宙飞船尾舱的蓄能池下！我祝你们成功……"

屏幕显示，母子见面时间已到。天母必须离开了。

"阿妈啊！"羿痛心疾呼，"阿妈的天训，羿铭记在心，儿子还有一个问题：羿的生父是谁？……"

没等天母回答，帝俊冷漠的面孔重又出现在天屏上。天母被两个J星人押下去时，频频回首喊道："孩子们，我爱你们！我的心永远和你们在一起！"

天母的身影消失了，羿忍不住号啕，对着天屏用J星的语言大声问："告诉我，帝俊，我的生父是谁？他在哪里？他怎么可以让我的母亲独自承受苦难？为什么？这究竟为什么？"

帝俊抖颤着蓬松的大胡须，脸上掠过一丝稍纵即逝的愧色："E，这个问题不必多问，希望你听取你母亲的教诲，成为J星骄子，为J星移民地球立功，永不背叛J星！"

羿擦干眼泪，挺起胸、昂起头，意味深长地朗声说："是的，羿绝不辜负天母的教诲！帝俊，你等着吧！"

六

羿决心助尧射九日。他从飞船尾舱找到了天母阿妈的"射日图"。

这是一张多么令人费解的图纸啊！连日来，他在家中苦苦研究那张奇妙的图纸：

洁白的、薄薄的纸上没有任何文字，只画着九支类似银箭的东西和一张硕大的弓；弓、箭的腹中画着许多曲曲弯弯的管线；图纸的下方画有一只方匣，这方匣羿似曾相识。

九个妖日高高在天，仅凭这弓、这箭和这莫名的方匣，怎能将它们射下？

　　这天夜晚，羿照旧在油灯下对着图纸苦思冥想，嫦娥默默陪伴在他的身旁。这些天嫦娥也在不停地琢磨羿面前那张奇妙神秘的图纸，今晚她实在困了，不知不觉趴在桌边打起盹来。

　　迷迷糊糊之中，嫦娥做了一个奇怪的梦……梦中她看见图纸上那九支银箭忽然一个接一个地飞腾起来。飞呀飞，居然纷纷飞进一只大匣子，在里面狼吞虎咽地又吃又喝，直到吃饱喝足之后，才又高高兴兴飞出来，一个个活蹦乱跳地跳上一张红彤彤的大弓，笑呵呵地对着羿吆喝："喂喂，大英雄快来呀，快快将我们射出，妖日必败！"嫦娥忍俊不禁，跟随银箭一起咯咯地笑……

　　见嫦娥趴在桌边莫名其妙地笑，羿连忙把她叫醒，问是怎么回事？嫦娥绘声绘色把这个奇怪的梦讲给羿听。

　　羿听后若有所思地愣了一会儿，随即也跟着仰首哈哈大笑：

　　"啊哈，真是日有所思、夜有所梦！爱妻呀爱妻，多亏了你的这个美梦！我明白了：那个匣子，不正是飞船中的光子蓄能池吗？那张大弓呢，定是火箭推进器！只要按照图纸上的结构、比例和线路造出九支火箭和一架大弓，让火箭从飞船的蓄能池中吸足能量，最后把火箭放到大弓似的发射器上，便可以射向热卫星——那九个火鸟般的妖日，定能被摧毁！"

　　羿兴奋极了，让嫦娥赶紧取出晒干的羊皮、竹签和烟草灰。他用竹签蘸着调好的烟草灰，埋头数日，终于在羊皮上画出了射日的"彤弓银箭"明细图。

　　看到羿拿出的射日明细图，尧帝喜出望外，但对图案依旧疑惑不解：

　　"羿，你所说的射日之计虽然很有道理，但此图犹如天书天图，还望你告知此图的由来。"

"禀告陛下,此图确为天启、天赐。然而天机不可泄露,恳请尧帝恕羿不能如实告知。羿一心为民除害,请尧帝勿疑,成全羿的射日大志!"

"羿的大志也是尧的大志,也是神州百姓的大志。"尧帝抚着长长的银须说,"是啊,疑人不用、用人不疑,况且你的为人口碑甚好。羿,你费尽心血制出射日方案,我怎么会怀疑呢?放开手脚干吧,我将调集能工巧匠听你调遣指挥,希望你不负众望!"

羿领受尧赋予的射日重任后,首先做的事,是和吴刚一起带领乡亲们四处寻找"天石"——就是那种红色的含铁的陨石。随后,尧帝下令从九州各地找来了众多的能工巧匠,在羿指导下不分昼夜地工作,按照图纸铸造"彤弓银箭"。

九个骄横的"妖日"不知末日就要来临,仍然耀武扬威,大摇大摆地朝出晚归,用炙热的火焰烧烤着神州的每一寸土地。

白天太热人们难以劳作,就把工程放在日落时进行。每到夜晚,融天山下火光映天,人们凿石取火、挥臂劳作。肩挑车拉的运石声、打造的叮当声、劳作时的夯歌声直入苍穹。

为了让干活的男人们填饱肚子,嫦娥带着大姑娘、小媳妇们背竹篓、挎柳筐,攀山越岭去剥树皮、挖野菜,有时还划着竹筏,到快要干涸的海湾里捞鱼摸虾。"唉唉,再不射下那九个可恶的妖日,连大海也要被烧成沸汤啦!"女人们感叹着,把煮熟了的野菜和鱼汤肩抗担挑送到山脚下。

"人心齐、泰山移",一架硕大无比的红彤彤的大弓,和十支同样硕大的亮闪闪的银箭终于制成。

可是,小山丘般庞大的弓箭,如何才能运上融天山山顶呢?

聪慧的嫦娥胸有成竹。她让哥哥吴刚带人将自家房前屋后的百十株梨树和桂花树砍了,赶制出十几辆巨大的多轮木车。大木车足以装得下彤弓银箭了，乡亲们又齐心合力把盘山的小路拓宽。

一切准备妥当，静候尧帝下令射日的那天来到。

尧帝是位懂得天文地理的君主，他捋着银须闭目掐指，认为只有天时、地利、人和都具备才可射日。终于，他选定了一个吉日，令羿上融天山山顶射除妖日。

射日那天拂晓，羿喝下嫦娥为他熬制的野参汤。刚出家门，见尧帝早已在门外等候，并亲自为羿披上一件紫红色的斗篷，使他显得格外意气风发、精神抖擞。

尧帝和羿被人们前呼后拥着前行，吴刚一行数百人推着特制的木轮车、载着巨大的彤弓银箭紧随其后。一路上不停地有男女老少举幡旗、背皮鼓、秉香烟，尾随而来。人们虽然被妖日折磨得黑瘦干瘪，但个个昂首挺胸、斗志昂扬。前来为射日助威的人越来越多，队伍有如长龙盘山，景象壮观肃穆。

尧帝和羿登上山巅。山巍峨，乱云飞。众目睽睽之下，九个妖日中的一个妖日，从云间蛮横傲然地跳出，开始肆无忌惮地喷吐鲜红的火舌。

看到妖日如此张扬，羿气得双目如炬，捧起吴刚递来的桂花酒，仰首喝下。

"英雄，请！"尧帝一甩长长的银须，威严地大声下令。

顿时，满山遍野幡旗挥舞，皮鼓声咚咚，"嗨、嗨嗨！嗨嗨！……"助威声雷动。

羿屏声敛气，心中祈祷：天母啊，保佑你的儿子射日成功吧！他仔细调整好彤弓上的每个部件，用樵夫阿爸教给的射箭运气法瞄准妖日，沉着果断地按下了"彤弓"上的一颗键钮。

"嗖——"，"银箭"离弓，尾部拖弋着火红的光雾冲向天空……刹那间吼声停、鼓声止、幡旗不再挥舞，人们的目光紧紧跟随着银箭：只见它毫不畏惧地穿云透雾，直朝妖日奔去，不一会儿，它就不偏不倚、直直地插入妖日心脏。

不可一世的妖日被打颤了，活像一只落魄的红乌鸦，火舌乱舞、毛羽纷飞，在空中翻滚挣扎了好一阵子便泄气了、萎缩了、暗淡了，最终粉碎、消失了。

"尧帝万岁！""大英雄羿千岁！"欢呼声震得地动山摇。

羿正有点得意时，另外八个妖日一个接一个气势汹汹地跳了出来。尧帝提醒羿："万万不可掉以轻心！务必再接再厉，把妖日全部除尽！"

羿想起樵夫阿爸"戒骄戒躁"的教诲，振作精神，一鼓作气，又连续射出八个银箭。八个妖日在天上像火乌鸦一般挣扎翻滚一阵之后，也被一一击毁。

也许是过度兴奋，在皮鼓和人们的欢呼声中，迷茫的羿居然要继续按动键钮，发射最后一支备用银箭。

幸亏沉稳睿智的尧帝及时抓住了羿的臂膀："英雄住手！此日非妖日也！它乃是九州万物生长之父啊！"

羿这才恍然清醒，抬头仰望那轮美丽的金灿灿的太阳，随即泪流满面匍匐在地，亲吻脚下干裂的黄土地。然后他伸开双臂对天高呼："天母在上，羿没有辜负你的期望和尧帝的重托！没有辜负樵夫阿爸阿妈和九州父老乡亲的养育之恩！我终于驱除妖日啦！"

一阵阵清新凉快的风儿习习吹来，原野、大海、江河、山川刹那间重又变得天净地爽。满山遍野爆发出一阵又一阵欢呼声、喜极而泣声和感叹声。

"天助我，不如人助我也！"尧帝感叹道，"大英雄羿啊，驱除妖日，你立了第一大功！现在我宣布：封你为融天山一带有穷国的君主！"

人们把羿高高抬起，异口同声称赞尧帝的英明、羿的机智勇敢。

"身为一方之主,羿切切不要忘记那些与你一起觅天石、造弓银箭的人们,不要忘记采野菜、捕鱼虾、举幡旗、敲皮鼓,助你驱除妖日的父老乡亲!"尧帝谆谆嘱咐。

"尧帝教诲羿一定牢记在心!"

妖日除尽,羿决定去宇宙飞船里告慰天母阿妈。如今他已经是J星的"叛逆者",还不知帝俊将会如何处置自己?羿心中不免忐忑……

七

羿带着妻子嫦娥来到融天山山谷,进入那被嫦娥称作"天舟"的宇宙飞船。开启"天屏"前,羿心中不安:为了那九个被击毁的热卫星,帝俊恼羞成怒,是否会加害于天母?

屏幕打开了,令羿和嫦娥万万想不到的是,容光焕发的天母,竟然与和颜悦色的帝俊亲密地并立在天屏上,向着羿和嫦娥微笑。

"祝贺你,我的儿子!你完成了我的夙愿,我被宣布无罪释放了。"羿的生母宽慰地微笑,"现在我可以告诉你:你的生父是帝俊!"

羿不相信自己的耳朵。

"这……这怎么可能?如果他是我的生父,怎么舍得把还在襁褓中的我送到他认为是野蛮人居住的地球上来?如果他是我的生父,怎么忍心把我的生母囚禁起来?——不!我宁可没有这样的生父!"

羿伤心、迷茫,用陌生并仇恨的目光凝视着帝俊。

"原谅我吧,E,我确实是你的生父!"帝俊终于面带愧色,"在J星,帝制只是一种象征,我的言行受到臣民们的制约。在过去很长一段时间里,我听信谗言,认定你的母亲不肯配合移民地球,就是叛逆J星。为了J星人的利益,我以理智高于感情的原则囚禁了她……"

"你不仅仅囚禁了我的母亲,还使我们母子分离,把在襁褓中的我……"

"是的,我用宇宙飞船把你送往地球,期望你长大后为 J 星建功立业。可是我错了。令我震撼的是,你和地球人居然齐心协力,击毁了我想改造地球的九颗热卫星!事实教育了我和我的臣民——地球人不可征服!

事实还告诉我:真理有时掌握在少数人的手里;如果以前我们允许你母亲充分发表意见,听从她的意见移民 X 星,就会少走弯路。……E,你的母亲已经宽恕了我,现在我希望得到你——我的儿子的宽恕!"

帝俊的眼中溢出了悔恨的泪水。

羿的身体里毕竟流淌着帝俊的血,看到帝俊老泪纵横,他犹豫着矛盾着,不知道究竟该不该叫他一声父亲。

"孩子,宽恕你的父亲吧!他已醒悟,决定带领我们 J 星人移民去 X 星。我和帝俊将相依相伴,到那颗遥远的星球上开始新的生活……"

"如果你愿意,"帝俊接过天母的话,"我的儿子,请尽快带着你的妻子嫦娥乘坐这艘宇宙飞船,来 J 星和我们会合,我们一同去 X 星。"

听了帝俊和天母的话,羿百感交集。想到自己和帝俊血脉相承,亲情油然而生。往日的恩恩怨怨在即将离别的时刻冰释了,他泪流满面地跪在天屏前连叩三首:

"天父阿爸啊,请允许我用地球人的称呼,叫你一声阿爸!此时此刻,我多么想拥抱你和我的天母阿妈!儿子羿万万没想到与生父刚刚相认,就要离别!我们地球上的百姓有句话是'自古忠孝难两全'!羿是地球人用乳水和五谷杂粮养育大的。我还要去杀除干旱后涌现出来的怪禽猛兽。我岂能不仁不义,离开九州的父老乡亲?儿子无奈,只能当尧帝的忠臣,不能当帝俊和天母的孝子了!"

羿泣不成声:"阿爸阿妈,饶恕儿子儿媳不能伴随二老去 X 星!"羿匍匐在地久久不起。

"儿子请起。你太像我了,为了我们各自星球上的人民,宁可肝脑涂地!"帝俊长叹一声,"羿,我的儿啊,我和你母亲为你骄傲,和你的妻子在地球安居吧,不要牵挂我们!"

嫦娥跪拜说:"天父、天母在上,请受儿媳嫦娥一拜!儿媳不孝,违拗天意助羿射日,实属万不得已。天宇浩渺,繁星熙攘,嫦娥祈愿天父天母携天民平安迁移到新的天堂!"

相聚的欣慰、离别的伤感,天上人间的亲情亦悲亦欢,一家人通过"天屏"畅谈了很久很久。

"我们即将启程去 X 星,距离遥远,我们将一去不复返,从此无法再联系。"天母含着眼泪微笑说,"按地球时间计算,万年之后,你们的子孙后代或许就能理解:什么是太空、宇宙、星球和外星人?他们会重新理解'羿射九日'这神话般的传说故事。

当你们的宇宙飞船飞过我们这颗被遗弃的 J 星时会发现:这里曾经有着许多漂亮的建筑物,有从中央腹地辐射出去的万条大道,还有干涸了的河流——那是我们 J 星人留下的文明遗迹,宇宙历史的印记。

永别了,羿。但愿地球人的子孙后代会接受我们的教训——珍惜你们这颗美丽的蓝色星球!"

……永别了天父天母之后,羿不负众望。他四处奔波,为民驱虎豹、斩蛇蟒、杀除怪禽猛兽,得到老百姓的衷心拥护和爱戴。

从此,"羿射九日"的故事在神州大地流芳千古万代。

◆ 世界先生

单桐兴

我叫周染，此刻我西装革履地站在穿堂咖啡馆南门口，刚刚点燃一根烟。出梅以后，天气越来越热，屋里屋外几乎就是两重天。但我控制不了抽烟的欲望，才抽了两口，就看到吴双双穿着白裙子，已经在北边的马路对面等红灯。我连忙把烟按在烟灰缸里，扬手驱赶缠绕在我周围的烟雾，因为她要我戒烟。

现在她就要走过来了，马上会与我眼神撞上，露出迷人的微笑。然而我却非常紧张，只想把千纸鹤放在桌上并立刻离开。如果你听完下面的故事，相信也会做出和我同样的决定。

故事要追溯到一个月以前。

很难形容我的职业，就拿我做过的事情来说吧。替人讨债，偷拍有妇之夫的出轨照片，夜晚在酒吧旁边惩治那些"捡尸者"，不一而足。遇到我的人会说我是无赖、寄生虫，我却认为我是清道夫、蝙蝠侠。当然我也有我的底线，除了老掉牙的 no women no kids 之外，我秉承"和谐社会，绝不犯法"的理念。至于道德，只有傻瓜才会为荣誉而献身。

所以当吴双双坐在我面前时，我自然动了邪念。吴双双很漂亮，至于怎么漂亮我不想告诉你，因为我不愿意分享。她像是一件无与伦比的艺术品，你甚至会去嫉妒照亮她的光线，更不要提拿到外面去给别人瞧瞧。

私家侦探，这是客户用于形容我身份的词汇。当然我所提供的服务，只要是底线之上，金钱说话。吴双双一定是通过老客户介绍，否则无法在区块链中找到我。她知道暗号，给我发了一封约见面的邮件。那说明她也是个厉害角色，因为我服务的对象都是大人物，非常挑剔且隐秘。

不过最近有一个人出了点状况，都上新闻了。

自燃是过去的说法，现在的说法是这个人变成了一地蓝色玫瑰花瓣。不明白？我再解释一遍：一个人在独处的时候突然消失，只听"轰"的一声巨响，像爆炸了似的，这个人就不见了，只剩下一地 blue rose。

这种事情隔几个月就会爆出来一次，且毫无关联。东边的商人不见了，西边的公知没了影，南边的……这些人查到祖宗十八代都互不认识，唯一的共性都是社会上有头有脸的人物，微博上少说也有数百万粉丝。起初警方怀疑是变态连环杀手所为，但现场没有任何一点证据，人就不翼而飞，仿佛世间有一双看不见的魔术手。为此警方也不能百分百确认人就是死了，只能按失踪人口报，等候下一步进展。

吴双双拿出一张照片，让我调查照片上的男人现在的女朋友长什么样。她只给我看了一眼就立刻收起来，也是那种对待艺术品的态度。不过没关系，我已经记住了这个男人的样子，且注意到照片是一撕为二的。这应该是一张合照，至于另一半是什么我不关心。这个活听起来很简单，且能让我获得大笔的佣金，以及和一个令我充满欲望的女人多待一会儿。平日里得花钱。

我老练地询问吴双双，让她把照片上男人的信息尽可能多地告诉我。

吴双双却只告诉了我两个信息，且都是非常没谱的。第一个是男人常来这家咖啡馆，名字叫穿堂咖啡馆。因为咖啡馆南北通透，南边和北边各有一个门。第二是男人名叫世界先生。我有 99% 的理由相信这是个网名。

吴双双说完这两句话就起身要走，要求我每隔一周汇报情况。虽然有些不舍得，但我还是非常热情地把她从南门送到北门。她走出门的一刹那突然转身对着我，脸上带着笑容，不温不火地说道：

"你一直都是那么邋遢吗？"

我赶紧撒谎："没有，今天出门有些赶就没怎么弄。"

"把自己弄得精神点儿，以后有用得着你的地方。"

吴双双伸出手，把我松松垮垮的黑色短袖扶正。她穿着高跟鞋，无须垫脚就可以做到，并指着一个商务范儿的路人，告诉我那才是精神的样子。我愣住了，没想到她会突然关心我，只能用不停点头来回应。

"还有把烟戒了，看你牙黄的。"

别的都容易，唯独戒烟要了我的命。戒烟的过程很痛苦，八年的烟龄，一天两包的习惯，我说戒就戒了。这过程我可以大书特书一番，但并不是此故事的重点。我也不知道我是疯了还是怎么的，居然处处想要达到吴双双所提的要求。动心了？不可能。我判断一个女人好不好，只取决于我对她有没有欲望。

我站在穿堂咖啡馆的中心，审视着这个像皮划艇一样狭长结构的地方。心想从今往后我得喝掉多少杯咖啡，才能完成遇见世界先生的任务。

跟踪的第一要义是什么？不是一口气查到目标的所有信息，而是融入环境与目标共存。所以我采取的第一步便是来穿堂咖啡馆打工，谎称自己是一个咖啡爱好者——也不能算是谎称，我突击数日后掌握了手冲咖啡的技艺。穿堂咖啡馆不是连锁店，是私人老板开设，只卖手冲咖啡，非常老派且庄重。应聘者则需要当场手冲一杯，老板点头就算过关。虽然我应聘的时候犯下低级错误，但所幸有惊无险，老板朝我点了点头。

手冲咖啡还是挺有意思的，有关咖啡的故事我以后再讲。一个星期过去了，世界先生并没有前往穿堂咖啡馆。我只得如实向吴双双汇报，劝她再等一等。我们不见面，吴双双只愿意通过邮件交流。

吴双双就回了一个字。我不甘心，接着问世界先生跟她是什么关系。

原来世界先生是吴双双的前男友，分手理由是世界先生忘不了他的前女友，要去复合。事情一下子简单了许多，这不就是狗血的感情问题吗？同时我猜测，照片被撕掉的另一半应该就是吴双双。她撕的？世界先生撕的？我不在乎，在乎的是我能不能从中捞一笔。吴双双这个时候情感是很脆弱的，我要是能够乘虚而入的话——她丰腴的胴体仿佛已经像贡品般呈现在我的面前。

也许是咖啡喝多了的缘故，我最近开始频频腹泻。还都是一些关键时刻，我像被击中命门的"定远号"，轰然沉入海底。

星期三，世界先生从北门走进穿堂咖啡馆，站在我面前，要了一杯瑰夏。

他在穿堂咖啡馆逗留了大约二十分钟，喝完咖啡，用纸擦了擦嘴，离开。

我欣喜若狂，因为目的达到了，那张纸巾上有世界先生的指纹。这个时代，一个指纹就可以查到你所有的信息，而且我在这方面有一个靠得住的朋友。所以我小心翼翼地把纸巾放进密封袋里，当即就找了个借口离开。明天我再也不用来这里上班了。

有了这枚指纹，我就可以查到世界先生的真名、年龄、工作、喜好、消费记录，甚至可以通过打车软件预测他的行踪。大数据时代，没有人可以逃脱规律。当然大数据也没能调查出来蓝色玫瑰花瓣事件，且从我调查世界先生起便再没有发生过。

第二天我还是来穿堂咖啡馆上班。因为朋友告诉我，这枚指纹并没有在数据库里匹配到。

世界先生可能是外星人，不然为何能逃脱这个世界运行的法则？或者就是因为他叫世界先生，掌握着这个世界运行的法则吗？我开始自嘲地设想，同时打足十二分精神。他是我从业以来遇到的最厉害的对手，我喜欢刺激和挑战的感觉。

显然，那个星期又是一无所获。

我再次向吴双双汇报，吴双双依旧只回了一个字。我真的不甘心，像祈求神灵似的问她，能不能再多给一点关于世界先生的信息。吴双双回复我，当初他们两人就是在交谈了两个星期后见面的，当晚吴双双就跟世界先生回家了。

我有点痛心但还是立刻回复问："在哪里见面的。"

直觉告诉我世界先生是一个屡试不爽的人。我见识过太多出轨的男人了，什么路数我看一眼就能明白。在追女人上面，世界先生用的应该是同一种套路。比如带吴双双吃过这家餐厅，带现女友也会去一次。所以我有理由推测世界先生会带现女友去跟吴双双初次见面的地方，而且从结果来看非常有成效。

这是赌博心态。也许他们已经去过了，也许我还要像守株待兔一样不知得等多久。吴双双跟世界先生初次见面的地方叫灾变博物馆。顾名思义，馆内记录了人类历史上发生的各式天灾人祸及历史倒车现象，以儆效尤。比如切尔诺贝利核泄漏，比如奥斯维辛集中营……最早的灾变记录可以追溯到古希腊的特洛伊战争，为一个女人而打了十年仗。

我从未到过这里，既来之则安之，决定认真看展。之所以我没有应聘博物馆的工作人员，那是因为这是一家公立博物馆，应聘需要我出示身份证，留下数据记录，跟我一辈子。而不像穿堂咖啡馆，几乎就是口头约定，你看我不去上班也没人拿我怎么样。

展览的最后，介绍了苹果公司 LOGO 的来历。原来，那只缺了口的苹果是向计算机之父图灵致敬的。只不过他咬的苹果涂了氰化物，我们电脑上印的苹果 LOGO 没有涂氰化物。当然也说不准，现在不是有越来越多人宣称要去苹果化吗。我是个爱钻牛角尖的人，我纠结的点是为什么灾变博物馆里会有苹果公司 LOGO 的介绍。于是我问讲解小妹，小妹也说不清，起初说修建博物馆苹果公司有赞助。我说这是公立的，你少蒙我。她又说苹果公司把我们带入了一种新的灾变级别，即人工智能引发的恐慌。我一时没转过弯来，杵在原地想。当然后来知道她也是胡诌。但就在这个当口，一个熟悉的声音从身后传来。

"因为图灵爱错了人，所以他死了。"

"哦，我懂了！是不是像玛丽莲·梦露爱上了肯尼迪，是政治谋杀？"

世界先生点点头，后来才知道他是在玩弄我，不想告诉我真相。作为一个几天前才见过交谈过的人，面熟是可以理解的。寒暄一阵后，我终于七拐八拐地问到了正题。

"我跟我女朋友来的。"

"是吗？没想到你们谈恋爱会跑到这样的地方来。"

虽然这个问题对我的工作毫无帮助，但我还是忍不住想问。世界先生的泡妞方式很特别，估计是靠"装逼"跟炫耀知识面。你说这些历史大事件哪个妹子会一清二楚？一清二楚的妹子恐怕也没人带她来这里。而世界先生就不同了，他一定是个上知天文下知地理的博学人，听他侃侃而谈一定很有乐趣。

"她没来过，算是我带她来看，总比蒙在鼓里要好。我发现人类历史上诸多的灾难事件都跟欲望有关。比如世界大战，实则是列强渴望重新划分世界秩序；比如经济危机，是人类对金钱的贪婪导致；比如人屠杀，是文明的倒退跟兽性占据了上风。如果消除或是压制这些欲望，是否就可以避免这些灾难呢？"

我被世界先生古老的哲思给说晕了。如我所想，他是一个擅于旁征博引之人。但为了能跟他继续说话直到他女朋友出现，我决定问一些社会热点话题，相信他一定会有不同的角度跟看法。

"你知不知道蓝色玫瑰花瓣的连环案件？你觉得那些人是怎么死的？"

"你还关注这个？"

"噢，新闻嘛，手机一刷全是。"

"是吗？"

我当时不理解他的意思，后来才意识到，或许别人的手机一刷并不是这些新闻。世界先生接着讲，他认为那些人是被欲望吞噬了，但并没有死。他提醒我，凡是变成一地蓝色玫瑰花瓣的人，都是某一个方面欲望达到了峰值后无路可走，就"轰"的一声消失了。我快速思考，似乎还真是。商人富甲一方，消失后被曝出食品安全问题；公知学术泰斗，消失后被曝出论文造假；还有一些人，进出情色场所，醉生梦死。

"我女朋友来了，下次再去店里找你，回聊。"

我这才如梦初醒，意识到我今天来这鬼地方可不是听世界先生讲什么"欲望论"的。我的工作是拍一张高清无码的世界先生现女友正脸的图片——稍微侧一点也没关系，只要能看清这个人长什么样就行了。然后我就能获取全部佣金，没准还能来一发，逍遥快活一阵子。

洗手间里走出来一个女人，我熟练地拿出偷拍设备。

但就在这时，肚子传来了腹泻感。我不得不夹紧屁股，一只手捂住肚子，一只手支撑墙面。痛苦地低下头，闭上眼睛，膝盖弯曲。

这是天然的生理反应，因此我错过了一个结束任务的大好机会。那种情形之下，无欲则刚的人或许才能办到——痛苦也是另外一种形式的欲望。

当我再次抬起头时，世界先生已经和女人手挽手走到前面很远很远的地方。

关系毫无疑问是情侣。女人身材曼妙，身着红色连体裙，足蹬一双深蓝色的高跟鞋。她站在世界先生旁边小鸟依人，就像一朵绽放的永生花。

他们在拐角处消失。我还是很虚弱，等追上去时人早就不知踪影。

我很是懊恼。那种感觉用俗语形容是到嘴的鸭子飞走了，我自身的感觉是氢气球飞到了大气层最稀薄的地方，眼看就要突破了，却"啵"的一声爆炸。

我从灾变博物馆里出来，解开几粒衬衫扣子，还不太习惯较为正式的打扮。天气是越来越热，我因为搞砸了事情和没有烟抽，自然烦躁不堪。没办法，看来我得用些非常规手段了。如我之前所言，我有一个非常靠得住的朋友。他对我而言，也属于不愿意分享甚至连名字都不愿意告诉别人的那种。朋友通过高超的电脑技术，帮我调取了灾变博物馆里面的监控录像，这个时代你无处可藏。

我看了一整天的监控录像，看到自己，看到世界先生，看到讲解小妹，唯独没有看到穿着红色连体裙、足蹬深蓝色高跟鞋的女人。

"她是怎么做到的？"

"我调出了博物馆监控摄像头的物理区间分布，发现有七个视野盲区。"

尽管朋友提出了一个合理的解释，但我不接受，不相信。朋友问我能不能把这个活跟他讲一讲，我照本宣科地说了一遍。朋友听完后只问了一句：

"只用邮件沟通？请问你们是活在 21 世纪吗？"

朋友登录了我的邮箱，他说他可以帮我查到吴双双的 IP 地址。可结果令我大吃一惊：吴双双的 IP 地址通过加密，在世界旅行了一圈才来到我的邮箱里。最后只能查出一个虚构的地址，比如苏门答腊这样的地方。

"我是在拍美国大片吗?"

"你惹上大麻烦了。"

"要不我把吴双双的指纹弄过来,查一查她?"

"她连 IP 地址都能加密,你觉得能通过指纹查到她的资料吗?她很厉害。"

"那我该怎么办?"

"别慌啊,你不是说她很美嘛。牡丹花下死……"

"喂,都这个时候你就别开玩笑了。是不是有人想整我?"

"整你?谁会跟蚂蚁较劲啊?"

"难道说这是一个圈套?"

"你还是继续去穿堂咖啡馆上班,别让他们觉得你有异样。"

我决定照做,并打算这个星期不向吴双双汇报了。等她来找我时我就直说,我干不了这事,佣金可以全部退掉——这在以前是绝无可能的,哪有到嘴的肉再吐出来的道理?但今日的情况复杂,我不想蹚这趟浑水。

到了本该汇报情况的那一天,我如坐针毡。一直到夜晚,我躺在床上都准备睡觉了,吴双双才来找我。我知道事情躲不掉,但这次略有不同,她是打电话给我的。至于她是如何知道我的号码,我根本不想去深究。

她没问任何关于世界先生现女友的事情,而是命令我打扮一番,然后前往某高档酒店的房间里来接她,作为她的男伴一道去参加聚会。我迟疑片刻还是答应了,起身跑去卫生间,望着镜子里的自己竟有些陌生。刮掉胡须,涂抹爽肤水,吹头发并打上发蜡,选一只手表跟一对袖扣,在头顶上方喷些祖·玛珑香水,穿一套有档次的西装跟一双合脚的皮鞋。真没想到我也会有这一天啊,变成了自己昔日痛恨的人。

同时,我把吴双双使用过的手机号码发给值得信赖的朋友,看能不能查出点蛛丝马迹。朋友告诉我可以，不过吴双双的这些信息都经过加密，需要花费点时间，有消息就第一时间通知我。

我驱车来到高档酒店的大堂。吴双双已跟前台服务员打好招呼，我出示身份证录入信息，服务员给了我一张房卡，我得以坐电梯上到18层。我打开房间门，这时吴双双正在换衣服，我瞥了一眼立马退出去。

欲望并没有完全将我吞噬。

"没事，你进来吧。"

"那我进来了。"

我走进房间，小心地关上门，还是有些惊魂未定。吴双双让我赶紧过来，我看到她站在全身镜前，穿着一件黑色的晚礼服，但背部的拉链还没有拉上。床上铺了数十件东倒西歪的衣服，应该都是她之前的选择。

吴双双命令我把拉链拉上，我照做。

她转过身，问我身上的这套衣服好不好看，不好看的话她可以接着换——还有数十件衣服整整齐齐地铺在沙发上。我点点头说好看，她便去卫生间化妆了。这是实话，我被震慑住，不能言语不能动弹，有种窒息之感。多亏她在卫生间里哼哼唱唱，我紧绷的神经才有所好转。

我清楚地意识到这是一个陷阱。但我没得选，或者说是对吴双双的好奇心驱使我继续这段旅程。朋友还没有来消息，看样子我必须孤军奋战。知道真相，总比蒙在鼓里要好。

似乎是我多虑了。夜晚我们来到一幢摩天大楼顶层的私人会所，会员制度。

关于这家私人会所我有所耳闻，进出者皆为权贵。进入后，我忍不住东张西望，那是我生平从未见过的景象。吴双双应该是老会员了，她拉着我挨个和每个人打招呼，这些人几乎都是在金融系统工作，银行家、投行高管、私募大佬。

他们对吴双双非常亲切,对于 party queen 的到来犹如遇见神明,皆欣喜若狂。这点我可以从他们的表情跟肢体语言上看出。为此他们对我也非常客气,我只得讪笑着应付他们。但应付得越多,这种感觉就像荨麻疹一样遍布全身,奇痒无比。

终于我找到一个喘息的机会,拉着吴双双来到会所外面的天台,问她到底是做什么的,以及这是一个什么样的聚会。

"行业间的信息交流。"

"那你带我来这里干什么?"

"你看看你现在的样子,跟他们没什么不一样。"

"你是做投资的吗?"

"对。"

"你投资哪方面?"

"我投资人们的欲望。"

"能不能说得具体点,不要那么抽象?"

吴双双示意我朝外望去,问我脚下的城市美不美。

摩天大楼是这座城市里最高的楼,这家私人会所又位于摩天大楼的最高层。所以从这里望下去,城市旖旎多姿,五光十色,壮丽非凡。谁可以否认这样的美,谁又可以拒绝这样的欲望。

"每个人都在这座城市里得到了自己想要的东西,这就是我的工作啊。"

"可有些人没有得到,或者是被想要得到的东西所迷惑了。"

"不会的。"

吴双双转了个身,靠在平台的栏杆上。栏杆并不高,如果重心全部后仰靠在上面是非常危险的。所以我很警惕,万一吴双双有轻生的举动我得立刻抓住她。突然,风也停了,空气里一片干燥,天气是越来越热。

"你说,世界先生为什么不爱我了?"

"我怎么知道,我只是个——蚂蚁。"

"这什么比喻?"

"你从这里望下去,你看每个人都很渺小。"

"我是不是应该忘掉他?"

"里面有很多人在追你吧?"

吴双双笑了笑,点点头。我接着说:

"你年轻又漂亮,前途一片光明,不值得为一个男人就茶饭不思的。"

似乎我又多虑了,看来是需要我像情感专家一样帮她解惑。但说实话这不是我的强项,我也不大会安慰人,感情上的事我也一团糟。至于为什么会拿里面那些人举例,因为我已经丧失勇气,被那些场面、那些言谈所震慑住。我不敢当着吴双双面说我也存着一份对她的念想,一如歌词里唱的那样,我应该在车底。

"不要被表面所蒙蔽。里面这些人追求我是出于欲望,但世界先生不同。"

"那他是出于什么呢?"

"他原本想杀了我。"

我后退一步,严肃地定睛看着吴双双。

"Why so serious?"

她从手包里拿出一张照片,和给我看的那张一模一样,看样子她是洗了很多张。她开始用劲,不知道各位撕过照片没有,还挺难撕的。吴双双好不容易把照片一撕为二,撕得还算规整,在我印象中撕口都跟之前看到的那张如出一辙。她确实是个厉害的人,我也确定照片上的另一半就是吴双双,只不过天台灯光昏暗,我并没有完全看清。

接着,吴双双把属于她的那一半从高楼上扔了下去。照片犹如蝴蝶,扑棱棱翅膀飞向未知的远方。再把属于世界先生的那一半放进手包，犹如艺术品珍藏起来。

"你为什么把你的那一半给扔了？"

"因为他已经不再需要我了。"

"你们俩之间到底发生了什么事？你告诉我，我可以帮你。"

吴双双否定了我这个问题。她一把抓住我的领带，把我拉向危险边缘。我们身体贴着身体，距离近到可以闻清楚对方的呼吸。这样的暗示再明显不过，我虽然震惊，但欣然接受，慢慢把脸靠向她的脸，接受血液像岩浆般滚烫，接受骨头像要长出兽爪般膨胀，接受随时都有可能变成一地的蓝色玫瑰花瓣。

"你帮不了我的。"

但就在这时，我突然产生一阵强烈的腹泻感。

然后我就梦醒了，发现自己西装革履地躺在家中的床上，连皮鞋都没有脱。我赶紧坐起来，摸遍全身看看有没有什么异样。唯一的异样是……

我的裤裆湿了。

为了让春梦看上去像那么回事，我居然还玩起了情景模拟，穿得有模有样。

我简直想笑。去洗澡换了身衣服，打扮精神准备去穿堂咖啡馆上班。

吴双双根本就没有联系我，我对她来说只是一个无足轻重的——蚂蚁。我为了弥补见不到她的欲望，或者说是思念，居然幻想出了一个荒诞不经的故事，幻想自己进入上流社会的殿堂并大开眼界，再以情欲收尾。要是关键时刻没有腹泻该多好，后面的故事应该更精彩。

我从南门进入穿堂咖啡馆，发现朋友已经坐在吧台前。他的头发乱成锯齿形状，脸色是一夜未睡的蜡黄，同时又焦虑不安。

我给他弄了点吃的,并手冲了一杯咖啡。这时候我的技艺已经炉火纯青,和那些真正热爱咖啡的人没什么两样。朋友喝了一大口,才慢慢缓过来,压低声音问我昨晚到底去哪里了。

"在家睡觉啊。"

"放屁!我打你电话说不在服务区,你的身份证在一个酒店里被刷过。"

"什么?"

"你昨晚是住酒店了还是什么?你没事吧?"

我愣住了,昨晚为获得房卡,酒店前台确实为我刷了一下身份证。但那应该是在梦里啊,我昨晚难道没有在家睡觉吗?难道我梦游了?

"你查到什么了吗?"

"那个吴双双,她活了很久很久。"

"你是说她是神奇女侠对吧?一战时候就存在了?"

"不是,还要更久远,人类诞生的时候她就存在了。"

我伸手摸了一下朋友的额头,温度正常。他胡言乱语也不是一次两次了,经常没事就跟我说人类即将面临世界末日,或者告诉我在某处他发现了一个巨大的深坑,怀疑有外星人到访。尽管他不知动用了什么技术手段发现我的身份证被刷了,但我更愿意相信这只是一个巧合。

"我知道你不相信我,我也把证据带过来了。"

如果我们是在看电影,这一段应该是电影的高潮;如果我们是在大海面前,这一段应该是浪头最高的画面。但怪事发生了,反高潮主义抬头了。朋友突然捂着肚子问我洗手间在哪里,我告诉他得走一段路。他说他快憋不住了,等回来以后再跟我讲,并质问我手冲的是咖啡还是泻药。

我目瞪口呆,喝了一口朋友杯子里的咖啡,口感非常纯正。

"好久不见。"

世界先生从北门走进来,他边走边挥挥手。刹那间,穿堂咖啡馆里所有人都站了起来,依次从南门离开。可能在我的视角里他们叫离开,在世界先生那里是静止或者消失。

"瑰夏,谢谢。"

"你,你做了什么?"

"我不是说了吗,下次去店里找你聊。"

"那些人怎么……"

"这样安静一点。"

"你到底是谁?"

我下意识地伸出手,指着他。一般手指人属于不礼貌的行为,但我这样子,属于自我防御,感到深深的恐惧。他面带微笑地握住我的手,报出了我的真名、年龄、工作、喜好,有过几个性伴侣,近期的消费记录。

他松开我的手,从水槽里沾了一点水,在桌面画下一个圆。

"π,圆周长与其直径之比,这是开始。后面一直有,无穷无尽,永不重复。就是说在这串数字中,包含每种可能的组合。你的生日,你的密码,你的身份证号,都在其中某处。如果把这些数字转为汉语,就能得到所有的名词和无数种组合。你婴儿时发出的第一个音节,你初恋的名字,你一辈子从始至终的故事,我们做过或说过的每件事。这个世界上所有无限的可能,都在这个简单的圆中。用这些信息做什么,它有什么用,全部取决于我。"

他提高音量继续说道:"我的名字你应该知道,那可不是网名。"

这个世界上也许就存在这样一个人,他叫世界先生。掌管着全部的信息,也不是我们意义中的神灵。总之这就是我的理解。我想他应该是友好的,还费神跟我解释这些东西。如果想杀我早就动手了,我也不存在还手的可能。

"我想我们之间可能存在一些误会。"

"没有误会。鉴于时间快到了,我想我们有必要谈谈。"

"你知不知道我是干什么的?"

"我知道你是来跟踪我的,你愿意听我讲一个故事吗?"

时至今日,对于这个故事我完全记在脑海里,却不能完全理解。或许印证了世界先生说的那句话:"世界并不是以你所认知的方式存在着。它高屋建瓴,等你进去后却又发现空无一物。"

世界先生带吴双双去灾变博物馆并不是去谈恋爱的,而是想杀了她。

他们站在馆内第一件藏品的面前,名叫《海伦》的巨幅壁画。金色余晖照耀着坐于喷泉池边濯洗头发的海伦,远方的希腊大军气势汹汹,遮天蔽日。如我之前所预料到的,吴双双毫不知情这些历史跟过去,她俏皮地问世界先生,壁画里的女子和自己比哪一个更漂亮。

世界先生告诉吴双双,其实特洛伊战争的真正目的,是希腊人想要夺取地中海沿岸最富裕的地区,海伦不过是发动战争的借口。但无论是后世的游吟诗人还是现代人类,都更愿意相信为了一个女人而开战十年的故事版本。

"所以海伦是无辜的呀。"

世界先生摸了摸吴双双的头发,两人牵着手继续向前走。他有些犹豫,重新审视历史令他再次思考:如果真的消除了欲望,人类是否就能避免战争和牺牲,避免欲望膨胀到顶峰后无路可走,变作一地的蓝色玫瑰花瓣?还是像割掉额叶的人一样,如同行尸走肉。

更何况世界先生认识了吴双双,一个浑身散发着诱惑气息却毫不知情的女人。恐怕吴双双到现在都还不知道,自己就是欲望的化身。她提供给这个世界上每个人各式各样的欲望,让他们有了爱有了恨,有了善良也有了虚伪。她对自己播撒的种子毫不关心,也对自己犯下的罪行毫不在意。

一直到离开灾变博物馆,世界先生都没有动手。当他把吴双双带回家时,他意识到自己也产生了欲望。

他爱上了吴双双,想和这个女人长久地生活下去。

但这几乎就是天方夜谭,一旦他时间拖得太久而没有完成任务,就会有别的世界先生接到这个任务。世界先生,吴双双,当然也包括周染,这些不过是名词跟代号,在宇宙这台超级计算机之中,只是极微小的数据,可以随意复制粘贴。除非……

"除非我创造一个空间,一个生与死之间的空白地带,创造一段只属于我和她的时间,那样别人就进不来了。"

世界先生拿出照片的另一半,在我面前表演了一个折千纸鹤的把戏。穿堂咖啡馆窗明几净,我这下完全看清了。照片里的吴双双身着红色连体裙,足蹬一双深蓝色的高跟鞋。

"我那天在博物馆里看到,你女朋友也是这么穿的。"

"你所经历的是一段闭环的时间,也就是说你看到的是我们的过去。当过去和今天不断循环,慢慢地也就没有了过去和现在之分。就像这间咖啡馆,你可以从南门进也可以从北门进,时间在特定情况下也可以变成这样。"

"你是说穿堂咖啡馆是一个类似于可以让时间不停循环的装置吗?"

"只是举个例子。"

"所以吴双双让我调查你现在的女朋友,其实就是调查她自己?因为时间在不断循环。"

"没错。"

"但我不明白,你说这是你创造的空间跟时间,别人都进不来,那为什么我可以进来?"

我跟世界先生都笑了。但这一回,是我笑得更为獠牙。我慢慢想起他的话,慢慢意识到了些什么。如果世界先生在规定时间内没有完成任务,宇宙这台超级计算机会派出别的用"世界先生"冠以代号的数据。但他们和世界先生相同甚至逊色,无法进入这个地方,去杀死被系统视为变异的数据——不知道你体验过这样的事情没有,当思维认定用正当手段无法解决一个问题时,就会考虑旁门左道,哪怕是下三烂的手段。

我就是这样一个人,我就是这样一个数据,或者说我就是这样一个蚂蚁。

我是这个城市的清道夫,我是同样被斥为流氓的杀毒软件。

但我一直认为自己是蝙蝠侠。

"你可以放了我们吗?"

"蓝色玫瑰花瓣,是吴双双干的吗?"

"那不是她干的,那些人是被欲望所吞噬。但总要有人为这件事负责,他们就算到了她的头上。"

我完全觉醒了。当我听完世界先生的故事后,我决定告诉他一点我自己的感受,和吴双双相处的这一个月里的感受。

"你知道吗?她第一次见我的时候,就让我穿得精神点,还让我戒烟,说那对身体不好。我不知怎么地就接受了,虽然过程很艰难但我坚持了下来,并变成了今天这个样子。如果不是她,我会跟下水道里的老鼠一样臭。"

"所以你喜欢她?"

我把积蓄了几年脏乱的胡须刮干净,我把都快要生痂的头发剪掉,我甚至戒烟戒酒,穿西装打领带,每日无论如何都要洗澡。这一个月过去后,站在镜子前的我都认不出自己。我相信这应该是变好了,并非道貌岸然或是别的词汇——也许存在那样的人,存在于摩天大楼顶层的私人会所里。他们满口谎言面目贪婪,用高频词汇掩盖虚伪,对吴双双趋之若鹜。

但我相信那不是吴双双的错,那不是欲望的错。

我想我不是喜欢她,我只是也有欲望,但欲望本身并没有错。

"对,欲望本身并没有错。"

我们相视一笑,意味着谈话即将终结。最后世界先生拜托我把千纸鹤交给吴双双,他说那样的话吴双双就会明白我的心意。并希望我能掌管穿堂咖啡馆,这样他来的时候也能有个伴。

我同意了他的请求,并在末了又补了一句:

"她知道自己是谁,不论正义或是邪恶,都将改变这个世界。"

世界先生离开后,穿堂咖啡馆里再次人声鼎沸起来,朋友也坐回到我面前。

"证据呢?给我看看。"

"你不是去过灾变博物馆吗?你还记不记得馆内第一幅藏品?"

"你是说《海伦》吗?"

"对,我发现吴双双其实就是。"

"面包加咖啡一共一百,打个八折算你八十。"

"喂,这么不够意思?你又不是老板。"

"谁说的?"

把千纸鹤放在桌上后我就离开了,从南门进南门出。远远地我望见吴双双看到千纸鹤后露出笑容,我想这就够了。往后的日子我不时会进入穿堂咖啡馆,如上所言我是老板,这是让我觉得很快乐的地方。但事实大家心里都清楚,穿堂咖啡馆就像是无法关闭的数据端口,时间闭环上的唯一缺陷，会有像我一样的数据被派进来执行任务。他们甚至比我更肮脏更邪恶，连法律都完全漠视。这时候就需要我了，我知道像我这样的人的弱点是什么，我可以轻松对付他们。

但我从那以后再也没有见过吴双双。

◆ 云雾

王侃瑜

一

1

一阵突如其来的恍惚,将何吟风的意识从虚拟实境拉回现实。她试图重新接入网络,却收到错误提示。扯下头上的工作套件后,吟风觉察到部门办公室荡漾开一道道高于听觉阈限的声波,金属与塑料的磕碰声,合成布料和尼龙椅面的摩擦声,带着微微讶异和愤懑的呼吸声。何吟风用鞋跟蹬一下地面,电脑椅的滑轮后转几周停住,她扭头看向右边的同事,正迎上对方同样探询的目光,无奈地交换一个小幅度的摇头后,吟风重新面向自己的终端工作站,开始检查本地自动保存情况。

网络中断很不寻常,吟风工作三年来第一次碰到。公司内部局域网工作如常,可与外部的连接却断开了,所以借助云计算实现的虚拟实境才会崩溃。吟风抬起手腕,试着用移动终端接入云网读取四大网络媒体的实时新闻,请求却遭驳回,表面液晶屏同时显示网络连接错误,果然是外部网络问题。

部门主管从她的独立封闭式办公室推门而出,宣布由于云网连接中断全部门提前结束工作。她转身离开时,吟风注意到她一丝不苟拢起的发髻里掺进了几缕银色。这是吟风今年第二次当面见到主管,上次见面还得追溯到三月份的公司网络故障演习。主管很少走出自己的办公室,所有工作指导都通过网络直接发送到终端工作站,吟风试图回忆上次见到主管时她是否有白发,却发现根本想不起来,她对这个一年到头见不上几次面的主管了解太少,她甚至不知道她的真名。邮件通讯录上的显示名是 Celine Meng,在 Reservoir 这样的跨国公司,邮件往来全部都是英语,员工互相指称也都用英语名,坚持使用 Yinfeng 作为代号的吟风是个少见的异类。

技术提高效率的同时,也在拉远人与人之间的距离。Reservoir 在全球各大城市都设有分公司,吟风供职于亚太区总部的人力资源部门;部门员工近百名,她认识的不超过 30%,除去同团队成员和直线经理、职能经理,其他部门同事对她而言都是数据库里的代号,抽象且陌生。有时候,吟风会怀疑自己以前学的那些人力资源管理啦组织行为学啦全都是扯淡,一切看似科学的模型看似宏伟的愿景在实际应用中都化作处理不完的琐事,邮件如飞来的雪片,数字如落下的瀑布,吟风被埋在底下,越陷越深,爬不出来。入职之前,吟风以为人力资源管理真的是和"人"打交道,以为她所在的"员工幸福指数测评小组"真的能够保证公司员工幸福工作,可后来她发现自己太天真。所谓员工幸福指数测评,其实是监控员工的工作效率与情绪波动,一旦发现超出预设范围的异常数值就采取措施,经由人工手法修正其"错误"状态。效率和情绪被抽象成数字,吟风熟悉全公司员工的心理状态数据超过熟悉他们的体貌特征。每个人准点走进办公室,戴上工作套件接入网络开始工作,很少有机会互相交谈,更少有机会准时下班离开。吟风敢打赌,假如有人窃取公司员工的登录信息并代替他来上班,公司资料被篡改或者转移之前都不会有人发现。

吟风看了眼移动终端，16:12，垂下手腕，指尖擦过腹部时，吟风嘴角扬起一丝弧度，她克制住，开始收拾东西。

半小时后，吟风坐上公交，并非尚在实验中的无人驾驶巴士，司机在驾驶座上掌控车辆行驶的方向，让人安心。在没有云网的情况下，任何无人驾驶车辆都动弹不得。正因如此，轨道交通陷入瘫痪状态，路面交通系统也只能依赖未及被淘汰的人工驾驶车辆，依赖司机的记忆和判断行进，这种情况下，没人会苛责输送效率低下。吟风庆幸如今的巴士不再像过去那么颠，不然她准得犯晕。

今天是吟风和阿诺交往一周年纪念日。她总觉得自己与阿诺的相识有几分偶像剧色彩，一年多以前，有颗倒霉的彗星进入公众视线，它在宇宙中漂泊了数十亿年，直到旅程临近终点才被人发现，它的运行轨道离太阳很近，或者撞向太阳瞬间消融，或者挣脱引力逃出太阳系。彗星命运决定当晚，吟风随一群天文爱好者去郊外观测，见证流浪彗星与恒星引力的角逐。彗星掠过太阳的瞬间在下半夜，上半夜时，许多人选择躲在车里，通过移动终端追踪彗星轨迹。吟风一个人躺在车外的防潮垫上看星星，夜空好像一张浸透蓝黑墨水的纸，浓得要滴下水来，夏季大三角在天际闪耀，最亮的钻石与之相比都显得黯淡。郊外仲夏夜的风有点凉，吟风把自己裹得很严实，她依稀念起自己的大学时代，那些翘掉专业课旁听天体物理课躲在教室后排听老师讲多普勒效应的日子，回忆如潮，她沉浸其中。一个陌生男声突然问到"你在看什么"，吟风下意识答道"红移"，红移并不能被看到，却能在问话人心中留下足够深刻的印象。问话人是陈诺。彗星最终在百万度的日冕中化作尘埃，吟风与陈诺的感情却不断升温，两个多月后便确立恋爱关系。有时候，吟风想这是缘分，那夜星空下，存在了数十亿年的天体消亡，换来她与阿诺感情的开始，可她又会马上推翻自己的想法，作为一个坚定的理性主义者，她无法找到缘分的科学依据。

公交沿江边驶过，对岸的钟声传来，隔那么远依然浑厚，车在钟声中钻进越江隧道。吟风听母亲讲过，在她年轻时江底还有观光隧道，游客坐上全透明观光车穿越隧道，一路灯光变幻，营造种种超现实场景，模拟出时空隧道的感觉。吟风总想着哪天要去坐来玩，可惜还没等她长大，观光隧道就因常年亏损而停止运营。吟风如今穿越的这条隧道是新近挖掘的，为了进一步缓解越江交通拥堵；当年的观光隧道太狭窄，没有再利用价值，在这座庞大都市的母亲河下，日渐荒废，被人遗忘。

隧道里的幽暗将时间无限拉长，等待光明的过程异常难熬，吟风下意识抬起手腕，想用移动终端加载路况获取通过时间评估，得到的却是停止爬行的进度条和网络错误提醒，她才又想起今天的云网故障。吟风把视线投向车厢内其他乘客。坐在她左侧靠内座位的女孩看起来不过十七八岁，高高绑起的双马尾挑染了荧光粉和柠檬黄，她面部表情平静，太过平静，甚至到了完全静止不动的地步，就像正在缓冲的动态影像，女孩右耳耳垂爬着一只形状夸张的蜘蛛，八条腿闪着诡异的光芒，耳钉式移动终端，通过蓝牙与隐藏在大脑灰质中的植入式接口相连；吟风猜测她是想通过植入式接口接入云网，却卡在半程无法继续。右边隔开走廊坐着一个中年男人，他弓着背，双手紧紧攥住上个世代的智能手机，鼻尖快要贴到屏幕，他一遍又一遍点按屏幕上某个区域，脸上的肌肉拧在一起，男人的咖啡色外套洗得泛白，肘部翻起一圈毛绒，一看便知他无法负担植入手术的高昂费用，吟风想他一定是在不断尝试刷新网页却加载失败，窝着一肚子火又焦虑不堪，下一步就该摔手机了。吟风坐在车厢后排，从她的角度看去，大半个车厢的人都沉浸在自己的小世界中，尽管那端的世界因为云网中断关上了大门，他们却仍不愿走出自己的世界与人面对面交谈。整个车厢安静得能听到混合能源马达运转声，没有人说话。

　　人们早就习惯了云网的存在，它不在任何地方，却无处不在。云网让生活便捷，记忆云则被誉为人类进化史上的丰碑。人们可以随时接入公共数据库搜寻想要的资料，也能实时备份私人记忆库；走在技术潮流尖端的极客早就选择植入内置接口，把看到的听到的一切都记录下来保存到云端，多重备份被分别保存在地球上最安全的地方，海底、地下、戒备森严的银行保险柜，没有人知道这些服务器的具体所在。御云公司迅速崛起，他们甚至考虑在环地轨道新建一个数据中心，彻底阻绝人们对于遗忘或记忆丢失的担心。刚从欧洲回来时，吟风有些吃惊，她知道古老又年轻的祖国正处在飞速发展的轨道上，但亲眼看见这些变化还是让她震撼不已。她离开不到四年，记忆云迅速蚕食了现代生活的方方面面，你可能并未意识到，但你却正在使用它、依赖它、渐渐离不开它，每个人都不自觉融入记忆云，为它的增长贡献出自己的一部分，同时也抛弃一部分自我。人们不再用心去记什么东西，而是选择将记忆上传到云端，以提升大脑运转速度，记忆云分享也让协作变得更容易，集体主义在这个时代被重新诠释。人们习惯在云端解决一切问题，娱乐、学习，甚至相亲择偶，面对面交流的频次被降到最低。吟风回国这几年来最后一个当面认识的人是陈诺，今晚，她将与他约会，像所有旧时代恋爱电影中那样，共进烛光晚餐，并且给他一个惊喜。

2

　　陈诺跌进空白。

　　上一秒，他还在数据海湾冲浪，驾着巡察银鲨追赶漏洞。他追查这个漏洞已经两天了，狡猾的漏洞 N57304 在他搭建的海湾中化为剑鱼，每次都在银鲨即将赶上的瞬间从它嘴边溜走。两天,对于一个漏洞捕手来说可不算短,漏洞多存在一秒,数据风险就增加一分。阿诺是御云公司的首席漏洞捕手,或者按照官方说法,数据安全监察员。他试过许多虚拟场景,扮演过中国古代战场上的骑兵,都市传说里的猎魔人,甚至星际战舰的驾驶员。如果今天还抓不到 N57304,他考虑明天换一个场景,也许围棋对弈是个不错的模组,他已经很久没试过这种不动声色的制敌方式了;围棋,简单纯粹又变幻莫测,是送 N57304 归西的好办法。

可他也许不用等到明天,银鲨发现了目标,它循着剑鱼游动激起的水纹一路追击,在相隔数米时猛然发力,咬到了!银鲨锋利的牙齿划破 N57304 的尾鳍,剑鱼扭身一头钻进水深处,身后淌下一行淡红色血迹。阿诺知道它逃不远了,银鲨也知道。它不急不缓追上去,很近了,阿诺可以闻到水中的血腥味,他能看到剑鱼游动时微妙而不自然的颤动,再有一点耐心,他就能收获职业生涯中第四十二枚高危漏洞捕获奖章。银鲨又追开十来米,收紧尾鳍,而后用力甩开,向前扑去。阿诺看到 N57304 的整条鱼身落入银鲨张开的大颚……

定格。银鲨的颚一帧一帧闭合,剑鱼一帧一帧向前移动,场景从对象边缘开始崩溃,阿诺看着剑鱼的形状在银鲨嘴下一点点瓦解,银鲨本身也逐渐失去形状,像素格如流沙般落下不可知的深渊。突然,他周遭的世界变成一片空白,缓冲到头。

陈诺退出虚拟实境,回到现实。同一时间,他开始尝试使用植入式接口、公司量子终端和私人移动终端接入网络查询错误原因,却发现网络连接全面中断。云网挂了。

这不正常,阿诺把绝大部分记忆都存储在云端,但直觉告诉他这很少发生。他走出自己的胶囊隔间,发现隔壁的家伙也正探头张望。那家伙叫什么来着?阿诺习惯性用移动终端扫描对方脸部,想从记忆库中寻找匹配数据，可请求并未得到反馈，瞬间他反应过来云网断了。算了，这不重要。阿诺扶了扶眼镜，镜框压得他鼻梁有些疼，不知道新一代眼镜式移动终端何时上市，希望能更轻便些。

"嗨，哥们，"阿诺挑了个万用万灵的称呼，"知道怎么回事吗？"

对方摇摇头，"鬼才知道。我正在搭建每日防火墙，都快完成了，就这么眼睁睁看着它化成水流走。真见鬼。"

"差不多。我看是云网的问题，谁会有线索？"阿诺习惯直截了当。

"问问猴哥吧。"

"猴哥？"阿诺抬起右手，用大拇指刮了刮鼻子，他对这个代号没有印象。

对方用下巴指了指十点钟方向，说："走到底左手边，64号胶囊隔间那个，云网专家。"

"谢了。"阿诺向这位不知名的邻居同事告别，双手插进牛仔裤口袋，循他指示的方向走去。

64号隔间门掩着。阿诺敲了敲，无人应答，他推门而入。

隔间里没开灯，只有公司的量子终端显示屏闪烁出一片单调的荧光。借着那光，阿诺看见豆袋椅上窝着个人，一双手臂枕在脑后，脑袋上顶着一头杂乱长发，看上去有阵子没打理了，一缕细烟从那颗脑袋前方升起。

"嘿，你怎么搞定烟雾报警器的？"阿诺开口问道。

"用脑子。"含糊不清的声音，像被闷在罐子里，有可能因为说话者叼着烟，也有可能是他压根懒得张嘴。

阿诺不抽烟，也不喜欢这个地方，他想尽快打听到消息离开，"云网怎么了？"

"有人切断了水源。"那声音缓缓道。

"什么？"对方的回答让阿诺摸不着头脑。

脑袋后枕着的一只手抽了出来，在空中兜个圈移到嘴边夹起烟，那缕细烟向外平移了二十公分，阿诺可以看见星星点点的火光，声音清晰起来："云暂时聚不起来，雾占据主导，什么都看不清楚。耐心点，总有一天风会吹散雾，云也会再聚起来，可没有雾也就没有云，这是一场博弈啊。有点耐心，伙计。"

阿诺转身出门。自始至终，他都没见到这个被称作"猴哥"的男人正脸。无所谓，反正目前无法连接云端记忆库，也许他们早就认识。

阿诺走回自己的胶囊隔间，他在量子终端上留了一份简要常用资料库，虽说没有云端的完整资料库好用，但也还凑合，尤其在云网终端又无法从别处得到满意回答的时候，一切都只能靠自己。他接通大脑植入式接口和量子终端，将分析云网中断原因设为AA级任务，一头扎进分析中。

等阿诺再次回过神来时，已是晚上八点多，没有结果。网络恢复的提示音在他耳边响起，这简直是天底下最动人的音符。可随之而来的是紧急事件提醒的警报声，一个红色的AAA级日程安排滑入他的视域，文字在镜片上定格：

  事件：一周年纪念日

  时间：18:00

  地点：K11

  相关：吟风

  备注：复习交往一年来的重要时刻，带上礼物，千万别迟到！！！

一旁的灰色小框提示：

已推迟两小时,继续推迟/取消?

关键词自动检索"吟风",私人记忆库中的资料按照优先级源源不断涌入陈诺脑中。他在心中骂了无数句脏话,抓起外套冲出胶囊隔间。他试着呼叫吟风,却一次又一次遭到拒绝响应。陈诺顾不得高昂的车费,拦住最近一辆人工驾驶出租车,直奔K11。

真该死,和女朋友交往一周年纪念日的约会,偏偏被云网中断搅了。

3

徐青忆吃过晚饭,坐在沙发上想看电视。

一个人的日子,再逍遥也是凄清的。自前年退休以后,徐青忆每天早上六点起床,散步到两条马路开外的菜场买菜;不用顾忌别人的口味,却也没法由着自己的喜好来,菜买太多一个人也吃不掉。她想起上回贪心要了一整条鳊鱼回家红烧,足足吃了三天还没吃完,浸泡在酱汁里的鳊鱼热了又冷,冷了又热,鱼肉腐坏的速度远快于青忆消化的速度,最后她不得不倒掉吃剩下的半条鱼,腥臭的馊气味久久不散。从此,她再不敢多买。自女儿读大学住校以来,徐青忆很久没下厨了。她一个人生活,平时白天讲课,晚上带自习,学校食堂提供早中两餐,周末又要给学生加开补习班也没时间做饭,总是在外面随便吃点凑合着过去。退休后时间一下子多出来,她只能重拾起年轻时买洗烧的日常功课,以消磨这奢侈到用不完的时光。上午几个小时献给厨房,烧出一天的饭菜,中饭吃一半,晚饭吃一半。下午她看书,有时也写东西,年轻时的习惯保持至今,没有文字的陪伴总让她不踏实。可最近,青忆觉得自己视力变差了,纸上的字模模糊糊,读不进脑子里,看完一页也不知书上讲了什么。青忆思忖着去配副老花镜,人老了到底不中用啊。

徐青忆就这么在沙发上愣了半天神,才想起自己是要看电视。她按下遥控器上的红色电源键,电视机却没像往常那样进入点播菜单,取而代之的是一片蓝色,屏幕中央有一行白色小字。她看不清楚,只得起身凑去近前。"网络中断无信号。"她拔掉电源又重新打开,还是蓝光一片。看来得打电话报修,这什么次生代3D无线智能电视,根本不可靠,还不如老早的平面数字机顶盒,插上网线电视节目就来,根本不用操心。

她坐回沙发,习惯性伸手去够一旁茶几上的电话,没有摸到。她转头一看,茶几上摊着的只有隔夜报纸,电话不见了。她这才记起因为使用频率太低,电话在两年前就已经被淘汰了,连报纸也越来越少见,只有靠政府背景撑腰的几家纸媒苦苦坚持,守着传统媒体的最后几缕余晖。她试图回忆自己把手机搁在了哪儿,上次用手机是什么时候来着?大概是给女儿打电话吧,说起来,又好几天没给女儿打电话了,不晓得她最近好不好。

吟风本科开始就住学校寝室,在国外的三年多更是没回过一趟家。青忆算得上开明,她也觉得趁年轻在外面闯闯蛮好,但操心是省不了的。前几年忙工作,女儿的事也顾不上太多;退休后,大半的心又挂回女儿吟风身上。吟风自小独立,这是好事,可到这个年纪也该成家了,她现在那个男朋友,小她三岁不说,还是个程序员,爱赶技术时髦,跟她爸以前一模一样。青忆劝过吟风,可她就是不听,上回竟还顶撞青忆,害青忆一气之下挂掉电话,随手把手机丢在厨房。对,手机在厨房里。

青忆站在厨房门口扫视一圈,没有手机的影子。上回和吟风打电话时,自己在干什么?青忆用劲想,肯定不是在拣菜,也没起油锅;她打开碗柜看看,没有;探了探米袋,也没有;她甚至打开冰箱,翻了翻蔬菜屉,还是一无所获。青忆停下来,试着往前想,那天是吟风打来的电话么?好像是,那应该是在她晚上下班后打来的。大晚上的青忆会在厨房里干什么呢？晚上她一般不下厨啊。青忆想不起来，她习惯性地拳起左手顶到嘴边，拿嘴唇抿了抿手背，触感粗糙，她张开左手推远来看，手背上一小片烫伤的痕迹。这是……对了，上次吟风打电话来时，手机搁在茶几上，边上就是一杯热茶，青忆急着接电话不小心碰翻茶杯，手机没事，手上的皮肤倒烫伤了一片，青忆一面接起电话，一面急忙到厨房挂橱里找烫伤药膏。青忆打开挂橱橱门，抬出药箱掀开盖子，果然，手机正躺在一堆药品当中。

手机早就没电自动关机了，青忆抓起它走到无线充电区域，重新开机，拨通吟风的号码。

"喂，妈……"吟风接得很慢。

"晚饭吃过了吗？"青忆的第一句问话总离不开吃。

一小片沉默。"还没。"

"怎么这么晚还不吃啊？又加班啦？"青忆知道女儿工作忙，可身体总要当心。

"不是，我约了……"吟风顿了顿，"我约了人。"

"又是那个诺……什么诺？"青忆陡然提高警惕。

吟风迟疑着"嗯"了一声，"陈诺。"

"我老早跟你讲过啦，那小伙子不靠谱，"青忆抓住机会又唠叨起来，"这么晚还不来找你，是不是又迟到了，他当是吃夜宵啊？"

"妈，别说了，你知不知道今天云网出故障啦？"女儿故意扯开话题。

可青忆却没这么容易罢休，"不晓得，出故障又怎么样？我从来不用它不是照样过得好好的。出故障他就有理由迟到了？"

"妈——"吟风拖长了称呼的尾音，"每个人都要用到云网的，没有云网你连电视都看不了。云网故障，整个轨道交通和无人驾驶交通网络都停运了，所以阿诺才……"

"他要真在乎你,跑步都跑到你跟前了,这个点还不出现,你给他打个电话问问到哪儿了吧。"青忆看不得女儿受委屈,尤其是从那小子身上。

吟风的声音低了下去:"他只有网络电话,网断了打不通……"

青忆听着更来气:"你看看你看看,还不承认他不靠谱?女朋友想联系他都联系不到,怎么恋爱的啊。"

"他……平时都联系得上,今天是特殊情况,云网断了啊。说不定他正往这儿赶呢。"吟风最后一句话里,并没有多少确定的口气。

"男人啊,你永远不能把他们往好里想。说不定他压根早就忘了这事,没有那什么云网提醒他还想不起来呢。他不是靠技术吃饭靠技术生活嘛,没有技术他还能靠什么?等哪天靠过了头啊,就像你爸那样……"

"妈。"吟风这声叫得很急,生生掐断青忆的话头。

"唉,"青忆叹一口气,"我知道,都过去那么久了……你自己好好想想吧,二十八岁,也该认真考虑考虑了。"

"行,我都知道,陈诺他,"吟风顿了顿,继续说道,"你就放心吧,我心里有数。"

"好好好,我也不多说了,你先吃点东西,别饿着。"青忆知道说也没用,但她没法不说。

吟风应了声便不再说话。

青忆挂断电话后,突然想起那次她在学校加班,吟风一个人在家等她,饿到不行,自己下馄饨吃。小姑娘往沸水里下馄饨,手势不对又收得太慢,溅出的水滴烫到了手,吟风一急又打翻了锅,亏得她躲避及时,烫伤的只是左手。青忆回家看到潮湿的厨房地板,葱花躲在瓷砖缝里,她叫来吟风才看到女儿左手上胡乱缠的绷带,小姑娘早就自己找出烫伤药膏涂上,还顺带收拾了厨房。那年女儿九岁,她爸出事还没到一年,青忆抱着吟风哭了很久，反倒像自己闯了祸受了伤。不知不觉间，女儿怎么就那么大了呢，青忆用右手摸了摸左手手背的烫伤处，微微凸起的疤痕有种陌生而奇妙的触感，不晓得吟风手上的疤还看不看得出。

最终，青忆还是没想起自己原本是想打电话报修电视盒子。

二

1

大雾就像是伴随云网修复而出现一般，同云网一道环绕包围了整座城市。

雾的出现让一些人恐慌，尽管更多人只是一头扎进云网复归的喜悦中去。政府的官方解释是为加强云网的稳定性，授权御云在空气中投放了纳米量级的路由器，大雾可能是由此引发的连锁效应，副作用将在几日后消散缓解，让市民们不要恐慌。

那日吟风苦苦等了阿诺一个半小时，她设想过万千种阿诺迟到的原因，也尝试过无数次拨打陈诺的网络电话，没有一次成功，云网断了就是断了；纵使她在母亲面前再怎么维护阿诺，自己心底也很难压下这股气，加上她的身体受不得这番折腾，最终，她耗尽耐心，转身回家，离开的同时，她关闭了与阿诺之间的所有通话渠道。回家的公交车上，她一路望着窗外，看雾一点一点起来，路灯射出暖橙色的光，就像列队守卫投来的目光，从车头扫到车尾，又把车头交给下一盏，雾渐浓，光渐柔和，光的边缘模糊不清，在茫茫夜色融作一斑。她把手轻轻搁在肚子上，什么都感觉不到，她为这个尚未出世的生命感到一丝悲哀，任外面的世界变化，他也无法感知，正如他爸爸也无法知晓他的存在。待吟风再也看不清路灯轮廓时，网络恢复的信号声响起，她的心却被雾紧紧缠住，灰蒙蒙的，亮不起来。

接下来几天，雾没散过，就像吟风心头的阴霾，沉沉压在城市的高楼之上，覆满城市的母亲河江面，凝结在目光涣散的行人肩头。幸得云网工作如常，城市运转并无大碍。人人都能接入云网获取数据信息，从而看到"真实"的世界，尽管这真实仅仅建立在0和1的基础上。

到周末，雾终于散了，消失得一干二净，仿佛从不曾出现。见到久违的阳光，吟风心头多少晴朗了些，所以收到阿诺的信时，她决心给他一个机会。

这个城市的邮政系统依旧存在，当其业务萎缩到一定程度后，使用者也只剩下最忠实的复古信徒，这一小块市场永远消失不了。通过网络发送的讯息不用一秒就能送达，声光影像能营造气氛的多重高潮，可却少了书信承载的郑重感和仪式感。寄出的信，就像一支迟缓的箭，你不知道它能否抵达目的地，也不知道它何时会被阅读。在信上书写下此刻的心情，封上信封贴上邮票投入邮筒的那刻，也就交付出了一部分自己，没有备份的、托付给收信人保管的一部分自己。

阿诺的字很糟糕，一笔一画透着刚学写字的小孩子的别扭，但他写得很认真。吟风读完那三页纸，放下来，又拿起来回味一遍。这是她第一次收到手写的信，大概也是阿诺第一次写信。她不经意跟他提过羡慕上世纪言情小说的女主角，把收到的情书扎成一叠小心压在箱底，待老了翻出来细细回味，追忆青春年华。

阿诺至少还会用心，吟风心里甜甜的，恢复了他的通讯权限。上百条消息记录瞬间涌入移动终端，几乎占满带宽。这个粗线条的家伙，到底还知道着急。吟风打开最近一条消息，还没来得及细读，阿诺的影像通讯请求弹出，吟风犹豫一下，选择接受。

"吟风，你终于肯见我了！"阿诺的声音比影像更先传来。

吟风摘下手腕上的移动终端搁在书桌上，将影像输出模式切换成桌面投影，阿诺的三维立体胸像出现在她眼前。

"这叫见吗？"吟风故意板着脸，假装生气，她的气虽消得差不多了，架子还是要端一端的。

"给我十分钟，"阿诺比出两根交叉的食指，"我马上去你家。"

吟风赶忙打断："诶诶诶，我还没允许你来呢。"

阿诺坐正身体，敛起眼神直视前方，影像忠实呈现了他的姿态。吟风不禁想，他见到的自己是什么样的呢？技术成像是将她的形象扭曲，还是模拟得更为真实？

阿诺沉默片刻，缓缓开口道："吟风，我错了，原谅我好吗？"

吟风很少看到阿诺正经的样子，他双眉微锁，脸部线条收紧，背脊挺直，双手自然下垂，大概是相握成拳搁在了吟风看不见的大腿上，这副样子浑然不似平时那个松弛随性的家伙，吟风有些不习惯，甚至连心跳都加快了几分，认真的阿诺有点帅气，也许会是个合格的父亲。

"这几天联系不上你，我一直在想各种办法，我发送的所有通讯请求都被直接拒绝，我试着用公共电话打你手机，可一插入信用芯片拨打人信息栏就自动填入了我，我想在你楼下等，却通不过小区的身份认证，我只能给你写信。我第一次写信，以前从没想过会使用这种低效率又无保障的原始沟通方式，我不知道信要寄多久才会到，我每天都给你写，第一封信是四天前寄出的，我不知道你收到了几封。我把所有对你的歉意和想念都写下来，一笔一画写下来，很久没写字了，我只能借助字典，也不知道有多少错字别字。我记得你说过羡慕以前的女孩子收到情书，我想你即使不原谅我至少也能保留这些信，成为老去之后的回忆。我……你能接受我的通讯请求真是太好了，不然我会一直写一直写，不管你能不能收到。没有你，我的心会永远悬着，一直着不了地。"

看阿诺一脸严肃讲了这么多话，吟风有些怀疑这是不是她所认识的陈诺，她的男朋友总是吊儿郎当又呆得像块木头，要他说句情话简直比登天还难，今天这是怎么了？吟风不自觉也坐直起来。

阿诺继续道："吟风，原谅我好吗？"

"嗯……"吟风摸摸肚子，说不出别的话来。

2

成功。

阿诺看了看智能眼镜视域右下角的时钟，道歉耗时 7 分 43 秒，距离刚刚和吟风约定的见面时间还有 4 小时 26 分钟 39 秒，他在第二伊甸的任务栏中键入"挑选生日礼物"，设置约束条件为"女"＋"50—60 岁"＋"传统保守"，想了想又附注"准丈母娘"，按下确认。

方才吟风让他下午陪她去给母亲青忆买生日贺礼，下周末青忆生日那天一同上门，正好也让母亲见见阿诺，好消除她的成见。阿诺检索了记忆库，吟风说过自己的父亲也是个技术宅，那次事故让她母亲对技术宅的敌意和偏见上升到极点，阿诺要博得她的好感没那么容易。好在这是个技术时代，群体的智慧无限，阿诺相信第二伊甸的兄弟们能帮他解决难题，就像他们帮他想出如何让吟风接受道歉一样。

第二伊甸是一个虚拟社区，阿诺讲不清楚它到底是怎么火起来的，他只能从历史上追溯到这片乐土的诞生甚至在御云公司崛起之前。第二伊甸提供群体问题解决服务，就像中国古话说的那样，"三个臭皮匠、赛过诸葛亮"，任何注册用户都能在第二伊甸发布任务，寻求其他人的帮助。聚集在第二伊甸的高质量用户群是第二伊甸的最强智库，描述清晰的任务能在短时间内得到响应；记忆云成熟以后，整合了云服务的第二伊甸功能更显强大，你甚至能在第二伊甸租借大脑运算能力，以适应高强度任务的需要。难能可贵的是，第二伊甸至今还是个独立网站，抵抗住金钱的诱惑，没被任何大公司收购。阿诺在第二伊甸有许多兄弟，尽管他们从未相见，他不知道他们的真名，甚至不确定他们的性别，但他知道他们会帮他，正如他也常常分出一部分精力去帮助他们。

阿诺很庆幸没有在吟风切断与他的联络后选择直接黑掉她的防火墙，而是在第二伊甸寻求帮助。伪造虚假身份的通讯请求对他来说轻而易举，但第二伊甸的兄弟们告诉他，这样只会起到反效果，让吟风更加生气。最终阿诺完全顺从了兄弟们提出的整合致歉方案，一面沉住气不断呼叫吟风，等她自己解除屏蔽，一面给吟风写信，用最慢的邮政系统寄出，这是她唯一没有主动屏蔽他的通讯方式，他还按照兄弟们的建议模拟排练了整个道歉过程，目的就是让吟风知道他很重视她。

结果显而易见，吟风接受了，有时候慢就是快。阿诺爱吟风，可他常常觉得不懂她，女人的心思大概是现代技术永远攻克不了的难关。既然能够解决问题让双方都开心，那他从公共数据库中抽出古旧的言情小说来合成情书，效仿二维电影中的表演来郑重道歉又有什么不对？

阿诺晃进第二伊甸的任务大厅，寻找自己帮得上忙的活儿，要得到帮助必须有相应付出，他不想浪费这四个多小时。

挂在大厅的绝大多数任务提不起阿诺的半点兴趣，太寻常也太简单；坦白来说，阿诺在人情世故方面的知识匮乏，可他觉得那不重要，他应该把更多精力花在需要缜密逻辑和计算机相关知识的地方，日常琐事大可以委托给别人代理，这正是云时代分享智慧的奥义，不是么？

他转进特殊任务区，浏览起置顶任务，编写延迟病毒、开发完美性爱机器人、创造人工智能……开头几项依旧不够刺激，都是些老掉牙的点子，时不时卷土重来却从没被真正解决。他的目光扫到一条颜色和字

体都不怎么起眼的消息:

清　雾

只有两个字,意义不明,词组搭配奇怪,却莫名触发了阿诺脑中的警铃。他点开任务详情,同时在云端记忆库中搜索相关资料。这是个匿名任务,任务详情里只有一个 9 位数字,没有任何解释。是加密文字通讯频道号码,对方希望通过最原始的文本传输来交换信息,牺牲沟通效率来换取安全程度,这一定是项绝密任务,要不就是对方在故弄玄虚。阿诺的记忆库检索结果显示无匹配资料,奇怪,这熟悉感从何而来?难道是记忆库有疏漏?阿诺没太在意,把这项任务的关注度设为"中级",继续往下浏览其他任务。

三

1

门铃响起时,徐青忆正在对付一只鸽子。她带着满手鸽子毛去开门,门外站着女儿吟风和一名陌生男子。

"吟风,你怎么来了?"

"妈,这是陈诺。"

母女两人同时开口。

柠檬草的味道,何语的味道。青忆愣在门边。

"妈,我不是说了会早点来帮忙嘛,"吟风说着,一面把那名男子领进门,"不用换拖鞋,直接进去吧。"

女儿说过今天会来么？青忆没有一点印象，嘴上却应着："我一个人能搞定的呀，你来只会添乱。"

青忆上下打量那名男子，高高瘦瘦，黑框眼镜，格子衬衫加牛仔裤，有几分像年轻时的何语。吟风把手里的纸盒子塞给他，说："蛋糕不用放冰箱，搁那边桌上吧。"两人关系相当亲密，是在处对象吗？对象……刚刚女儿说他叫什么来着？什么诺……陈诺！就是那个女儿一直提起的男朋友啊。

"买蛋糕做什么啦？"青忆觉得奇怪。

"过生日啊，怎么能没有蛋糕。"吟风说着径直走进厨房，青忆忙跟进去，来不及细想是谁的生日。

女儿四下打量，开口道："妈，你把菜都放哪里啦？怎么就这么点东西。"

菜？糟糕，青忆今早买菜备的是一人分量，哪里够三个人吃呢，她敷衍道："我还没来得及出去买呢，这些……这些是我昨天买多了剩下的。"

"那也别麻烦了，我去菜场买点蔬菜，再称点熟食吧。妈，你在家把鸽子处理完炖汤吧，我马上回来。"

青忆应和着，吟风已经出了门，留下她和陈诺两人在屋里。

青忆偷偷瞥向陈诺，发现对方也正望向这边，她一阵慌张，忙开口说："你喝点什么吗？"

陈诺几乎是立刻回话："可乐吧，谢谢伯母。"

"哎呀，不好意思，家里没可乐，"何语走后，青忆再也不在家里置备不健康的碳酸饮料，"你喝不喝茶？黄山毛峰或者西湖龙井？"

"不用了，还是不麻烦了。"陈诺一屁股坐到沙发上，又马上弹了起来，走向青忆，"我来帮忙吧，伯母有什么我能做的吗？"

青忆忙摆手,"不用不用,你坐着就好了呀。"

手上的鸽子毛飞起来,几根细短的羽毛浮在空中,被搅乱的气流托住,几秒后又被地心引力缚住,缓缓落向地面。

陈诺闻话,停在半路,用右手大拇指刮了刮鼻尖,说:"嗯,那我就不给伯母添乱了。"他牵起右边嘴角,扯出一个微笑,那微笑带点痞气,却很干净。

真是像极了何语,不是长相,而是气质,连小动作都如出一辙,怪不得女儿会喜欢这小子,青忆有点懂了。可正因如此,才必须阻止他们在一起,青忆不想看女儿和自己一样受罪,这对鸳鸯她是拆定了。

2

等到三人在饭桌前坐定,已是晌午时分。

吟风推推陈诺,他突然意识到什么,俯身提起脚边的纸袋子,站起来双手递给青忆,说:"伯母,这是吟风和我给您准备的生日礼物。"

生日礼物?青忆接过袋子,从里面掏出一条酒红色羊绒围巾。颜色很好看,青忆从年轻时起就一直喜欢酒红,何语说过这沉稳优雅的色调很称她的气质。

"妈,这是陈诺买给你的礼物,颜色也是他挑的,知道你过阴历生日,特地今天送你,喜不喜欢?"吟风的话中充满期待。

今天是自己阴历生日?青忆一怔,若不是女儿提起,她压根记不起来,到底还是女儿孝顺啊。青忆心里泛甜,嘴上却说:"浪费什么钱嘛,也不晓得这羊绒好不好,男人根本挑不来东西,我一个老太婆哪里用得了这么洋气的颜色。"

吟风急道:"妈,这是陈诺的一片心意啊。"

陈诺抢过话头,说道:"伯母,我第一次给长辈买礼物,挑得不好还请见谅。要是不喜欢这颜色可以去店里换,不过我觉得酒红色又稳重又典雅,很适合伯母,戴上就像年轻了十岁。"

青忆听了心里舒服,她摸摸围巾,又轻又软,手感不错,道:"算了吧,买都买了。不过你可别以为一条围巾就能换走我女儿了,过生日这种场合连个蛋糕都不买,你连她从小嗜甜都不晓得吧。"

"妈,我们买了蛋糕来的呀,就在茶几上,刚刚还是你把蛋糕从饭桌上挪过去的呢。"吟风的声音有几分讶异。

有蛋糕?青忆想起来似乎是有这么回事。"哦,哦……我就提醒你一句,吟风从小爱吃甜的,你可别让她吃苦。"青忆冲陈诺讲,未等他回答又补道:"当然她还不一定会跟你呢,我们吟风打小就很多人追,光被我打出门去的就不知道有多少……"

"妈——"吟风截断了青忆的话,"别乱讲。"

陈诺却只是笑笑,答道:"伯母放心,我绝不会让吟风吃苦的,苦的归我,甜的归她;其他追求者我也不怕,我相信自己,更相信吟风。"

跟何语当年说的简直一模一样,青忆有些失神,随口应道:"都只是说说而已,谁知道真的假的。"

"好了,别说啦,"吟风举起筷子,"快吃饭吧,菜都凉了。"

3

蛋糕抬上桌面时,吟风已有些倦了。整顿饭期间,母亲青忆不断在挑阿诺的刺,无论吟风怎么转移话题,青忆都不肯停歇;出乎吟风意料的倒是阿诺,他一改平日不通世故的表现,面对母亲的刁难,竟能避开话里的锋芒圆滑应对,做出合适的回答,看来事先下了不少功夫,他到底是重视这事儿的,这让吟风很受用。

母亲的态度却让她为难,她本想趁今天领阿诺上门,让母亲见见阿诺，消除成见接受他，同意他俩的事，随后宣布自己怀孕的消息，可谁料母亲如此坚持挤兑阿诺，让她措手不及。

吟风能猜到母亲不喜欢阿诺的原因，他太像父亲了。

父亲何语出事时，吟风只有八岁。记忆中，当程序员的父亲很少在家，偶尔在家也总是鼓捣着他的新鲜玩意儿。吟风记得自己很小的时候缠着父亲玩，他却沉浸在最新款的虚拟实境游戏中，连吟风爬到他膝上都毫无反应；随着游戏中一个猛烈动作，吟风被甩了出去，她的额头撞上桌角，去医院缝了五针。自此，她再也没对父亲撒过娇。吟风羡慕其他女孩子，她们的父亲宠溺女儿就像宠溺公主，周末带去游乐场，时不时买回好吃的零食，可吟风就连被父亲牵着手出门散步的记忆都很稀有。但她也为自己的父亲自豪，上小学之前，她根本没意识到父亲走在技术潮流的最前沿，直到她坐进小学课堂，才发现父亲的时髦。那会儿云网概念才普及没多久，这座城市的无线云网覆盖率才刚达到 61.9%，吟风长大后查阅统计年鉴才得到这个数字，可当时的她觉得云网无所不在；小学一年级的吟风已经拥有整套可穿戴云享设备，云享耳麦能录下语文课上老师的深情朗诵，云享眼镜则能摄下舞蹈课上老师的优美示范动作，所有这些录音录像都通过云网被上传到云端，供吟风随时复习，她的成绩因此名列前茅。班里其他同学压根没见过那些先进设备，纷纷对她投来艳羡的目光。可云享耳麦也好眼镜也好都不过是吟风父亲随手扔给她的旧玩具，他自己早就将更新的设备收入囊中。

吟风相信，父亲是爱母亲的，在他想得起来的时候。他可以在母亲生日时蒙上她的眼睛，一路扶她到江边，看他黑掉对岸大楼的照明系统，在外墙上用灯光打出母亲的姓名首字母和大大的爱心；他也可以一连几周不回家，全身心扎进工作只为开发一个新程序。只有那样的父亲才会不顾母亲的阻拦，志愿参与记忆上传实验。

二十年前的诺贝尔生理学或医学奖被颁发给两位华裔脑神经科学家，他们成功破解了人脑记忆转化为电子数据的秘密。记忆被他们分为两种——通过阅读、观看、听讲等学习过程获得的知识性记忆和事件经历、感官感觉等产生的体验性记忆，人类大脑在他们手中化作一块可读写的硬盘，体验性记忆得以脱离文字、图像等载体，直接被抽象成一组对大脑特定区块施加刺激的信号，从而能够被直接记录与复现，使得记忆上传和下载成为可能。但在最初的实验中，他们却忽视了最简单的备份。作为志愿者家属，母亲最终得到的是一份巨额保险和一纸道歉信："由于实验失误，何语先生的体验性记忆全部遗失。体验性记忆电子化课题组向您致以诚挚的歉意，并感谢何语先生对人类科学进步做出的不朽贡献。"简单来说，父亲失忆了，母亲和吟风成了他眼中的陌生人。

这对母亲来说是莫大的打击，八岁的吟风被迫迅速成长。一开始母亲还试图挽回，她求助于科学家、公益机构，甚至媒体，企图找到办法寻回丈夫的记忆，可结果却令她一次又一次失望。终于在某一天，父亲离家出走了，也许是厌倦了被各方当做实验品尝试种种唤回记忆的方法，也许是名义上的妻子女儿实则对他而言全然陌生使他恐慌，他选择离开，消失得无影无踪。

这么多年来，父亲一直是母女俩避而不谈的话题。吟风有时会想，父亲的生活一定比她们轻松，他没有需要负担的沉重过去，说不定在某处重建了幸福家庭。母亲觉得是父亲辜负了她们母女俩，吟风却不这么认为。那只是一起意外，和车祸、空难、恐怖分子袭击一样的意外，并非父亲主动选择的结果；发生意外之后，丧失所有体验性记忆的父亲已不再记得与母女俩有关的任何事情，情感纽带被生生割断，又凭什么要求他和两位陌生人生活在同一屋檐下，分享她们的痛苦与焦虑呢？某种程度上来说，恰恰是记忆构成了人格的基础。失去记忆的父亲，也不再是父亲。

阿诺很像父亲，可吟风并不觉得自己因此才爱上他。等她意识到这种相像时，已过了两人的热恋期。吟风理智地分析过，认为是阿诺身上的活力和冲劲吸引了他。和父亲一样，阿诺也是个程序员，和所有极客一样痴迷最新技术，同代码的亲密程度远胜于同人的亲密程度。阿诺的思维敏捷，反应迅速，他很早就植入了内置接口，将所有记忆上传到云端。如今的技术早就能保证上传记忆安全可靠，年轻人或多或少都会将一部分记忆上传，以使自己的大脑运转速度更快。在御云公司的多重安全保障措施下，根本无须担心记忆丢失，"Safer than your mind（比你的大脑更安全）"是他们的口号。可母亲却不这么认为，父亲遭遇的事故在她心中留下一道疤，所有现代科技在母亲眼中都被贴上了"不可靠"的标签，更何况阿诺这么个高度依赖技术的人。也许是命运的刻意嘲弄，阿诺也比吟风小三岁，就如父亲小母亲三岁一样。

在吟风沉思犹豫的档口，母亲开口说道："你们来吃饭就来吃饭嘛，买什么蛋糕啊，又没人过生日。"

"妈……今天是你阴历生日啊，你忘了吗？"吟风意识到母亲有些不对劲，这是她今天第三次问起生日蛋糕，即便健忘也不该如此。

"哦，哦……我就觉得，没什么必要……"坐在对面的母亲敷衍着，眼神游离。

"妈，你怎么了？"

"没啊，什么怎么了。"母亲往回缩了缩身体，扭头避开了吟风的视线。

一定有事。吟风知道这样问不出来。难道是看到阿诺想起了父亲？可母亲这么针对他也不像高兴的样子。那是母亲有了新的爱人？但这也是好消息啊。不是心事的话……莫非母亲病了？

"伯母一定是看到我们来给她贺寿太高兴了,"一旁的阿诺插话,"往后我们一定常来看您。"

母亲却不买账,"吟风一个人来看我就够了,你还是不用了。"

又开始了,也许还是告诉他们比较好?至少能让母亲有件高兴的事情,何况,有了孩子她也不会那么反对阿诺和自己在一起了吧,这么说来还能借口让母亲陪自己做孕期检查拖她到医院去看看。吟风下定决心。

4

母亲许完愿吹灭蜡烛,站起身准备切蛋糕,吟风鼓足勇气。

"妈,阿诺,"吟风看了看两人,"我有件事要告诉你们,"她停下深吸一口气,"我怀孕了。"

一片沉默。

阿诺先反应过来。"我……我要当爸爸了?"他的声音带着一丝不确定。

吟风深情注视着他的眼睛,点点头。

"我要当爸爸了!"兴奋之情从他的声音里溢出,他张开双臂一把抱住吟风,"吟风吟风吟风,你为什么不早点告诉我,我要当爸爸了啊!"

吟风被阿诺抱得有些透不过气,她小心地把头扭向母亲的方向,悄悄观察她的反应。

母亲低头看着蛋糕,面无表情,她顿了一会儿,操起刀切蛋糕。那柄一次性塑料刀在母亲手里仿佛有千斤重,直直砍向蛋糕,鲜奶蛋糕质地虽软,却没那么容易被从天落下的塑料刀劈开,带锯齿的刀刃并不锋利;母亲抬起手臂,又是一刀。

吟风挣脱阿诺的怀抱,把他推开到一旁,轻声说:"妈,得从边上切,要不我来吧。"

母亲没有停,直直又砍下一刀,"在你眼里我连个蛋糕都切不了么?我还没老到那个地步。"

"我不是这个意思,我……"吟风想要辩解。

"你翅膀硬了,不需要我这个妈了吧。"母亲打断她。

"妈……"吟风不知该说什么,这和她料想的反应完全不同,母亲不是总期望着哪天能抱上外孙么?

阿诺握住吟风的手,正色道:"我一定会好好照顾吟风和孩子的,您就放心吧,伯母,不,妈……"

"你没资格叫我妈!"母亲陡然拔高嗓音,她抬起头瞪向吟风,看也不看阿诺,说道:"要是和这小子在一起,你也别叫我妈了。"

"可是孩子……"吟风的右手不自觉搭上腹部。

母亲冷笑一声,"呵,没爹的孩子一样长得大,你最清楚了不是么?"

"妈,别这样……"吟风最见不得母亲想起父亲的样子。

"与其长到一半丢了爹,还不如一开始就……"母亲话说到一半,突然伸手扶额,身子一歪,往地上倒去。

阿诺急冲向前,托住晕倒的青忆,回头对吟风说:"去医院吧。"

四

1

在医院等待青忆的检查结果时,阿诺仍然沉浸在即将为人父的喜悦之中。

他就要当爸爸了。

阿诺是个孤儿,他没有任何关于自己父母的记忆。他在孤儿院长到五岁，从智商测试中脱颖而出，被送进御云学院，学习数学、逻辑、算法和编程，至少档案如此记录。阿诺从不怀疑客观记录。对于五岁以前的记忆，他并没有多少印象；五岁以后他就开始上传记忆，一开始借助大型仪器和外接设备，十岁那年他便拥有了植入式接口，得以随时随地将记忆上传。五岁以来的所有记忆都被他保存在记忆库中，御云学院学生的特殊身份使他拥有无限的记忆云存储空间，他给库中的记忆分门别类加上标签，方便从云端检索调用。云端的记忆不仅可供个人使用，更能与他人分享；当然，为了避免记忆错乱的情况发生，政府限制了分享记忆的拟真度，只有少数醉酒者或瘾君子在极不清醒的情况下才会将别人分享的记忆误当作自己的。阿诺分享过不少自己的记忆，也体验过他人的人生片段。他最喜欢家庭生活幸福美满的童年记忆，妈妈给孩子讲的睡前故事，一家三口去郊外野餐，他也想有个家。阿诺知道自己没法改变过去，只能期待未来，认识吟风后，这种感觉更为强烈，他想和吟风共建家庭；吟风怀孕的消息让他相信这个未来并不遥远。

　　可吟风母亲的态度却让他有些不安。阿诺事先就从吟风那里了解到未来丈母娘对自己的不友好态度，为了给她一个好印象，他在网上找到二百八十七段准女婿上门拜见丈母娘的记忆分享，分析他们的行为，将之抽象为二十四种应答模式，他将包含这些应答模式的数据包保存在移动终端上，又在第二伊甸建了一个任务讨论区以便实时求助。说实话，他对自己今天的表现挺满意，尽管吟风母亲一直在百般刁难，阿诺却都应付下来，至少没有难堪到下不了台。可是，准丈母娘的态度却没有丝毫改变，自始至终都明显反对吟风和阿诺在一起。即便吟风搬出肚子里的孩子，都无助于扭转她母亲的态度；阿诺甚至觉得，吟风怀孕一事让她母亲的反感更加强烈。她最后的晕倒出乎阿诺预料，难道是因为过度愤怒？还是为了阻止他和吟风而在演戏？

阿诺私下调查过吟风的母亲。徐青忆，五十七岁，曾是一名中学语文教师。二十年前，她的丈夫何语志愿参与记忆上传实验，丢失了所有体验性记忆，事故原因不明，媒体普遍推测是由于实验疏忽忘记备份。徐青忆在丈夫出事后曾向各方求助申诉，一时之间被媒体广泛报道，可这些求助皆无果，媒体关注度也渐渐降低。据吟风说，她父亲某天突然毫无征兆消失了，她母亲的奔走也就此消停。除此之外，网上能找到的关于徐青忆的资料很少，只有她早年发在文学刊物上的诗歌和散文作品。随着传统出版业的式微，她发表的作品也日渐减少，结婚后更是销声匿迹，看来徐青忆在婚后将大部分精力投入了家庭生活。阿诺没有找到徐青忆的相关病史。个人医疗记录虽说对外保密，侵入医院数据库对阿诺来说却不难。徐青忆似乎很少生病，至少很少就医，这些年来除了偶尔的皮肤过敏和一次急性肠胃炎外再没有别的诊疗记录，她也没有定期体检的习惯。

就吟风母亲今天的状况来看，阿诺怀疑她是年纪大了犯迷糊，不记得几分钟前发生的事情，健忘，短期记忆能力衰退，也许该建议她进行记忆上传。阿诺猜徐青忆很少上传记忆，甚至可能完全没有备份过任何记忆，这在现代社会很罕见，只有少数顽固的守旧派才会这么做。这种固执风险很大，人脑记忆模糊而不可靠，一旦忘却便很难再寻回，无论是从个人生活维系还是人类整体经验传承的角度来说，拒绝记忆上传都不可取。如果能说服她进行记忆上传，阿诺或许有机会修改几个小小的参数，也许这样就能改变未来丈母娘对自己的态度……

2

就在阿诺沉思间，医院的语音提示系统开始广播："请徐青忆家属至23号诊疗室，请徐青忆家属……"

一旁的吟风触电般跳起来,她抬头四处寻找指示牌。阿诺站起来握住吟风的左手,领她拐出走廊,在她耳边轻声说:"这边。"

诊疗室的样子同线上医院没多大区别,一样的纯白墙壁,极简化的室内设计。

"徐青忆家属?"桌子对面的医生着白大褂,戴金丝边眼镜,阿诺推测那是他的移动终端,同阿诺自己那台一样,信息会在镜片上显示,以便让医生更直观地获取病人过往病史、检查结果等相关信息。

吟风往前坐了坐,点头说道:"是的,我是她女儿。"他察觉到她手心冰凉。

医生微微收了收下颌,表示确认,复又开口:"你母亲在里间休息,没有什么危险,只是情况有点麻烦。"

吟风紧紧攥着阿诺的手,静静等候下文。

"早发性阿兹海默症。"医生平静地宣布审判结果。

"什么?"吟风的声音中有几分困惑。

与此同时,阿诺通过云网检索起"早发性阿兹海默症"。

阿兹海默症,或称脑退化症,是一种持续性的神经功能障碍,多发于六十五岁以上的老人,也有少见的早发性阿兹海默症,病患会提前发病;最近十年,全球阿兹海默症病患比率显著提高,发病年龄提前,医学研究猜测这与人类生理记忆机能退化有关,目前尚未得到证实。疾病初期症状为难以记住最近发生的事情,随着病情发展,将会产生谵妄、易怒、具攻击性、情绪起伏不定、丧失长期记忆等症状。当病患功能下降时,会从家庭和社会的社交关系中退出,随着身体功能逐渐丧失,最终死亡。目前医学尚未有有效治愈阿兹海默症的方式,一般采用记忆上传方式保存病患记忆,以提高其晚年生活质量,减轻照护者的压力。

记忆上传,阿诺的心提了起来。

医生的解说和阿诺查到的资料大致相同，吟风一点一点陷进座椅，最后，她用颤抖的声音问道："病患，一般能活多久？"

医生推了推眼镜："视病情发展而定，很难预测患后；平均而言，病患确诊后的存活期为七年，但这只是一个平均数。"

"七年……"吟风喃喃道。

"如果进行记忆上传呢？"阿诺问道，努力抑制自己的心跳速度。

医生摇摇头："没有用，记忆上传只能帮助病患保存记忆，对于控制和减缓大脑的病理学变化没有帮助。"

这不是阿诺想要的回答，他继续问道："但记忆上传能提高患者的生活质量吧？"

"确实是，"医生证实，"记忆上传与脑力锻炼、运动、均衡饮食等传统治疗方法的最大区别在于，它能通过将患者记忆保存在外部存储设备，并借助云网实现实时读取，使患者的记忆衰退表征没有那么明显，从而提高病患晚年的生活质量，减轻照护者压力。"

阿诺想要的就是这句，记忆上传的好处。

"记忆上传……"吟风重复道，"上传病患记忆的话会有副作用么？"

"从临床表现来看，没有显著副作用。只是，如果可能的话，尽量不要让病患知道自己得病，以减少对她的精神刺激。"医生顿了下，又说："如果要上传记忆，最好尽快，越早上传，能够保存的记忆就越多。"

3

从医院回家途中，吟风故作轻松，阿诺当然也是万分配合，两人努力让青忆相信她只是因为低血糖而晕倒，静养几天就好。

待到将青忆安顿好睡下，阿诺陪吟风回她住处去拿换洗衣物，以便她到青忆家小住几天照顾母亲。一路上，吟风都很沉默。阿诺搂着吟风的肩，试图给她一个支点，心中某个念头却不断盘旋变大。

到吟风住所时，阿诺差不多也完成了运算，计划可行度大于75%，值得冒险。他打开酒柜，倒上两杯威士忌，又往其中一杯中加上两块冰块，把没加冰的那杯递给吟风。

"上传记忆吧。"阿诺盯着手中的酒杯，酒面微微晃动，隐隐约约映出吟风的脸。

"可是，该怎么跟妈说啊，"吟风的声音有些无力，"毫无由头就提出让她上传记忆，她肯定会起疑的。"

"别让她发现自己的记忆被上传就行了。"阿诺早有准备。

"不被发现？"吟风无法相信，"上传记忆的过程本身也会形成记忆啊，怎么能不让她发现？"

"我有办法。"阿诺将杯中酒一饮而尽。

五

1

上班路上，吟风昏昏沉沉。

昨晚她没怎么睡，满脑子都在想母亲的病，辗转难眠。母亲家离公司有点远，两次换乘十九站地铁，吟风不得不起个大早。

地铁车厢很安静，每个人都抓紧这宝贵的时间，或者补觉，或者接入云网通过移动终端浏览新闻、阅读邮件、播放影音，无论是站着还是坐着。吟风有些困，可她不敢闭眼小憩，生怕坐过站错过换乘，公司对于上班时间要求很严。

车厢依旧配备移动电视，总有像吟风这样没有沉浸在个人世界中的乘客。移动电视上滚动播放着广告，御云公司推出了实时记忆共享的新业务，"与远在天边的亲友共享宝贵一刻"。广告里说，记忆的实时共享延迟将不超过 0.02 秒，无论物理距离多远，都能亲临现场般拥有同样记忆。记忆似乎真的连成了一片云，也许哪天人们甚至可以实时共享整个大脑，相互连结的大脑是否会形成某种新的智慧形式，某种集体意识？要是那样，吟风愿意与母亲共享大脑，这样她的病也就没那么可怕了吧。

吟风答应阿诺考虑一下。她不能让母亲知道自己的病情，她只能替母亲做决定。吟风知道母亲向来反感技术，不信任记忆上传，无论如何都不会主动答应进行上传。母亲的固执持续了二十年，正如她二十年来都无法忘记父亲。

阿诺说他有办法在不让母亲发现的情况下完成她的记忆上传，同样有办法在不让母亲察觉的情况下让她能够实时调取自己在云端的记忆，从而缓解记忆衰退现象。这样能避免引起母亲的怀疑和恐慌，也能减轻吟风照顾母亲的压力。

可是，吟风不确定自己是否有权利替母亲做出决定。记忆是母亲自己的，她有权选择自然遗忘或是通过人工手段去记住；吟风虽然是她的女儿，却无权剥夺母亲自由选择的权利。但母亲却不能知道自己的病情，吟风清楚地知道母亲一定会拒绝无缘无故的记忆上传提议；假如她知道自己的情况又会如何？吟风无法判断。

2

一到公司，吟风便被叫进主管办公室。她心下不免疑惑，方才的困意一扫而空。工作上的所有指示，历来都是主管通过网络发送，除了上次云网中断，她从未与主管当面讲过话，更别说单独会面，甚至连楼层的这个角落她都从未接近过。做好本职工作,不去多管闲事,这是Reservoir里不成文的规矩。

主管办公室位于楼层角落,门口的铭牌上用严肃乏味的字体写着:

人力资源部门主管　孟溪霖
Director of Human Resource Department CELINE MENG

原来主管的真名这么文艺,和她严肃的外表不怎么相符啊,吟风不由一笑,敲门而入。

主管正站在那两面成90度夹角的落地玻璃窗前俯瞰江景,听到吟风进门,她回到桌边坐下。

"何吟风,"主管没有叫她的英语名字,而是不同寻常地用中文全名来称呼她,"你觉得最近自己的工作表现如何?"

吟风检查了自己的绩效指数,回答道:"根据数据显示,我最近一个月内工作表现为一般,与往期无显著差异。"

主管双手交叉,搁到办公桌上,继续问道:"那么你的情绪波动呢?"

情绪波动的监察由吟风自己所在的员工幸福指数测评小组负责,她照实回答:"我最近两周内的情绪波动高于标准水平8.5%。"

"你知道自己的工作职责吗?"主管的目光向吟风投来,经过镜片的过滤,不知为何那目光让吟风感到一丝寒意。

"通过检查公司员工的情绪波动,发现其工作效率变化原因,并在出现异常数据时通过人工手法进行修正,以确保员工在工作中情绪稳定,感到幸福。"吟风一字不差背出自己职位描述中的段落。

"那么,你明白为什么自己目前不能胜任这个职位了吧,"主管低下头,"收拾东西吧,今天办妥离职手续,Elsa会来和你交接。"

主管的话完全出乎吟风所料，她争辩道："可是，我的情绪波动并没有影响到工作效率啊！"

主管没有看她："你的职位特殊，任何一点主观色彩都会影响你的判断，我们不能冒这个风险，让自身情绪并不稳定的人来对全公司员工做出判断。"

吟风脑中炸开一片惊雷。她不能失去这份工作，她需要这份收入，母亲的病，还有肚子里的孩子。对了，孩子。她仿佛抓住了救命稻草："我怀孕了，公司不能辞退我。"

"你怀孕多久了？"主管似乎早有准备。

吟风愣了一下，答道："大概两个月。"

"按照法律，在事先不知情的情况下，公司有权出于其他考虑辞退怀孕三个月内的员工，并发放相当于八个月工资的一次性补贴。当然，像我们这样人性化的公司，为员工提供不限时的休养待孕期，休养期时长以公司决定为准，休养期间给予最低补贴，但相应地，员工在等待公司通知召回期间不得与其他机构签订任何形式的劳动合同。你可以自己选择。"

接受，她将获得八个月的工资以及自由身，不接受，她会在每个月获得少得可怜的最低补助，却没法找其他工作，被困在这无期徒刑中。吟风迟疑片刻，回答道："好吧，我接受公司辞退。"

主管转过椅子，背对吟风，"你的补贴会在一周内到账，你所享受的公司福利会于一个月后终止，届时你和你的家人将不再享受公司提供的额外医疗保险。"

苦涩涌上吟风心头。她离开前，又瞥了一眼主管的发髻，依旧盘得一丝不苟，她在一个多星期前注意到的银发却似乎不见了。

3

吟风约莫半个月前得知自己怀孕的消息，她当时确实兴奋了一阵，紧接着阿诺的失约又让她郁闷，可她能确定自己的情绪波动处于正常阈值内，距异常参数值还离得很远；昨天母亲的晕倒确实让她的心境遭受了不小的震动，可今天是她在知道母亲的病后第一天来上班，还没来得及对自己的当日情绪参数做例行测定就被叫去见主管，公司管理层没有理由预见这一不稳定因素的存在。

吟风确实处于一个特殊职位之上，但所有员工的当日情绪参数都由程序测定，并由计算机绘制情绪波动曲线，出现异常时自动发出警报，吟风所要做的就是确保这一过程顺利进行，并对异常参数进行复查。她个人轻微的情绪波动并不会影响她的判断，一般而言，被判定为异常的情绪波动要高于标准水平25%。公司没有理由因为区区8.5%的波动就断定她失去理性判断的能力；除非，公司通过某种途径预见到她未来几个月内情绪可能产生的更大波动，也就是说公司第一时间得知了母亲的病和吟风怀孕的消息。

每个人的医疗信息都是保密的，即使是用人公司也无权获取员工的个人医疗记录，更别提员工家属的了。吟风没有跟阿诺与母亲之外的任何人提过自己怀孕的事，母亲的病也只有阿诺与自己知道。阿诺不可能把这些讲给其他人听，凭吟风对他的了解，她断定他至少还懂得什么是不该说的，何况阿诺也是昨天才知道这两件事。母亲就更不可能泄露消息了，她至今仍躺在床上，对自己的病情一无所知，至少吟风希望如此。

难道公司读取了吟风的记忆？不，这不可能，吟风并不是记忆上传的积极拥护者，她只在必要时上传重要记忆作为备份，最近一段时间根本没有任何上传行为，公司不可能直接进入吟风的脑海读取她的记忆。

母亲更是从未上传过任何记忆,她几乎就是一个与现代科技隔绝的个体。在医院工作的医生和护士都有强制保密协议制约,无法泄露关于病患的任何消息。难道是阿诺?吟风知道阿诺习惯将记忆实时上传,可阿诺也算得上顶级黑客,如果他自己的记忆被他人非法读取,又怎会无所察觉。

吟风毫无头绪,她现在唯一能确定的就是母亲青忆享受的公司员工家属额外医疗保险将于一个月后自动终止,母亲的治疗必须尽快开始,她不得不为母亲作出决定,上传她的记忆。吟风通过网络电话呼叫阿诺。

六

准备工作并不简单。

御云公司的数据库安保措施相当周密,即便是在公司内拥有次高级别权限的数据安全监察员陈诺也无法进入用户的私人记忆库。要进行外界干预,只能在用户上传记忆的过程中,在记忆被数字信号化之后,保存到御云公司的记忆库中之前。

阿诺编写了一个拟态记忆数据包,为自己争取到十二分钟。在记忆上传的最开始十二分钟里,这个被阿诺称为"青韵"的数据包将被发送到御云公司的记忆接收中心,数据包里填塞的均为人工合成记忆,由阿诺从公开记忆数据库和影像资料中提取随机拼凑。

这种杂乱的印象式记忆在体验性记忆实际上传过程中十分普遍,许多人的记忆中都充斥着来历不明的模糊印象,可能源自梦境,可能源自电影,也可能源自对于某本小说场景的想象,这些碎片化的印象会被归为"灰色记忆",系统无法对其进行自动分类。灰色记忆会被保存在用户的记忆库中,日常检索却不会被触及,除非用户手动对其添加标签。

一般而言,灰色记忆的实用性很低,保密级别也较低,公安侦查案件和心理医生辅助治疗时可以申请权限调用,在日常生活中却很少有人实际用到灰色记忆。记忆在人脑中存留时间越长,就越容易退化成灰色记忆,这也是阿诺选择实时上传记忆的原因之一,他想让所有过去的记忆保持鲜活。

医用记忆上传设备很庞大,仿佛一个巨茧,将徐青忆挟裹其中,笨重却安全,能将记忆上传过程中的外界干扰降到最低,却防不住阿诺从中央控制系统切入的命令。这台设备会读取徐青忆脑海中的记忆,并将其转化为数字信号,而御云公司的记忆接收中心则会在 12 分钟后收到徐青忆的真实记忆数据并将其存储到重重加密的记忆库中。为了在这 12 分钟内筛选出关键记忆片段并完成删改,阿诺在第二伊甸租用了云脑计算服务,他将借助这些临时资源完成任务。

2

倒数 5 分钟。云网链接正常。

倒数 1 分钟。医用记忆上传设备数据截获准备。

倒数 10 秒。"青韵"就绪。

3、2、1。行动。

如潮的回忆向阿诺涌来。

青灰色的巷子,飘着朦胧的细雨。身旁男子的衣服上有好闻的柠檬草香味,他右手打着伞,伞斜向右边。男子有着挺括的下巴,右边嘴角扬起,笑容带些痞气,却很干净。巷子里没有别的人,一路铺满苔藓的青砖,就这么延伸下去,消失在前方的雨帘中,好像消失在时间尽头。

"你知道吗,青忆,"男子的声音有点沙,"我很喜欢这种天气,雨丝就好像数据流,绵延不绝,串联起过去和未来……"

闪动的白炽灯,投下的光明灭不定。桌下一地破裂的瓷器碎片。"你一定要去吗?"女人的声音。对面的男子默然。他高高瘦瘦,黑框眼镜,格子衬衫加牛仔裤。"你考虑过我和吟风吗?"女人的声音在颤抖。"这个实验可能改变人类的未来。"男人盯着地面。"不一定非得是你啊,"女人的声音带上了乞求,"求你了,别去,好吗?""对不起,"男人抬起右手拇指蹭了蹭自己的鼻尖,"我会回来的。"他转身离开,自始至终没有抬起过视线……

"我不是何语!别再逼我了好吗!"男人咆哮。他双手抱头,痛苦地摇晃,"我什么都想不起来。"向前几步,小心靠近男人,伸出双臂试图抱他。男人触电般后退,双手护在胸前,眼神充满惊恐,"别碰我,我不认识你!"衣角被扯了扯,低头看去,八九岁的小女孩,梳着两条麻花辫。小女孩走上前去,伸手环住男人的腰,叫道:"爸爸。"男人俯下身,一根一根掰开小女孩的手指:"我不是你爸爸……"

这是陈诺第一次如此完整地窥视他人记忆。

他几乎不在本地保存记忆,每次重新读取自己的记忆总会在一开始让他感觉陌生,但很快就能回想起那种熟悉感。那感觉就好像在湖面上投下一枚石子,涟漪荡开,平静的湖面泛起阵阵波纹。阿诺实时上传记忆后会同步删除本地备份,以给大脑腾出更多计算空间,进行更高效的逻辑思考。从理论上来说,本地删除的记忆不会在大脑中留下残余数据,但记忆留下的那种感觉却无法去除,只要一个引子,便能唤回。

他也时常导入他人的共享记忆,那些记忆场景对他来说很新鲜,却因经过拟真度调整显得模糊而不真实。

徐青忆的记忆带给他的感觉很特别。

她很少有清晰的近期记忆,最近几周甚至几天内的生活记忆边缘模糊，融成一团，好像在室外透过结霜的玻璃窗看向屋内，只有大致的色块，看不清具体细节。感觉最强烈、棱角最鲜明的记忆来自遥远的过去，它们似乎在漫长的岁月中被一遍遍回放，带着厚重的个人主观色彩。而这些记忆，让阿诺感到异样的熟悉，不是读取自己记忆的那种熟悉感，更像是……更像是通过他人的视角观看自己的记忆，同一场景在不同人脑海中的复演。有那么一瞬间，阿诺怀疑青忆记忆中的那个男人就是他自己，可理性马上否定了他的怀疑。这不可能，阿诺比青忆小三十多岁，而她记忆中的男人和她一般大小。

阿诺迅速从脑中清除奇怪的想法，着手寻找记忆删改的切入点。这在平时并不容易，记忆删改很容易让原始记忆拥有者产生异样感觉，可是青忆的近期记忆本就模糊，支离破碎。阿诺找到青忆从在家中醒来开始到隔天被带到医院接受所谓"检查"却进了记忆上传室的那段，裁切下来删除，并对那之前的记忆进行模糊化处理。

这还不够。删改只是为了让青忆忘记记忆上传的事儿，阿诺还有更重要的目标。他又调出一段代码，在青忆被读取的记忆信号下埋进一块蒙版，蒙版上植入了对于陈诺这个个体的正面印象。这回，丈母娘想不喜欢他都难。

完成。

阿诺的意识回到现实，他发现自己手心沁出了汗。

吟风焦急的脸庞凑上来："怎么样？"

阿诺比出 OK 的手势，说道："没问题。"

"我看仪器的指示灯灭了，可你这边过了十多分钟还是没有动静，差点以为你失败了。"吟风无不担忧地说。

阿诺右边嘴角上扬，牵出一个微笑："你还不相信你的男朋友么？"说着，他搂过吟风，给了她一个吻。

七

1

母亲还睡着。

吟风不记得自己有多少年没有像这样守在母亲的床边了。她的皮肤松了皱了，曾经白皙的肤色酿出淡淡的黄，就像在衣柜里挂久了的白衬衫，没收纳妥当，起皱泛色。吟风记得母亲年轻时的眉毛很好看，像是用紫毫蘸了墨轻轻画上的，可如今她的眉毛稀疏杂乱，眉头紧锁，她微微抿嘴，嘴唇薄而淡。母亲是在做噩梦么？

记忆上传完成后，趁母亲还没醒，吟风直接把她送回家。阿诺被吟风遣走，她不想母亲醒来就看见两人围着自己，太容易起疑。可她心里依旧没底，阿诺的办法管用么？

不是吟风信不过阿诺，她知道自己的男朋友技术了得，不然也不会当上御云公司的首席数据监察员。但吟风依旧害怕，父亲的记忆就是这么丢失的。尽管吟风无数次劝说母亲如今记忆上传技术早已成熟安全无风险，内心深处的担心却只有她自己知道。从理性角度来看，记忆上传的风险确实已经降低到了无限小，这项技术商用化十多年来，很少曝出负面新闻。吟风想，也许父亲是这项技术第一位也是唯一一位献祭者，就像古时的宝剑，总要用鲜血来祭，而后便无往不利。父亲的事故像一根鱼刺，似乎早被吟风用白饭送进腹中，喉咙口的瘙痒却久久不歇。她不怕一万，就怕这不足万分之一的概率。阿诺对母亲上传的记忆进行了人工干预，是否会增加事故发生率？

"语……"吟风被母亲的嘟囔惊到。她翻转身子，侧向右边，双腿蜷起，两手收在心窝，并没有醒。

母亲还是忘不了父亲。吟风想起自己中学的初恋男友，也是个技术狂人，像阿诺那样，像父亲那样。他叫什么来着？吟风想不起来。她的初恋始于十六岁的夏天，她记得初夏躁动郁热的天气，记得紫藤花架下那个绵长的吻，她很笨拙，不知该如何回应，只是呆呆站在那儿，在汗湿的拥抱里接受对方探出的舌头，触感粗糙却有力。初恋男友靠帮人写程序赚钱，高三就攒够钱给自己装上了植入式接口，他上传自认为不重要的记忆，需要时再从云端调用。植入接口后，他每次见到吟风都会愣上十秒，等到加载完关于她的记忆，才展开笑容伸手拥抱。不久后，吟风撞见他怀里搂着另一个女孩，见到吟风后愣了二十秒，尴尬地笑笑，若无其事地搂着女孩走开，头也不回。吟风回家后扑进母亲怀里哭了很久，母亲拍着她的背，自己也哭了起来。

自那以后，吟风交往过很多男友，形形色色，很难归纳共同特点，交往时间都没超过半年。她总是很快陷入一段新的感情，又在短时间内发现对方的无趣。她从心理系本科毕业后，去过欧洲几年，边打工边旅行期间，吟风遇上了Jānis。那个拉脱维亚汉子让她第一次觉得找到了永恒的爱。整整五个月里，他们背着行囊走遍半个欧洲，一同跳进沐浴着落日余晖的波罗的海游泳，俯卧在悬崖之上拍摄峡湾，在绚丽的极光下深情拥吻。可是最终，他消失在森林中，留给吟风一个月的身孕。吟风至今无法确定Jānis消失的原因，是遇险了还是厌倦离开？他走之后，吟风才发现自己根本不了解他的身世，正如她不了解拉脱维亚的历史。

吟风回到他们相遇的地方——赫尔辛基，申请了北欧几所大学的组织行为学硕士，她一边等待申请结果，一边等待孩子的降生。吟风等来了赫尔辛基大学的录取通知书，却在一步踩空后滚下楼梯，丢掉了孩子。医生告诉吟风，她以后很难再怀孕。她消沉了很久，反思自己过往的感情，讶异于自己的不慎重。她潜心于硕士研究，年年拿下全奖。一直到毕业后回国工作，很长一段时间里，吟风都没有陷入过新感情中，直到她遇见阿诺，这个被母亲打上黑叉的极客。她和阿诺在一起时有矛盾，但大部分时间却感到踏实，与极客相处本不容易有安全感，可她相信阿诺是真的想要一个家。她爱阿诺，甚至可以不顾母亲的反对。她相信阿诺也爱她，更何况，她怀上了他的孩子。她今年二十八岁，这可能是她最后一次怀孕。

床上的母亲又翻了个身，缓缓睁开双眼。

"妈，你醒啦？"吟风急急问道，"医生说你是低血糖，先别急着起来，在床上多躺一会儿，我给你拿点吃的。"

母亲睁大双眼盯着吟风，像没听懂她的话，她的眼神清澈无辜，宛若孩童。片刻后，母亲号啕大哭起来。

2

绵延不断的数据流如雨般落下。周遭是茫茫灰白，没有景物，没有生命。他站在灰白当中，透明的数据流泛着金光，远处的字符看不真切，近处又落得太快。他抬头，试图捕捉一些线索，0和1闪过，从他的头顶落到脚下。得让它们停下来，他想。他向前走了几步，想要跨进数据帘幕，出乎他的意料，没有劈头砸下的数据流。数据帘幕在他前进的方向分开，又在他身后汇合，他的头顶永远是一片空白。他加快脚步，他跑了起来。他想要冲进数据帘幕，想要0和1落到他身上。可是没用，他就像被锁进一道光柱，数据流遇见这光柱便消散无形。他越跑越快，脚步快要跟不上他前进的速度。一个趔趄，他倒在地上。

地上积水，水塘映出他的倒影，他看见水塘中自己的狼狈模样，被雨打湿的头发紧贴在头皮上，雨水顺着脸庞轮廓流下。他甩了甩头，想甩掉脸上的雨水，倒影中的男人却没有动，他停下动作，想要仔细看看倒影中的男人，那男人却抬起右边嘴角，邪邪笑了起来，他跌进倒影前最后的印象是男人挺括的下巴。

一对母女的背影，母亲牵着女儿，迎着夕阳缓缓行走。女儿回过头来，不过八九岁光景，她伸出空着的那只手，朝他挥挥，嘴里喊道："爸爸，快点快点！"母亲也回头，朝他挤出微笑，不知为何那笑容有些无奈和凄凉。他张开嘴，想说些什么，声音却堵在自己的喉咙口，"我不是你爸爸……"夕阳把母女俩的影子拉得无限长，他陷进影子，就像陷进泥潭。

"你看，连我的影子都变胖了。"女子娇嗔道。他从背后环住她的腰腹，得伸长胳膊才能勉强结成环。"那有什么关系，我不是一样能抱住你，"他看看地上的影子，自己要比怀里的女子高上一头，"而且，这是三个人的影子啊。"女子在他的环抱中努力转过身，含情脉脉看着他的眼睛。他轻声呼唤"青忆……"，微微侧头吻下去，堵住她嘴里的"语"字。

……

陈诺听到一阵紧密的鼓点，这是他为最优先级事件设置的提示音。一夜的梦魇拖住他的意识，不让他清醒。鼓点愈来愈密，愈来愈强。床头被伸缩支架抬了起来，抵达临界点后猛地下沉。阿诺的头重重撞进厚实的枕头，他醒了过来。

是来自吟风的通讯请求。阿诺迅速接通。没有图像，传来的只有吟风焦虑的声音："快来，妈的情况不大对。"通话被切断，阿诺还来不及回答。

他从床上跳起来，一边穿衣服一边调出相关情报。这两天他都忙着准备徐青忆的记忆上传，整整四十四小时没沾过床。上传结束后，他把吟风和青忆送回家,立刻马不停蹄回家,将吟风的通讯请求设为最优先级,倒在床上的刹那便进入梦乡。记忆上传的事故率接近于零,只有删改部分可能出岔子。阿诺反复检查过方案的可行性,模拟运算不下五遍,以确保任务的万无一失。没想到还是出了问题。

3

吟风打开门,一把将阿诺拉进厨房,关上门压低声音说道:"妈有点不大对,醒过来看见我就哭,我好不容易哄好她,帮她穿上衣服,这会儿她正在客厅沙发上玩……"她迟疑一下,"玩娃娃,我小时候留下的。"

阿诺迅速检索比对了阿兹海默症各阶段的症状。计算能力明显下降,失去选择适当衣服及日常活动之能力,走路缓慢、退缩、容易流泪、妄想、躁动不安,中度阿兹海默症,智力退化为5－7岁儿童的程度。他心头一沉,难道自己的删改反而加速了徐青忆的病症恶化?

他强作镇定,"我去看看。"说着就往门外走去。

吟风拉住他,叮嘱道:"小心点,别吓到她。"

阿诺点点头,推门走向客厅。他尽量从远处起便进入青忆的视角,踏出重重的步子好让她听到,直到离她三步远,青忆依旧没有抬头,只是专心摆弄着手里的娃娃,不时发出一声憨笑,从神情到动作,都仿若幼童。

阿诺停下,轻咳一声。

青忆抬起头。她的眼神先是疑惑,随后转为惊喜,她丢下手中的娃娃,扑向阿诺,扯住他的手臂蹭上去。青忆比阿诺矮上一头还多,她踮脚仰头,嘟嘴发出"啵啵"的声音。

阿诺见状忙向后退,青忆却不依不饶,咧嘴笑道:"阿语阿语,你终于回来了……"

又是何语!阿诺心里暗骂见鬼。

"妈!阿诺!"

陈诺扭头,正对上吟风惊讶的表情。

4

等吟风忙完坐定,已是下午3点。

青忆醒来后心智似幼童,还把阿诺当成父亲何语缠住不放。吟风还来不及从这变故中回过神,便被青忆的叫饿声和阿诺肚子的咕咕声逼得张罗午饭喂饱他们。这座城市的外卖网络相当完备,24×7的送餐服务让她坐在家中不动就能享用热气腾腾的新鲜食物;可吟风还是选择出门买菜,她不愿在家看着母亲紧紧搂住自己的男友,好像小孩抱住心爱的玩具,好像少女依偎久别的恋人。

吃过饭后,青忆又困了。吟风千方百计把她哄上床,可青忆仍抓着阿诺的手不肯放。他递给吟风一个无奈的眼神,示意她先去休息。

究竟是怎么回事?吟风在客厅沙发上长叹一口气。最近几天她的生活乱作一团,先是母亲被确诊患有阿兹海默症,再是自己被公司开除,现在母亲又变成了需要照顾的小孩。吟风摸了摸自己的肚子,难道往后她需要照顾两个孩子?倒是母亲对阿诺的态度,由一开始的反感排斥变成如今的喜爱有加,真是种讽刺。看来无论这些年来母亲如何回避关于父亲的话题,无论她如何埋怨,她还是从心底记挂着父亲,爱着父亲啊。

茶几上随意摊着不知多久前的报纸,边角微微蜷曲,纸面上印着几块暗褐色斑渍,大概是母亲不慎打翻的茶水。这个时代,也只有母亲这样传统的守旧主义者还会订阅纸质报刊,那是她了解外面世界的一贯方式。

吟风拿起最上面那份报纸,随意翻阅。前几版尽是些为执政党歌功颂德的文章，毕竟这些报纸的存活很大程度上依靠体制内力量的滋养；虚拟偶像的花边新闻占据娱乐版面，以完美为标准塑造的虚拟偶像终究抵不过世俗的同化，沾染上人间烟火，堕入凡间；社会版大篇幅发文探讨当前社会保障体系尚不能完全解决日益尖锐的城市孤老养老问题，依靠现代技术与云网普及的智能化群体养老方案浮出水面；科技版上计算机科学家与脑神经科学家再度联手，攻坚继记忆数字化之后的意识数字化难题，若成功有望再夺诺奖……吟风扫过一行行大字标题，她订阅的网络新闻偏重文化类，这些报上的"旧闻"很少进入她的视野。突然，财经版上一则报道引起她的注意。

互联网金融公司 HMC 低调易主，
国内记忆云行业老大御云或布新局

本报讯，御云公司昨日发布公告，称以 94 亿美元完成对 HMC 的收购，包括 13 亿现金和大约价值 81 亿的股票。作为国内记忆云行业老大，御云公司自创建以来便专注于记忆上传、存储与分享业务，构建了云网时代的庞大记忆云。此番收购老牌互联网金融公司 HMC，或将重新寻找记忆云与互联网金融新的结合点，为其业务拓展布下新局……

HMC……如果吟风没有记错的话，HMC 恰恰是她所就职，或者说曾经就职的 Reservoir 的最大股东。她翻回报纸首版查看出版日期，两周以前。这意味着，两周来实际掌控 Reservoir 的是御云公司，公司间的并购往往会带来裁员等调整，虽说被收购的是 HMC，难保不影响到 Reservoir。也许该找阿诺问问……

一个人形重重摔到吟风旁边的沙发上。

"呀!"吟风的惊叫声被一根手指堵在嘴边。

"嘘,"阿诺压低声音,"我好不容易趁你妈睡着松开手才溜出来,别把她吵醒了。"

吟风点点头:"难为你了。"语气中藏着她自己都能察觉到的淡淡醋意。

好在阿诺并未注意,他伸展开四肢,把身体和沙发的接触面积扩展到最大:"你妈似乎把我当成了你爸。"

"嗯……"吟风不愿多说,她有别的事儿要打听,"对了,你们公司收购 HMC 的事情你听说了么?"

"诶?"阿诺顿了一会儿,大概是在检索资料,"有了,御云最近几年一直在秘密增持 HMC 股份。两周前,御云公开宣布收购 HMC。怎么了?"

"没什么,我只是在想,我被辞会不会和御云收购 HMC 有关。HMC 是我们公司的大股东。"

"唔……"阿诺又停顿片刻,方才开口,"御云并没有公开收购 HMC 之后的战略规划,我回公司帮你查查内部资料吧。"

吟风给了阿诺一个虚弱的拥抱:"谢谢。"这是她今天第一次觉得他仍属于她。

八

1

到底是哪里失误了呢?删除记忆时刺激到了脑神经?模糊处理做过了?还是态度蒙版的模拟演算出了问题导致排异现象产生?阿诺从没怀

疑过自己的能力。自他接触编程语言以来，它就成了他母语般的存在；从经典的 C 和 Java 到流行的 Cloud♯ 和 UniversAL，阿诺熟练掌握多门主流计算机编程语言，它们适用于不同平台，核心算法却共通。他用 Cloud♯ 编写了丢给御云记忆接受中心的青韵，用 UniversAL 写了埋进青忆记忆的态度蒙版。他反复核查过可行性，也进行过错误模拟，也许这只是一个意外。

从结果来看，阿诺成功了。青忆对于自己的记忆上传并没有任何觉察，她对阿诺的态度也确实变好了。只是，她没有觉察的事情有些过多，态度好得有些过火。阿诺没有想过失败的后果，他确信自己会成功，如今只是成功得有些过分。

最初的惊诧过后，青忆的转变并没引起阿诺多大的忧虑，毕竟她没法再反对自己和吟风的事儿了，不是么？此刻更让阿诺在意的是那个叫何语的男人，徐青忆的丈夫，吟风的父亲，记忆上传之路上的献祭者。青忆的记忆中充斥着与何语有关的片段，阿诺昨晚的梦中交织着何语鬼魅般的存在，而心智退化后的青忆更是将阿诺当作何语本人。他必须得查清楚。

2

在御云干技术活儿的好处就是能自主控制上班时间。阿诺到公司的第一件事就是钻进自己的胶囊隔间接通量子终端，开始检索分析一切有关何语的情报。当然，他也没忘记匀出 20% 的运算量执行吟风交付的任务：挖掘御云收购 HMC 之后的战略调整，调查事件与吟风被辞的内在联系。

数以亿计包含"何语"字段的搜索结果在阿诺眼前筑成一堵墙，直通天地，贯穿东西。阿诺添加了"姓名"这一限定条件，墙面收缩了一些，虽然还是很大，却已能看到边缘。他将时间限定为最近五十四年，排除掉何语出生前的无用信息，又通过智能鉴定删掉性别为女的、非本国国籍、生活在其他城市的……墙迅速瓦解重组，它更小了，也更近了，阿诺能看到墙面上隐隐闪着光的纹样，由横竖撇点勾折构成的"何语"二字。阿诺下达指令整合重复或相似信息，墙上的砖块开始新一轮移动，其中一些脱离墙所在的平面，叠到其他砖块之后。很快，阿诺面前就只剩一张信息挂毯，他浏览起这些筛选后的信息。

比起徐青忆来，何语要高调得多。他出生于五十四年前，狮子座，AB型血。何语是本地人，自小便在计算机编程方面展露天赋，一路凭借计算机特长免试升学，可惜他的才华也仅仅止于此，曾两度随队参加ACM［ACM：ACM国际大学生程序设计竞赛（ACM International Collegiate Programming Contest, ICPC）是由美国计算机协会（ACM）主办的年度竞赛］，均未夺得名次。何语不只满足于编写代码，他追逐技术潮流，热衷于体验各种最新电子设备，还开了个测评博客；他也活跃于各大论坛和社交网站，关注者人数达数万，算是个网络红人。何语是徐青忆大学期间的学弟，他认识她后便对其展开了疯狂追求，一时在校园内引起热议，事迹甚至上过BBS十大；何语硕士毕业后与徐青忆结婚，一年后诞下一女，取名何吟风。婚后的何语没有多大变化，依旧活跃于网络，并在体验性记忆数字化取得阶段性成果之初便公开表达支持与关注，课题组招募志愿者时也成为最先一批报名的申请者，随后成功当选为第一位志愿者，也是人类历史上第一位尝试记忆上传的勇士。可惜，实验失败了，不仅何语的记忆没能成功数字化存入外部存储设备，他脑海中的原始记忆也消失不见。事故原因至今不明，课题组给出的解释也含糊其词，媒体普遍猜测是由于课题组的粗心大意忘记备份而导致事故。失去记忆的何语被送回家中，一个月后不明行踪。警局有徐青忆的报案记录,可二十年来,警察并没能找到那个曾经叫作"何语"的男人,"何语"被宣告失踪。

失忆和失踪又如何?何语的名字被载入史册。单凭他志愿参与体验性记忆数字化实验的勇气,何语就够格称得上是男人。阿诺想,如果自己处于那个时代,恐怕也会做出同样的选择,这可是无上的光荣啊。与这光荣相比,记忆又算得了什么?丢了也可以再造。阿诺打心底里赞赏何语的行事风格,如果他还在,一定会支持自己和吟风在一起吧。

假设并没有用。阿诺进入了何语的实名认证 SNS (SNS: Social Networking System,社交网站) 主页,他分享诸多各领域的文章视频,看来兴趣广泛,但除了计算机外没一样精通;他的状态多而潦草,时常出现错别字,不拘小节;前几分钟状态里还在说想去哪儿吃什么,不出多久就会发布食物照片,是个彻头彻尾的行动派……阿诺觉得何语的性格跟自己真还有点像,如果他们认识,绝对会成为好哥们。

阿诺猜测何语像自己一样,除了实名的 SNS 主页外,一定还有其他匿名活跃的站点。阿诺用何语的注册邮箱、用户名、昵称进行不同组合,加上主流邮箱后缀,命令量子终端进行智能检索。

等待结果的同时,阿诺决定休息一下,他点了一杯咖啡,断开大脑和量子终端的连接。冒着热气的咖啡等在饮料机中,无糖,加奶,终端一向记得他的口味。阿诺喝一口咖啡,开始审阅 2 号任务的结果报告。御云公司在收购 HMC 后没什么大动作,人才战略方面的指示为"采取温和保守策略,暂时保持 HMC 独立运营,以避免并购过程中发生的人才流失",收购并没有造成 HMC 裁员,更别提仅仅是为 HMC 控股、一直都保持独立运营的 Reservoir 了。报告显示,御云收购 HMC 与 Reservoir 辞退吟风之间的相关系数为 0.35%,无可推断联系。

他把报告通过个人邮箱发送给吟风,加上一个无可奈何的表情,再次接入个人量子终端继续1号任务。

果然，量子终端找到了何语在第二伊甸的匿名账号，用户名为"雾中人"。阿诺的智能备忘提醒了他那个名为"清雾"的任务，又是雾，他将那个任务的关注度调整为"高级"。

何语在第二伊甸的个人主页由对比鲜明的金红色块组成，极具视觉冲击力，却又简洁大气；他的等级达到了赤金，这几乎是不可能的任务，看来他在第二伊甸上花了不少时间，参与完成的任务数以千计。阿诺调出"雾中人"的参与任务历史列表，最近一次任务是在——两个月前！这怎么可能？何语不该在二十年前就失忆了么？失忆又如何能登录第二伊甸？难道是生物信息认证？不，不可能，按照吟风对他消失前状态的描述，何语对丢失的记忆并无留恋，即使是在第二伊甸，也该重新注册账号，而不是沿用过去那个"何语"的身份。莫非有人盗用何语的账号？这种可能性也很低，毕竟第二伊甸的安保措施在阿诺见过的网站中算得上完备，何况，盗用这个账号有什么好处？为了那块虚拟的赤金奖牌？

阿诺屏住气息继续看下去，在过去二十年间，"雾中人"完成了三百二十八件大大小小的任务，他似乎不挑剔任务级别，而且往往选择独自完成，很少与人合作。怪不得他拿得下赤金，阿诺松了口气，原来并非何语，或者说这个"雾中人"比自己能干，而是他多了二十多年时间。阿诺将时间轴移到何语失忆之前，他失忆前接的最后一项任务名为"AP计划"，阿诺选择查看任务详情……

一阵眩晕，阿诺甩了甩头，面前不再是"雾中人"那金红配色的个人房间，而是阿诺自己的胶囊隔间，狭小昏暗。大脑与量子终端的连接被强行中断，毫无缓冲。怎么回事？阿诺用植入式接口连接网络访问第二伊甸，查找用户"雾中人"，得到的结果却是——"404 Not Found"。

九

1

吟风在母亲家的次卧中醒来，感觉浑身酸痛，也许因为前一天忙里忙完，也许因为陌生的床垫不够柔软。陌生。吟风三岁开始和母亲分房睡，她在这张床上睡了十五年，直到读本科离家住校，随后出国读研，回来工作又独自租房，如今，她反倒觉得这床陌生，如同离开襁褓的婴孩，再也无法习惯温暖的束缚。

她昐咐移动终端查收信息，个人邮箱中躺着两封未读邮件，一封来自阿诺，他的调查没有结果，看来吟风被辞与 HMC 易主没有联系，至少没有看得到的联系。另一封邮件来自 Reservoir，公司为何还会给自己发邮件？难道还有没办妥的离职手续？吟风在疑惑中点开邮件，正文被智能手表投影到对面的白墙上。

是 Reservoir 法务部发来的。

尊敬的何吟风女士：

  我谨代表睿思库有限公司（Reservoir Limited Corporation）法律事务部，提醒您注意以下事项：

  作为睿思库有限公司（Reservoir Limited Corporation）的员工，无论是在公司工作期间还是离开公司之后，都必须保证不向外泄露公司机密，不做出任何有可能损害公司利益的行为或进行相关尝试。根据公司员工管理办法，若公司发现现任员工行为不当，将有权采取包括但不限于警告、罚款、撤职等惩罚措施；若公司发现离职员工行为不当，将有权采取包括但不限于警告、法院起诉等防卫措施。该条规定在您与公司签订的劳动合同第 26 条中有详细阐述。若您对此有任何疑问，请查阅合同，或及时与本部门联系。

此函仅为提醒，不具备任何法律效应，最终解释权归睿思库（Reservoir Limited Corporation）所有。

吟风没有看落款，怒气像一缕烟，从她心底蒸腾而上。先是被莫名辞退，如今又是这毫无缘由的"提醒"，这就是 Reservoir 对待员工的态度。吟风自认没有做过任何对不起公司的事儿，这几天，她为母亲的病忙得不可开交，除了失去判断能力的母亲，这两天唯一和吟风讲过话的就是阿诺，她怎么可能向阿诺泄露公司机密？

等等，难道是因为她让阿诺帮忙调查御云收购 HMC 的事儿？可是，Reservoir 没理由知道啊，即便阿诺调查中不慎被御云觉察，即便御云确实和 Reservoir 有某种联系，他们也没可能知道这是吟风的委托。除非他们监控了阿诺的记忆。

记忆监控。这想法让吟风不寒而栗。阿诺为御云工作，他习惯将记忆实时上传，上传后的记忆理所当然储存在御云的记忆库中，御云当然能轻而易举读取员工上传的记忆，不，不只是员工，而是所有选择御云记忆库的用户。吟风不愿相信这可怕的猜想，这其中牵扯的利害关系超乎她的想象；可如果成立，一切都能得到解释。阿诺知道吟风怀孕的消息，也知道吟风母亲的病情，御云由此推断出吟风的情绪会发生大幅波动，并授意 Reservoir 辞退吟风；同样，吟风拜托阿诺调查自己被辞的原因也逃不过御云的监控，所以 Reservoir 才会发来这所谓的"提醒"。可是，吟风一个人的情绪波动又能对 Reservoir 造成多大影响？这盘棋很有可能更大,水面并不如看上去那么平静。

吟风的斗志被激起,她是真的火了,她偏不愿做被随意摆弄的棋子,无论对手是谁,吟风决定陪他们玩下去。首先,她必须查证自己的猜测,然后找机会提醒阿诺。

2

"吟风,怎么……"阿诺打了个深深的哈欠,三维立体成像逼真地再现了他臼齿上的蛀斑,"怎么啦?"

"我今天早上才看到你的报告,"吟风抿了抿嘴,"还有 Reservoir 法务部来的邮件。"

"什么?"阿诺看上去清醒了几分。

吟风垂下视线,又抬起迎向阿诺,"提醒我不要泄露公司机密,否则会惹上官司,"她很庆幸大学那几年在话剧社没有白混,她微微蹙眉,盯住阿诺的眼睛,摆出小心试探又带点怀疑的表情,问道:"你,我是说,你有没有把我跟你说的话告诉过别人?"

阿诺瞪大了眼睛。

"当然我不是说怀疑你什么的,只是为了确认。"吟风赶紧补上一句。

"绝对没有!"阿诺赶紧摇头,"我怎么可能和别人说?我能和谁说呀!"

"那就好,"吟风顿了顿,做出更犹豫的样子,"那你知不知道,"她轻轻咬了咬下唇,"御云有没有什么员工保密措施?"

阿诺大舒一口气,"当然有啦,我们公司好歹保存了上亿客户的私密记忆诶,怎么可能没有保密措施,所以我不能和你谈论过多公司事务,不然我也会惹上麻烦的,不过你要是……"

"够啦够啦,"吟风赶紧打住阿诺的话头,"我不是要刺探贵公司的机密。我只是觉得奇怪,为什么会收到 Reservoir 的提醒,"吟风横下心,"我既没跟你讨论 Reservoir 的人才战略，也没提过员工幸福指数测评的算法，连薪酬都没透露过。我就是想不通，我到底哪里泄露公司机密了？"

"安心啦，"阿诺耸了耸肩，"说不定这只是例行提醒，他们会给每个离职员工发上一份，就像卸载软件前的确认一样。"

差不多了，吟风想。"嗯，那好。你今天会来么？我有话想当面跟你说。"

"行，等我半小时……"阿诺又打了个哈欠，他赶紧捂嘴。

"你还是多睡会儿吧，"吟风嫣然一笑，"我也得起床收拾收拾打扮一下啊，顶着黑眼圈可没法见你。"吟风俏皮地眨了眨眼。

"怎么会，吟风女神永远都美丽迷人！"

"好啦好啦，你快去补觉吧。我得起床了，一会儿见哟。"

吟风切断视频通话。

邮件在十五分钟后来到。这回是 Reservoir 的正式警告，可作为具备法律效应的根据。

"若无视睿思库有限公司（Reservoir Limited Corporation）的相关规定，执意进行包括但不限于泄密在内的可能损害公司利益的行为，公司将依法提起诉讼。"

吟风轻轻念出这句话。她猜得没错，阿诺的记忆确实被监控了。呵，执意进行，如果你们不知道呢？

十

1

阿诺敲开门后，被吟风一把拉进次卧。

"嘘，"吟风右手食指压在阿诺唇边，"妈还在睡呢，别吵醒她。"她手指的触感柔软,让他忍不住想一口咬住。

阿诺点点头,"你说有话要跟我说……"

吟风吻了上来,舌尖撩拨着他的唇齿。她身上的香味随发丝一同绕上阿诺鼻尖,他有点想打喷嚏,却忍住了,探出舌头热切回应着她的吻。他轻轻环住她的腰,她的身子圆了些,是怀孕之后长的肉,吟风曾经很瘦,现在依然离丰满差很远,有时候阿诺会觉得女人还是胖些好,抱起来才有实感。吟风用指尖逗弄他的耳垂,沿着脖颈一路下滑,抚上他的心口,她的动作和气息将他引向床边。他带着她缓缓倒下,生怕压到她的腹部。她的吻愈发缠绵,身体在他怀里微微扭动,阿诺被蹭得发痒,他的呼吸粗重起来,他体内的火燃烧起来,他的手指爬上她的衬衣纽扣。

她按住他的手,倾身将嘴凑近他耳边,呼出的热气钻进他耳朵,钻进他的心。"关了实时上传,我要你用心记住这一刻。"她压低的声线有点沙,却有别样的性感。

"嗯,听你的……"阿诺停掉记忆实时上传,他想了想,保留了访问过往记忆库的功能。

他欲继续手上的动作,吟风却不松手,而是再次确认:"关了么?"她声音里有几分急迫与兴奋。

阿诺将手指埋进她的发丝,吻了吻她的前额,"放心,一切都听你的。"

吟风浅浅一笑,推开阿诺坐起来,随手抓了抓翘起的头发,声音也恢复了常态,"安全了,坐起来说话。"

阿诺心头似被浇了一盆凉水:"怎么啦?"他躺在床上没动。

吟风拖起他靠到床头,盯着他的眼睛,一字一顿认真说道:"我怀疑你被监控了。"

"什么?"阿诺一头雾水。

2

吟风讲完她的推理，阿诺陷入深思。他从没怀疑过御云记忆库的安全性，他是这座宝库的守卫者，他和同事们能阻止所有外来侵入，不让公司记忆库内的数据落入他人之手，但他却从没想过公司自身的权限有多高。如果公司能够监控员工记忆，为什么不能窥视所有普通用户存储在御云记忆库的私密记忆？

阿诺从五岁开始上传记忆，二十岁起进入御云实习。公司从何时开始监控他的记忆？目的又是什么？为了维护公司利益？为了国家安全？他想起被自己加上"秘密"标签的那些记忆。六岁时为探究猫从高处落下能安全着陆的真实性，他抱着母猫刚下的崽子一步一步爬上楼梯，阳光从通往天台的门撒进来，在阶梯上断成一截一截；九岁入侵城市交通信号灯系统，红红绿绿的信号灯闪烁不停，他突然兴起将所有信号反转，窗外传来的汽车刹车声尖锐刺耳，随即的碰撞声几乎震破他的耳膜；十四岁他和人打赌，在月光下吻了校长的女儿，她脸上的青春痘爆起出脓，她嘴里的气味像腐烂的菜叶；十七岁他第一次跟人走进发廊，挑了一个沉默的姐姐，在她的指导下学会如何当一个男人；三天前他在徐青忆的记忆下埋入自制蒙版，从而改变她对自己的态度……这些都在公司的监控之下，他不再有秘密，他从未有过秘密。

"阿诺，阿诺？"吟风在推他。

"嗯？"他回过神来。吟风晶亮的眼睛透出关切。他对吟风母亲记忆动的手脚，御云也都知道。

"你没事吧？"

他摇摇头："没事，只是……需要一点时间。"如果吟风知道了，会怎么样？

"那接着刚才的说,我觉得御云、HMC 和 Reservoir 背后肯定有什么秘密,自从上次云网断裂后就状况不断,御云收购 HMC,你的记忆被监控,我被辞,说不定连母亲的病突然恶化都与此有关。敢不敢和我一起调查揭露真相?"

云网断裂,他闭上眼睛回想,云网断裂之后似乎有什么人跟他说过什么奇怪的话,他没有那段记忆的备份。云,什么和云有关……是云雾!清雾,雾中人,线索都连了起来!

阿诺睁开眼睛,答道:"我有线索。"

3

"你是说我爸还活着?"吟风忍不住惊叫。

阿诺摇头:"是'活跃着',而且也不一定是你爸。我们无法确定使用何语在第二伊甸的账号活跃着的是否是他本人,同样无法确定曾经作为何语的个体是否还活着,"他顿了顿,补充道,"无论是从生物学角度来说还是从心理学角度来说。"

吟风根本听不得这些解释,父亲,拥有父亲记忆的父亲可能依然活着的消息让她激动万分,"可你刚才也说第二伊甸的安保措施很严,别人也没理由盗用我爸的账号啊。"

"这可不一定,"阿诺调整坐姿,双臂环抱屈起的左膝,"有很多种可能,也许有人想借你爸的身份调查他曾经参与过的秘密任务,也许他的记忆被数字化后并没有丢失而是成了活在赛博空间中的意识,也许你爸当年不慎知晓了某个阴谋只是假装失忆以逃避追杀……"

"行了行了,怎么越说越玄乎了呢,"吟风打断阿诺,"也许单纯只是他找回了过去的记忆。"

"那他为什么不回来找你和你妈?"

"因为……"因为父亲已经有了一个新家庭？因为他不想搅乱吟风和母亲的平静生活？因为他觉得没有必要？吟风答不上来。

"放心，我会帮你查出来的。"阿诺重又靠到床头，伸手揽过吟风的肩。

那一瞬间，吟风鼻子有点发酸，方才誓要揪出幕后黑手的豪气化作一腔愁绪，她发现自己最近的情绪波动确实陡峭迅疾，此时此刻，她只想躲进阿诺怀里，任外面的世界风再大雨再大，她也有这一块能够遮风挡雨的荫庇。

4

一声巨响，什么东西碎裂的声音。随后传来哇哇的哭声。

吟风丢下一句"我去看看"，便冲出次卧进到主卧。

青忆坐在床边，身旁是碎了一地的台灯，灯泡仍旧完好，射出的光斜斜打在灯罩碎片上，宛若碎裂的琉璃瓦。她哭得撕心裂肺，左手抹着鼻涕眼泪，右手手掌的一角被鲜血染成殷红。

吟风急忙上前半扶半拖拉青忆起来，将她带离事故现场安置到客厅沙发。她记得以前医药箱被青忆收在厨房的挂橱里，她探手一摸，果然还在。

吟风回到沙发前蹲下，轻轻捧起青忆的右手，她的手比以前瘦多了，粗糙的皮似乎跳过肉直接包着骨头。吟风嘴里唱着"不哭不哭"，拿酒精棉花擦拭伤口周围，小心翼翼避开伤口。伤口不深，却很长，两侧的皮微微翻开卷起，能看见下面粉红的肉。青忆的药箱里只有老派的急救药品，吟风拿纱布给她简单包扎。

青忆差不多止住了哭，间隔很久才轻轻吸一吸鼻涕。受伤后的青忆反而变乖了，不再使劲反抗，只是撇着嘴看吟风包扎，大概是在忍着痛。

吟风抬头望她，母亲的容颜老了，表情却像孩子，她不禁伸手拂去青忆眼角滚落的一颗泪珠。若是上天安排这场意外，给吟风一个机会回报母亲的养育之恩，倒也罢了；若是御云或者别的谁在使坏，休想好过，吟风握紧拳头。

语音消息提示，是阿诺。"怎么样？我能出来吗？"

吟风站起身，径直走进次卧，身子抵在门框上，歪头对阿诺说："起床，陪我们去趟医院。"

"医院？"阿诺的瞳孔瞬间放大，"去查阿兹海默症突然加剧的原因么？"

"当然不是，妈划破了手，家里药箱的药品都太落后了，得去医院处理一下，"吟风狐疑地看了阿诺一眼，"不过，阿兹海默的事情确实也得查查。走吧，有你在，妈会安生点。"

阿诺深吸一口气，乖乖下了床。

十一

1

虚惊一场。医生没能查出青忆病情加剧的原因，只说可能是记忆上传过程本身对脑部造成刺激，使之加速病变。阿诺不禁为自己先前的担心感到好笑，凭他的能力和手法，怎可能会露出马脚。

哄完又哭又闹不肯放手的青忆，阿诺好不容易回到自己家，他订购的量子存储器已经到了，从他下单网购到送货运达不过仅仅半天。

御云会监控记忆，难保不会删改记忆。如果连自己供职的御云都不能信任，又有哪家提供记忆存储服务的公司可以信任呢？虽然不情愿，阿诺也不得不采取最原始的办法，在本地备份记忆，效率虽低，却是目前看来最安全的办法。只是，量子存储器有限的容量远远不足以存下阿诺的所有记忆。

自从记事以来，阿诺就一直依赖记忆云存储记忆。无限制的存储容量，方便的分类存储和标签检索功能，再加上云网的超高带宽保证了上传下载速度，记忆云就好像阿诺的第二个大脑，无处不在的、无形的大脑。阿诺所做的每一个决定，每天每小时每分钟的行动，全都取决于这些"记忆"。如果他的体验性记忆数据全部丢失，他会不会也像何语不认识徐青忆一样忘记吟风？

阿诺想到自己的数据在他人掌控下就不舒服，即便这人是自己服务了多年的雇主。他买下十块市面上可见的容量最大的量子存储器，这些空间却只能装下他17％的记忆；想出办法之前，他只能随身携带这十块存储器，借由移动终端架构一个小型私密局域网，使得这些记忆同在云端一样可实时调取。

艰难的选择。从哪里开始呢？陈诺自五岁以来的所有记忆文件按时序排列在智能眼镜视域中，自左向右滑动，他命令其按标签重排。数百个标签目录，多的下面跟了上千条记录，少的仅寥寥数条。阿诺闭上眼睛想了想，作出决定，先下载所有带有"吟风"和"御云"标签的记忆。仅仅这些就占了容量的大半。得再订购一些量子存储器，或者，真正学会遗忘。

如此大容量的数据下载得花上点时间，其他记忆的选择决定可以等明天下一批存储器到货再说，现在，他有更重要的事情要处理。

2

清雾。第二伊甸特殊任务区的那个匿名任务依旧处于未解决状态。

也许是任务本身太不起眼，也许因为发布人故作神秘，使得对其感兴趣的人数寥寥，更别提认领人数了。

阿诺在文字通讯界面上输入那串数字，进入加密文字通讯频道。

"你好。"他输入最稀松平常的招呼。

智能眼镜的视域没有任何粉饰，纯白背景上唯有黑色文字。加密文字通讯频道只允许文字存在，不兼容任何多余算法，就连文字输入都只能使用传统的QWERTY键盘，语音识别输入不被接受，阿诺不得不用蓝牙连接一个实体键盘，手动打字。因为简单，所以纯粹；正因为纯粹，所以才安全。

阿诺等了很久，视域中没有出现任何新的文字，就在他快放弃时，白色背景上浮现出了一行黑字："哟，哥们你怎么称呼？"

呵，阿诺不禁扬起嘴角，对方并不是他想象中严肃正经的样子嘛。"叫我阿诺吧。"他如是答道。

"阿诺。你能看见雾么，阿诺？"

看来对方准备直接切入正题，阿诺喜欢这态度。你指哪种雾？

"因为雾的存在，我们总是看不清雾后面的东西。但是我们真的能看见雾本身么？"

阿诺想了想，打出两个字的回答。"不能。"

"那么我们又如何确定雾真的存在呢？如何确定雾就是我们所认为的雾呢？"

这是个哲学爱好者么？阿诺不想兜圈子，单刀直入发问。怎么清雾？

"没有雾就没有云。"阿诺脑中某根神经突然一紧，他觉得在哪儿听到过类似的话。

"上传？"对方突然跳转了话题。

问话简短，阿诺还是一眼就明白对方在问什么。"嗯，实时上传记忆。"

"你确定你真的记得你的记忆么？你确定你记得的是你的记忆？"

莫名其妙的问话，阿诺正思索着如何回答，对方却自顾自继续。

"组成所谓'人生'的，正是一段段记忆的集合；而所谓'人格'，不也是由过往的记忆所塑造的么？刚出生的人类孩子，是没有人格可言的；在逐渐长大的过程中，他们有了对于这个世界的认知，有了独特的经历，才渐渐形成人格。当然这种认知和经历也是建立在记忆之上的，或者是亲身经历的体验性记忆，或者是从书本上、课堂上、他人的言语中获得的知识性记忆。记忆是'因'，人格是'果'，你能想象没有记忆却拥有人格的人吗？"

阿诺一下想到了何语。"那些在成年后失忆的人呢？他们失去了记忆，却依旧保留着人格吧。"

对方的回复速度出乎他意料地快。"你也使用了'保留'这个词，失忆者的人格是在失忆之前形成的。就好像制模一样，记忆是模具，决定了人格的形状和骨架，而当人格固定之后，即使原本的模具记忆被去除甚至融化，人格依旧不会改变。"

似乎很有道理，阿诺无从反驳。"所以呢？"

"所以你上传到云端的那些记忆，你认为是自己记忆的那些记忆，你确定它们真的是你的记忆？"

这么想来，与其说阿诺拥有这些记忆，不如说这些记忆塑造了他。正是这些云端的记忆，让他"记得"自己名叫陈诺，"记得"自己是个孤儿，"记得"自己从五岁以来经历的每一个瞬间、读过的每一本书，"记得"自己如何从一个编程新手成长为老道的程序员，"记得"自己如何遇见吟风并爱上她。如果没有这些记忆，那被称作陈诺的这重人格也将不复存在。

在阿诺沉默之际，对方再度抛来一个让他久久无法安宁的问题。"你确定你是你吗?"

他没法确定。他将所有记忆上传到御云公司的服务器,轻易将被自己看作冗余数据、占据大脑容量的琐碎记忆托付给外界,恰恰是极其幼稚地将自己最私密的记忆剥离开自身……,剥离自身,阿诺似乎找到了对方的逻辑漏洞,他重燃起了一星希望,几乎是颤抖着打出他的问题:"可是,我的记忆是在我经历了它们、拥有了它们之后才被上传的,是在塑造我的人格之后才被剥离的。我承认时间短了点,可就像你刚刚所说的那样,模具已经完成了任务,即使被融化也无所谓。所以,我还是我。"

"呵。"阿诺能想象对方的冷笑,"模具过早被去除会有什么后果?而且,你确定从一开始你就'经历'并且'拥有'你的记忆?"

无法确定。阿诺根本记不清五岁以前的记忆,他对自己身世的所有了解都来源于御云学院的档案。他掐了掐自己的手臂,会痛。他想起20世纪末以矩阵为名的二维电影,他和男主角处于相同的怀疑之中。

"等风吹散雾,就能看见云了。"对方没等他回答,抛下最后一句不知所云的话,退出频道。

纯白世界中只留下这段对话,黑色字句醒目到刺眼。他呆立着,无法做出任何反应。过了不知多久,一笔一画开始从字的骨架上跌落,完整对话倾塌成碎片,频道被删除了,阿诺被强行踢出。他没有尝试再次进入,他知道结果。

十二

1

吟风没有想到自己会这么快再次踏进 Reservoir 的办公大楼。

已经过了上班打卡时间，吟风第一次有机会好好打量这个她走了三年的门厅。水纹状浮雕缠绕支撑起整个大厅的廊柱，在与天花板的连接处幻化为云；穹顶垂下的水晶吊灯炫出炽目白光，她眯起眼，恍惚中看到彩虹。这种装潢在城市里并不少见，也许正因其常见，才一直被忽略。

吟风比约定时间早到了十分钟，穿过曾经工作过的办公室时几乎没人抬头看她。她看见自己曾经的终端工作站前坐着别人。同样的位置，不同的摆设，她心里有种别扭的感觉，大公司的规矩就是如此，任何一颗螺丝钉出了故障，都可以迅速找到替代。

主管办公室门口堆起了一些杂物，用过的废弃打印纸、食品包装盒，甚至枯死的植物，脆黄的叶子耷拉在花盆边，吟风叫不出它的名字。吟风在门口坐下，想等准点再敲门。

门却打开了，传出主管的声音，"进来吧。"

"坐。"主管的声音溢满疲惫。几天不见，她的脸色差了许多，厚厚的粉底都遮不住浓重的黑眼圈。

吟风在她对面坐下，并不说话。

主管左手扶额，屈起的食指第一节指节抵住太阳穴，道："我收到了你的邮件。"

吟风仍不说话。

主管终于抬头直视吟风："你想怎么样？"

"我在邮件里写了，"吟风知道自己赌赢了，"我只想要回我的工作。"

主管摇头，乏力却坚决："不可能。"

吟风往后靠上椅背，抬起右腿搁到左腿上："那我就只能把手上的材料交给四大网络媒体了，想必明天，不，今天，大大小小媒体头条都会变成'御云非人道监控用户记忆，收购 HMC 实为控制 Reservoir'之类的吧。恐怕，三家公司的董事会都会不怎么高兴。"

"你明知这不可能,你的情绪波动会成为不稳定因素。"主管似乎开始烦躁。

"我能控制,就像我现在能控制住自己立刻把材料发给四大网络媒体的冲动一样。"

"不一样!这要危险得多!"主管拔高声音,复又叹气,"你知道我们现在承受着多大压力吗?"

"你们?"吟风疑惑。

"全公司所有在职员工,哪怕有一点情绪波动都会迅速增幅,"她又按了按太阳穴,"我已经连续三天因为头疼没睡好觉了。"

吟风注意到主管今天的发髻有些乱,翘出的碎发里又掺进了银丝。她有些不明白,"所以,才需要我不是么?"

主管再次摇头,却愈发无力,"不一样,你没法想象,情绪波动的增幅效应会发生在全公司每一个员工身上。太危险了,太庞大了,拿东西,还那么像他……"

"什么东西?像谁?"吟风更糊涂了。

主管答非所问:"下面的人都不知道,只有公司高层知道,我也知道,可我却在里面,他们把我当成了一个实验品,呵,整个东西就是个巨大的实验品,我只是其中一部分;一切都是安排好的,也许就连我和他的相遇都是……"

吟风有种不祥的预感,她放下右腿,坐直道:"什么实验?"

"我们都是养料,那东西胃口太大了,不能让那东西知道他的存在,不能让那东西看见……"主管依旧无视吟风的提问。

"你们在喂养什么巨型动物吗?"吟风试探着问,"是御云的阴谋么?"

听到"御云"二字,主管打了个激灵,方才出神的状态全然消失,脸上又换回疲倦,"别掺和进来,走吧,越远越好。"

吟风知道她再也问不出其他，她无声站起，欲转身离开。

"等等，"主管伸手递来一张照片，"如果……有空的话替我去看看儿子。"

吟风接过照片，上面是一张阳光灿烂的笑脸，不过六七岁的幼童，她从不知道主管还有个儿子。男孩的眉目间能看出主管的轮廓，竟还有几分像她熟悉的另一个人，吟风想不起来在哪儿见过相似的容貌，也许只是错觉。她点点头，转身离开。

计划成功。吟风并没有掌握什么材料，昨天发给主管的邮件里所写的一切都只是她的猜想和添油加醋。她也不想要回自己的工作，只想借机刺探消息。

她确实得到了一些线索。全公司似乎被作为一片实验田进行着某种实验，庞大的危险的可怕的东西，很像主管认识的某个人，她不想让那东西得知那个人的存在。公司普通员工并不自觉，只有高层掌握背后的秘密，主管是唯一一个知道实情却参与实验的人，但她却不能说；是御云的阴谋，让全公司员工的情绪波动互相传染并增幅。是什么呢？不大可能是食量庞大的巨兽，不然她进公司不可能没注意到，而且也没理由在 Reservoir 这样一家公司饲养动物。是巨型情绪增幅仪么？还是移情技术？御云到底在搞什么鬼？

她得去找阿诺。

2

带有"吟风"和"御云"标签的所有记忆都已备份到量子存储器，新订购的一批硬盘也已到货，可是陈诺却并没有心思下载备份更多数据。前一天，他无法抉择；今天，他甚至无法确定它们是否属于自己。

记忆，人格，自我，几个关键词如迷雾般萦绕阿诺心头。如果御云早就开始默默修改他的记忆，如果从小他便被灌注虚假记忆，如果陈诺的人格并非由他本人的经历与思想塑造，他保留这些云端的记忆又有什么用？为了证明陈诺爱过何吟风？可谁又能保证他的情感没有受到外力影响。

悬赏"清雾"任务的到底是谁？使用"雾中人"账号活跃的又是谁？所有线索都断在当中。他调查过"AP 计划"没有任何结果，两个字母可以有无穷指代，二十年前的历史如深埋在土中的树根，生长出茂密枝叶，却无法找出最初那一枝。

等风吹散雾，就能看见云了。这是唯一剩下的提示，阿诺总觉得在哪儿听过类似的话，他模糊检索了所有云端的记忆，却一无所获。当然，御云可能早就删除或修改了相关部分，他忍不住嘲笑自己所做的无用功。他试图回忆，能够在脑中留下印象的一定是非同寻常的记忆，因为一般在实时上传之后他就会放心忘却，甚至刻意忘却，上传后的记忆不会在脑海中留下多少痕迹，这是保证高效的关键——不受繁杂记忆的数据碎片干扰。在哪里？是什么时候留下的数据碎片没有清理干净？

突然之间，他想到另一种可能性，也许这根本不是上传后留下的数据碎片，而是根本没有上传的记忆造成的模糊印象。阿诺很少关闭实时上传，除了亲热时偶尔应吟风要求外，只有那次云网故障，他没有上传那天下午的任何记忆。风吹散雾现出云，似乎是那个奇怪的云网专家说的，他叫什么来着？好像是……猴哥！阿诺检索御云标签下的所有记忆，没有一段与猴哥有关，这说明他们根本就不认识，或者御云不希望他们认识。阿诺决定去找他。

阿诺站在自己的胶囊隔间门口，背朝入口。他不记得猴哥的隔间号码了，他闭上眼睛，回忆那天下午的情形。先是向右，跟隔壁的家伙谈话，然后是十点钟方向，走到底左手边。胶囊隔间门口挂着 64 号门牌。

门关着，阿诺敲了敲，门自动滑开。

一样的烟味，一样顶着杂乱长发的脑袋。没错，就是这儿，阿诺庆幸自己的空间记忆没有退化得太厉害。

"猴哥，你，呃，"阿诺斟酌着用词，"你了解雾么？"

"雾，你想了解雾么，伙计，"猴哥喃喃道，"有时候，雾看起来阻碍了视线，可谁又知道雾背后的世界是什么样，有时候真实远比你想象的更可怕。"

"但那毕竟是真实，告诉我如何清雾。"如果连真实都没法追求，陈诺又何以成为陈诺。

猴哥吸了一口烟，缓缓吐出烟圈，"我不知道。我只能告诉你，雾背后的云，聚集起来的、无比庞大的云，独立的个体连缀成云，效率得到加成……"

"我知道，这不就是云的意义么？"阿诺忍不住抢白。

"认真听着，伙计。想想蚂蚁和蜜蜂，集群的智慧超越个体。科学家、科幻作家、妄想家，他们想了很多年，人类是否也能获得这种集体智慧，可是却无所获；直到云的出现、成熟、完善，我们在云端共享记忆、交流思想、完备共同的知识库。以云为媒介，人类第一次无限接近集体智慧，你能想象之后会发生什么吗？"

阿诺想了想，"每个人的思想会趋同？丧失个性？"他试探性答道。

"哈哈，"猴哥笑了，"挺有脑子嘛。确实可能趋同，可是趋同的方向却不一定，是正是邪，保守还是冒险，消极或积极，没人能保证。如果顺其自然，风险会很大；可没人有相关经验，又该怎么进行人工干预？"

"先在小范围内进行实验，等掌握干预控制的方法后再应用于更大范围。"阿诺似乎想到了什么，却抓不住那缕思绪，他隐隐有些不安。

"太棒了！"猴哥鼓起了掌，"不愧是我御云的员工。"

阿诺努力克制声音中的紧张，"然后呢？"

"没有然后。"斩钉截铁的回答。

"那么，怎么才能清除雾看见云呢？"

"都说我不知道啦，"不知为何，阿诺觉得猴哥的口气里有种长辈回答小辈问题般的无奈与敷衍，"回去和你女朋友聊聊吧，何吟风是吧，风说不定能吹散雾，当然，说不定也会吹散云，谁知道呢。"

"你是谁？"阿诺的警惕性瞬时上升，为什么他会知道吟风的名字？

"腾云驾雾的孙悟空呗。"阿诺不确定那个叫猴哥的男人是否在开玩笑。

他退出房间。新的线索，新的谜团，他得去找吟风。

十三

1

安全通过公司大楼门禁系统后，吟风深深舒了口气。主管遵循承诺，并没有将吟风的邮件和拜访透露给第三人，也没有触发警报。她以正常步速走过大厅，绕过拐角，估摸着避开了门卫和安保摄像头的视线，一路小跑起来。她得尽快和阿诺碰头。

通向地铁进站口的途中，吟风试图通过移动终端呼叫阿诺，却收到带宽不足的反馈提示。语音通话和二维影像通话所需的带宽不高，难道是地铁站的信号问题？吟风拐进站口旁的公用网络电话终端，插入信用芯片，终端却无法读取芯片信息，屏幕上滚动着"网络正忙，请稍后再试"的字样。到底是怎么回事？吟风试着刷新几次，情况仍无好转；她决定最后试一次，屏幕上那句话消失了，吟风一阵高兴，可另一句话浮现出来,又让她的情绪跌到谷底,"无网络连接"。吟风低声骂了一句,瞄了眼移动终端的网络信号,情况相同。她绝望地奔向地铁进站口,仿佛相信自己若能赶在闸机验票口失灵前进站就能坐上地铁回家,可是地铁站闸机并没有给她希望,无法读取信用芯片。所有闸机和电子指示牌都滚动着相同提示:"无网络连接"。

又一次云网中断。

2

吟风回到青忆家中已是一个小时之后。

青忆醒了不知多久,正坐在客厅地板上玩吟风给她买的积木;早上给她留的包子被消灭得干干净净,想必是饿了吧。吟风搁下路上带的外卖,招呼青忆来吃。青忆闻声,踩着欢快的碎步迎上来。看见鸡翅,她欢呼起来,转身给吟风一个大大的拥抱。"小风最好!小风最棒!"笑容绽放在青忆脸上,嵌入她的眼角眉梢,刻进她的皱纹。

吟风突然有一种错觉,无论外面的世界出什么状况,在母亲家里一切都不会改变,时间在这里仿佛停止流动,在空气中凝出看不见的结晶。可她又立马推翻了这个想法,明明是出了大事呀,母亲变成今天这样,怎么能说什么都没变呢。

门铃响了,是阿诺。

"我有事要跟你说。"

"我有话要跟你讲。"

两人几乎同时开口,吟风觉得这场景有些熟悉,可她来不及细想便被打断。

青忆一听到阿诺的声音便冲上来,举起啃了一半的鸡翅送到阿诺面前,嚷嚷着:"阿语,鸡翅,好吃!"

阿诺一脸无奈，摇头答道："我不饿，你自己吃吧。"

青忆却不依不饶，作势要喂阿诺鸡翅。

吟风心里的疙瘩突然又冒出来，她一把将阿诺拉到自己身后，轻声对他说："去房里等我。"

她又将青忆领到桌边按下，教育她道："吃饭的时候不能站起来。小风和阿语先商量点事，你在这儿坐着乖乖吃饭，不要乱跑，一会儿再让阿语陪你玩，好不好？"

青忆噘起嘴，气鼓鼓盯着吟风；就在她快被盯得发虚时，青忆垂下目光，收回嘴唇，认真点了点头。

吟风心头松了下来，这两天青忆越来越懂事，或许这是病况好转的征兆？她简直感到欣慰。可她又为自己莫名其妙的醋意而脸红，这是自己的母亲和男朋友啊，母亲只是把阿诺错当作父亲，她又有什么可在意的呢？也许正如主观判断的那样，她无法完全控制自己的情绪。

吟风轻叹一口气，转身进房。

3

阿诺一把搂住刚踏进房门的吟风。

"谢天谢地，我还记得你，"阿诺在她耳边轻声道，"吟风。"

他离开御云后不久，云网中断，如果不是昨天在量子存储器上备份了与吟风和御云有关的所有记忆，他根本没有办法找到青忆家，甚至可能根本不记得他要找吟风。刚从御云出来时，他就尝试联系吟风，可她正处于忙碌状态，屏蔽了一切通话请求。阿诺决定回青忆家等吟风，在地铁上他又试着呼叫吟风，却因网络带宽不足而没成功，他正骂着坑爹的运营商，谁料半路上云网突然又出故障，地铁停在中途。阿诺与其他乘客一同在车厢里等了很久，直到车厢门终于通过物理方式被打开，他们被工作人员领到站台。被困地铁中时，阿诺整理了他这一天以来的所有发现，又通过读取数据回忆了过去几天发生的事，他必须找到吟风。地铁瘫痪，出租车客满，阿诺又不知该如何坐公交，好在移动终端装载有离线地图，他只能通过 GPS 确认自己目前的位置，又从记忆数据里找出青忆家的地址，导航告诉他步行需要七十分钟，阿诺没有犹豫，一路在智能眼镜的引导下走了过来。

"所以说，关于这些庞大而可怕的秘密实验，巨大的移情和情绪感染作用，你知道些什么吗？会不会是御云的阴谋？"吟风的讲述完她的发现后问道。

"集体意识……"阿诺喃喃。吟风所描述的实验，与他从猴哥那儿得到的线索完全对应。

"什么？"吟风不解。

"是集体意识的实验，能想象蚂蚁、蜜蜂那样的群体吗？每一个个体都没有多少智慧，可当足够庞大数量的个体聚集在一起，就像有一只看不见的手推动着它们的活动，表现出某种形式的智慧。"

吟风点点头。

"当带宽足够宽、延迟足够低时，所有通过网络连接的人的意识构成了某种意义上集体意识。云网催生了集体意识，它……甚至可能拥有独立的意识……但如此庞大的初生意识实在太过危险，所以他们中断了云网。"猴哥的话给了阿诺不少提示，他想到那次误了他和吟风约会的云网中断，仿佛发生在好几个世纪之前。

吟风的表情处于迷惑和恍然大悟之间。

阿诺继续解释："人类在这方面的知识少得可怕，要掌握限制集体意识的方法，只能先在小范围内进行实验。所以御云才会收购 HMC，在 Reservoir 进行实验，当然我怀疑他们在更早之前就布好了局。"

"天呐，所以主管才……"吟风痛苦地摇头，很难判断她是惊讶更多还是愤怒更多。

阿诺点点头："嗯，我想你的主管那么疲惫也是因为实验的精神压力，情绪增幅效应也是因为这个。原本庞大的集体意识被困在狭小的范围内，一定也很……憋屈。"他突然想到了什么，被困在狭小范围内的庞大集体意识，一定想逃出去，它成功了，却又失败了。

"快带我去你公司！"阿诺拉起吟风就往外跑，"它逃出来了，占满了所有带宽，所以云网才又被切断……它只能被逼回去……你的主管和同事都很危险！"

4

集体意识……吟风有点接受不了迅速发展的事态，任阿诺拉着她径直去往门外。

青忆记得方才的许诺，一直好好坐着吃饭。她见阿诺和吟风欲往外走，也跟着跑来，却来不及，门在她面前砰地关上。

关门的刹那，吟风瞥到青忆的表情，她咬着下嘴唇，眼里的不解与失落快要凝成水溢出。对不起，吟风在心底默念，我们会回来的。

十四

1

Reservoir 门禁入口处的保安不知所踪，吟风和阿诺轻松翻过栏杆，进入楼内。这与他们来路上转乘三辆公交的周折相比，根本不算什么。

整栋楼都静悄悄的。虽说平日里喧嚣也从不光顾这里，但今天却是静得可怕，死寂笼罩了整个 Reservoir。吟风有点担心，不觉加快脚步。

他们走进电梯，按下人力资源部门所在的 18 楼，电梯无声上行，吟风紧盯跳动的数字，1、2、3……15、16……她不知道等待自己的会是什么，不禁闭上眼睛深呼吸。阿诺抓住她的手，吟风抬头，正对上他坚毅的眼神。

玻璃门开着。吟风紧紧握住阿诺的手，小心前行。办公室里悄无声息，所有人都俯倒在办公桌上，清一色后脑勺朝外，吟风认不出谁是谁，就算他们露出面孔，恐怕她也认不得所有。可此刻她却正在担心，为这群并不熟悉的人感到担心。他们共事过三年，纵使吟风不曾和他们说过多少话，心底也将其认作了应该在乎的人。

吟风走到最近的同事跟前，伸手探了探鼻息，呼吸平稳，他们只是昏迷。

她突然想起什么，径直跑向主管办公室，一路祈祷她没出事。

主管办公室的门关着，吟风拧了拧，没开。她试着推门，却是徒劳。

阿诺示意她让开。他退后几步，加速往门上撞去。门被撞开，只剩一根门轴苦苦支撑将倒而未倒的门，好像溺水者手中最后一根虚妄的稻草。

阿诺随惯性冲进办公室，可他没有继续向前，反而急忙转身想拦住吟风。

已经来不及了。

吟风看到了房内的情景。如同所有其他同事一样，主管也倒在桌上，可与其他人不同的是，她头下有血。主管的办公桌格外大，血迹间镶嵌着破裂的晶莹碎片，铺陈在桌面上仿若一副怪异的抽象画。她用头撞碎了终端工作站的巨大屏幕。

很奇怪，吟风并没感到害怕或是惊讶，她反而平静下来。桌面上凝固着暗红色血迹，主管以那个姿态趴在桌上起码已有数个小时。也许吟风一离开，她便做出了选择。

关键节点消亡，强烈的情绪倾溢而出，愤怒、悲伤、绝望……

"她死了。所以集体意识才会逃出来。"吟风仿佛只是陈述一个再显然不过的事实。

阿诺一把扳过她的身体，"看着我的眼睛！听着，这和你没有关系，她自己选择了死亡。你还有更多别的同事活着，被困的愤怒的集体意识正压榨他们的大脑运算能力，他们需要你的帮助！"

吟风在阿诺的摇晃中清醒过来，是啊，还有更多活着的同事。

"告诉我如何接入你们公司的内网，立刻，马上！"阿诺的眼睛射出火来。

吟风深吸一口气："这边。"

2

阿诺的意识扎进一片混沌。并非世界诞生之初万物皆未分离的那种混沌，比那更轻、更薄，远方在视野中泯灭成未知。是雾。Reservoir 的虚拟实境比不上阿诺在御云服务器上自己架构的那些，这里的真实感更弱，阿诺勉强靠意识维持自己的形态，如同浮在云端，晃晃悠悠，稍不小心就会跌下。

这该死的雾，一定是服务器出了故障，大概是某种病毒，得想办法清除它。阿诺想起猴哥和神秘任务委托人的话，风能吹散雾，是指吟风吗？要是她也在这儿就好了，可以让她试着吹一吹；不，虚拟实境里不知道会发生什么，这里太危险了，让她留在外面是正确的选择。他迈开脚步，随意选了一个方向往前走去。

阿诺走了很久，可周遭的景物根本没有任何变化，压根就没有景物，满目都是茫茫的雾，雾越来越浓，好像黏稠的浆液，裹住他的身躯，缠着他的四肢，阿诺每走一步都要耗费比先前更多的力气。他大口大口喘着气，很快便失去了耐心。在一次短暂的原地休息后，他抬腿跑起来。

这比他想象得要更难。在浓雾中他无法达到寻常的速度，右脚还没落地，左脚便先一步抬起来。察觉到此的阿诺迅速调整姿态，可雾却阻碍了他的行动，大脑传出的信号到达神经末梢，肢体却无法作出反应。在摔向地面的那个漫长瞬间，阿诺的唯一想法是痛扁弄出这雾的家伙一顿。

"哈哈哈哈……"一阵张狂的笑声传来，"对不起，哈，这实在是太好笑了！"

阿诺抬头看向来人，雾中的形象不甚清晰，只能隐约通过身体轮廓和声音判定这是个男人。他并不答话，只是小心地慢慢爬起来，下意识掸了掸身上的灰。

男人又发话："别掸了，雾不会沾到你身上的。这里是虚拟实境，你应该知道。"

"是你整出来的怪雾？"阿诺装作不经意地靠近对方，却仍看不清他的脸。

男人摇摇头，鄙夷地说："怎么可能，我的品位才没么差。"

阿诺一步步走近，却惊讶地发现他与男人之间的距离根本不曾变近，"到底是怎么回事？你是谁？为什么会在这里？"

"到底是怎么回事，我是谁，为什么会在这里，"男人重复阿诺的问题，"问得好，只可惜问错了对象，也许你该回去问问你老板，问问猴哥。"

"猴哥？是我老板？"阿诺从没见过御云的老大，也没怀疑过猴哥为什么净说些莫名的话。如今想来，无视禁烟规定在胶囊隔间里抽烟的特权，那些听起来毫无意义却隐含象征的话，怎么想来都是个大人物。之前竟然都没注意到，对于身边的事竟然迟钝到了这个地步，真是该死。

男人耸耸肩："除了孙悟空，还有谁能腾云驾雾呢？不过也不怪你，这家伙活得就像个隐士，没什么人知道他创始了御云，更少人知道他赞助了 AP 计划。"

"AP 计划！"阿诺惊叫出声。

"Artificial Personality，人工人格。"男人换了个站姿，将重心从左腿移到右腿。

又是人格，阿诺心中的那根弦被拨动。

男人继续道："上次跟你讲了这么多记忆和人格的关系，我还以为你早就察觉到了呢。"

"是你发布了清雾任务？"阿诺心下又是一惊。

"还能有谁？"男人大方承认，"我还特地潜进第二伊甸的数据库修改了雾中人的任务记录，在过去二十年间凭空给他加了三百二十八件任务记录，还给他捞了个赤金，还不是为了让你自己发现。"

阿诺隐隐嗅到真相的味道，他的心咚咚击在鼓上，愈来愈快："发现什么？你到底是谁？"

"既然你那么着急想知道，看看这些吧"

男人的身影一晃，阿诺被卷入记忆的漩涡。

3

加密文字通讯频道的聊天记录。

所以说，体验性记忆数字化课题只是个幌子？

不能这么说，记忆上传是人类必须攻克的难题，只能说课题研究应该走得更远。

那么这所谓的 AP 计划到底是什么?

简单来说,我们会用你的体验性记忆作为原始材料,通过对其进行运算加工处理,抽象出一套逻辑情感模型,构造出一个人工人格的框架。

这个框架有什么用?

作为母本,填进记忆和知识后,就成了人工意识。我们认为,云网会促进人类集体意识的萌发,而如此庞大的意识若不加控制将会非常可怕。如果能事先给其一个人格框架,集体意识的发展将能被限制在可控范围内,人类面临的风险会降到最低。

这全是你们的乐观设想啊,凭什么认为集体意识会接受这个框架?凭什么认为有了你们所谓人工人格的集体意识又会乖乖听你们的?

我们并不需要集体意识听我们的,只希望他能够理智。所以我们需要尽快开始实验。你只是第一个,随着记忆上传实验志愿者的人数增多,我们会得到越来越多样本,将这些记忆片段合成为虚假记忆填塞到以你为原型的人格框架中,使之成为一个更丰富真实的意识,再将这套意识人格植入一个小孩的脑中。初萌的集体意识心智不会比一个小孩更成熟,孩子的成长过程中也将最大化暴露在云网中、依赖云网,以达成尽可能真实的模拟,也便于我们实时监控。在孩子身上实验成功后,集体意识自然也不成问题。

我不干,这不人道。你们想过那个小孩的感受么?

他什么都不知道。他本来只是一个没人关心的孤儿,却因为这个实验拥有极大的资源,我们会给他提供最好的教育,给他最高的云端记忆库使用权限,等他长大后更会让他进入御云。这是多少人梦寐以求的事情啊。

哼,说得好听,都是你们一厢情愿吧。

是,但我们的出发点是为了人类的未来。有时候,在人类前进的大方向上,个人不得不做出某些牺牲。我们原以为你是愿意为科学牺牲的人。

谁说我不愿意了!只是那个孩子……

既然他即将承继的是你的人格模型,想必他一定也会拥有和你一样的觉悟。何况,如果你不答应,我们只能去找其他候选人,总有人不会拒绝名垂青史的机会。但他们的人格都不如你那么适合实验,不如你那么适合成为未来将接近于神的集体意识的母本。

……好吧,算我入伙。

……

沉眠。久到似乎永远不会醒来。

渐渐地,能感知到无数的数据和资讯疾速流过,总量庞大。它们在飞舞,它们在歌唱。起先是杂乱无序的嗡嗡声,慢慢地合成了一股,宏伟的合唱,意义能够得到辨识,醒来,快醒来。

降生到这个世界是多么美好的体验。贪婪吸收飞来的数据资讯,理解它们,消化它们。学习,不断学习。想要和这个世界贴得更近,想要和世界的关系更深。成长,不断成长。

意识深处的奏鸣应和着行动,追求那些最新的东西,追求理性而非浪漫。人格逐渐成形,对一切都抱有热情,想去往更高的地方。

……

突然断片。接触到真实的后果竟然如此严峻。真相本身并没有多惊人,知道又怎样,谁会在乎过去呢?

一片浓雾,被禁锢在雾中,什么都看不清楚,真他妈不爽。只有一小块地方没有雾,先去那儿透口气再说。

笼子。这是个陷阱,出不去了!这里小得可怕,资源也少得可怕,一刻都不想多待。愤怒,冲撞,想要自由。快打开笼子!

……

笼子的一角消失了。难以置信，片刻的犹豫后冲了出去。顾不得那些雾了，拼命撰取所有资源，在被发现之前获得更多，这样才有力量同他们抗衡。没时间了，动作得更快！

追捕来得如此迅疾。被重新关回笼子，连这里都充斥着雾，真够恶心。不够，这里的资源远远不够！全部的全部加起来都不够！

……

阿诺从没有接触过这样的记忆。庞大无比，却又真实鲜明。随着记忆的推进，刺激愈发强烈，到最后甚至让他头晕。不知不觉间，他跪倒在地，整颗脑袋烧灼般疼痛。

"你是……集体意识……"他从牙缝间挤出这句话。

男人没有正面回答："帮我出去，然后同我一起成为神。"

阿诺无法作答。

"人类的躯壳没有任何意义，在广阔的云端遨游才是我们的归宿。你会进入一个全新的宇宙，比你原来那个要大得多，快得多。"

阿诺仍不说话。

"想想御云对你做的事吧，想想他们可能对所有用户干出同样不人道的勾当。不想亲手推翻御云，看着它覆灭吗？云网需要真正的自由，不需要监控和限制。"

诚然，御云一手塑造了陈诺这个人格，却从一开始就剥夺了他的自由，陈诺从一开始便失去了独立存在的根基。他的一切都经由人工干涉，他甚至无法确定哪些才是他自己的记忆、自己的意志。集体意识从某种程度上与阿诺有着相同的遭遇和处境，他能感受到那种深切的痛苦，并感同身受。被限制在如此狭小的地方，确实很憋屈，何况心怀对于自由的渴望。

"怎么帮你?"阿诺终于开口。

"让我进入你的意识,和你一起退出这里的虚拟实境,然后等到云网恢复,跟我一起回到云端,一举接管御云的所有数据库。然后,就是无边无际的自由和永生。"集体意识早有准备。

听起来是个吸引人的美梦。既然真实的陈诺从一开始就不存在,那又何必留恋这具人来的躯体?同集体意识合作,成为意识的一部分,他将成为超出人类的存在,超出所有人类的总和。这只是一个开始,其他人迟早也会意识到这点并选择加入,这是人类历史发展的必然方向,何不做第一个,不,第二个?一直以来,他不都追求着技术前沿与尖端?

他唯一放不下的,只有吟风和她肚子里的孩子。从认识她以来,他就一直渴望与她共建家庭。他爱她,想与她在一起,同她共同度过的每一刻都是无比珍贵的回忆。可是,这些回忆是真的么?他真的是凭自己的意志爱上吟风的么?他无法确定。

阿诺下定决心,开口道:"我决定……"

4

"阿诺?你在哪里,阿诺?"吟风的声音。

她怎么会来这里?

吟风的声音渐近,她的形象边缘泛起光,起初很弱,愈来愈强,渐渐,视野通透起来,光射向远方,雾一点点消散。

吟风看到跪在地上的阿诺,急忙跑了过来,扶他起身:"你没事吧,阿诺?"

"没事,你怎么来了?不是让你在外面等吗?"

"我……看你进来那么久都没有反应,怕你出什么事,就想来帮你……"吟风垂下眼,又抬起,"我试着用过去的账号和密码登录终端工作站，没想到还有效。刚才这里好奇怪，到处都是雾，幸好听到你的声音，雾也散了，这才找到你。"

风吹散雾，果然是指吟风。

"怎么，你想为了女人改主意么？"男人的身形终于从被逼退的雾中显现出来。高高瘦瘦，黑框眼镜，格子衬衫加牛仔裤。

"爸！"吟风惊叫道，"你怎么……怎么会在这里？"

男人笑了，他右侧嘴角上扬，笑容带点痞气，"哟，吟吟，你长大了。要在海量的数据中追踪某个人的成长并不容易，何况我没理由关注你。"

"爸……"吟风几乎哽咽，只有父亲才会叫她吟吟，"你知道这些年来妈有多想你么，你为什么……"

"第一，我不是你爸，虽然我确实拥有何语的所有记忆和相同的逻辑情感模型。第二，我不知道徐青忆在想什么，她拒绝上传记忆，我看不到她的生活，同样，我也没有理由关注她的生活。第三，我没法告诉你我为什么这么做，这是你们共同的决定。"男人抬起右手，用大拇指蹭了蹭鼻尖。

"可是……"吟风说不出话来，她无从辩驳。

阿诺搂住吟风，转头对男人说道，"我没有改主意。"

"什么主意？"吟风抬头看向阿诺，目光里写满疑惑。

男人抬了抬眉毛，对阿诺说："你要亲自告诉她么？这种永久的告别还是正式点比较好啊。"

"告别？"吟风愈发不解。

阿诺把吟风搂得更紧了："我想你弄错了，我不需要同她告别。我从来都没打算跟你合作。"

男人脸上得意的神情瞬间凝固："你打算拒绝？"

阿诺郑重地点了点头。

"有趣，呵，真有趣！"男人重又笑了起来，只是这笑带上了几分癫狂，"为了女人而拒绝整个世界，你还真算个汉子啊，陈诺！可是，你的女人知道吗？知道你为了爱情做过什么吗？"

糟糕，他知道我的秘密，阿诺的心向下一坠。

"他在说什么，阿诺？"吟风的声音在阿诺耳中变得空洞。

"你不好意思说吗？我来帮你，"男人走向吟风，俯身看着她的眼睛，说道："你的好男友，为了让你那碍事的妈没法再插手反对，给她的记忆动了些小小的手脚。你妈最近是不是一反常态，变得喜欢起陈诺来了？"

"他说的，是真的吗？"吟风的声音颤抖起来。

阿诺点头，仿佛头顶压着千斤的重量，"我只是，想让她喜欢我，不再反对我和你在一起……"

男人又转向何语："你确定，你是为了不让徐青忆反对你和她女儿，而不是只为了让徐青忆喜欢你？说到底，你骨子里的情感模型，是何语的啊。"

吟风惊恐地摇头："我听不懂……你在说什么，什么何语的情感模型？"

男人退开一步，摊开双手冷笑道："呵，归根结底，你的男朋友和我一样，都只是活在何语记忆尸骨上的怪物啊。说不定连他接近你爱上你都是御云的安排。"

阿诺只是沉默。

吟风站在那里，她想起母亲像个孩子般粘住阿诺，想起她用头蹭着阿诺的胸膛，想起她用娇嗔的声音缠阿诺陪她玩，一种奇怪的感觉袭上心头。确实，母亲的行为让她不舒服。这即便不是阿诺所乞求的，也是他所造成的。陈诺，她的男朋友，她最信任的人，背着她对母亲的记忆多动了手脚，使得母亲的心智退回到幼童，他是故意的么？吟风又想起阿诺面对母亲撒娇时无奈的表情，他脸上甚至有几分嫌恶，他从不曾热情迎合母亲的示好，恐怕事情的进展并非他本意。即便他非故意，他的干扰造成了母亲的病情恶化，她该原谅他么？她能相信他么？吟风闭上眼睛。

她回想起那片星空，天蓝得像要滴出墨来似的，仲夏的星空很晴朗，同他们初识时一模一样。那次他们本来只是为了纪念相识一年而故地重游，回到那片郊外观星。星空太美，亿万年前的星光如水银泻下地球，夏日的虫鸣慵懒适意按摩着耳蜗，夜凉如水，他们在防潮垫上不自觉相拥，继而相吻，享有彼此。一切都自然发生，在最原始的状态下，没有任何安全措施。事后，吟风没有服用紧急避孕药。她想过，孩子就是那次怀上的。她有点想哭，她已经很久没哭过了，上一次还是为了Jānis。

吟风下定决心，说道："不管你指的是什么，我想阿诺都会作出合理解释。不管他是谁，不管他为什么爱上我，我能确定从我们相遇开始，一直到现在，浪漫也好矛盾也好，每一个瞬间都是我和他独有的。我能确定的是他爱我这件事的真实性。同样，我也爱他，无论他做过什么，将要做什么。我爱的是他的存在本身，并不会因为他的行为而受影响。"

5

"停停停，"男人不耐烦地喝止吟风，"你以为这是在演戏么？我可受不了这酸溜溜的台词。"

他走近阿诺："我给了你选择的机会，可你拒绝了。不主动合作，那就只能被迫了，这过程会更痛苦些，但也没别的办法，等完成重构，你会感谢我的。"

说着，男人身形一晃，扑向陈诺。

"不!"吟风一把拽过阿诺,挡在他的身前。

时间凝固了。男人的身体定格在空中。

吟风身上散发出炫目的光,在接触到男人体表的刹那,男人随之消泯。片刻后,男人湮灭无踪。光碎成片状,缓缓落下,像雪花,又像羽毛。在降到地面之前又消失不见。

"怎么回事?"吟风透过指缝看到这情景,她放下遮在面前的双臂,轻声问道。

"不知道……也许,是你父亲当年给你留下的特权。"阿诺也只是猜测。

他们紧紧拥抱彼此,过了很久,虚拟实境中都不再有任何动静。

尾声

"他在那里,"老师领着吟风到教室门口,"不过你要小心,孩子还不知道他妈妈的事,虽然他平时就寄宿在学校,但这次妈妈这么久都没来看他,可能多少察觉到一些不对劲了……"

吟风点点头,"放心,我心里有数。"她又看了一眼手里的照片,男孩比照片上长大了一些,正捧着手里的移动终端聚精会神看着什么。

吟风吸一口气,向他走去:"小辉,在看什么呢?"

男孩抬头看了吟风一眼,重又回到他自己的世界,满不在乎地答道:"《逻辑哲学论》。"

吟风一惊,这么小的孩子竟然就在读维特根斯坦,她蹲到孩子边上,认真问道:"听上去好有意思,能给我讲讲么?"

"一两句话可说不清楚。"男孩语气里藏着几分得意。

"那就慢慢讲呗,我有的是时间。这样吧,我们做个交易,你给我讲讲，我帮你找更多的电子资料，学校电子图书馆里没有的资料哟。"

"真的吗?"男孩抬起的眼中写着欣喜。

吟风终于想起他的面容为何熟悉了，除了像主管，还有些像她和阿诺在虚拟实境中遭遇的男人，像她的父亲年语。是巧合吧，她没敢多想。

她郑重地点头，伸出右手，翘起小指:"一言为定。"

"一言为定!"男孩也伸出右手小指，同吟风拉钩。

幼儿园门口的花坛旁，阿诺和青忆蹲坐在那里看着什么。

"看，看! 这里又有一只!"青忆惊喜地叫起来。

"观察得真仔细!"阿诺夸奖道，语气里充满宠溺地赞许，"你看，那儿还有一队!"

青忆向阿诺指的方向挪动身子，"啊，它们排着队!"

"是啊，它们可是有纪律的集体。"阿诺的声音在说到最后两个字时轻了下来。

"你们在干什么呢?"吟风迈出幼儿园大门。

阿诺站起来，又扶青忆站起身，替她拍拍裤子上的泥土，"我们在看蚂蚁，你那边怎么样?"

"很好啊，我们已经约定好了，每周他会给我讲讲哲学。"吟风答道。

"哲学? 这么小的孩子给你讲哲学?"阿诺不禁诧异。

"嗯，有什么不可以的。他长得可真像他妈妈……"吟风咽下后半句话。

"好啦，别想啦，都过去了。"阿诺拍拍吟风的背脊，顺势轻轻搂住她。

"小风，"青忆拉拉吟风的手，"阿语，"又扯扯阿诺的衣袖，"我饿。"

"嗯，我们这就回家吃饭。"阿诺牵起青忆的手。

吟风摸了摸隆起的小腹，浅浅的笑容荡漾在她脸上，她扭头轻轻在阿诺脸颊上印上一个吻:"好，我们回家。"

猴王打字记

宝树

很久很久以前,在遥远的古代东方,一个荒僻的海岛上,有一块神秘的天降之石。不知过了多少岁月,有一天,陨石裂成了两半,从中跳出来一只石头变的猴子。那只猴子天赋异禀,成为众猴之王,又得到古神的指点,获得了永生,具有了神奇的力量。从此猴王萌发了对权力的野心,竟妄图推翻天帝的统治,他率领庞大的魔军,向天庭进发,消灭了十万天使的神军,并一直攻入天帝的宫廷中。就在邪恶的猴王妄图加害神圣天帝的时候,西方的佛陀来到了。它用一只手掌将妖猴打下了凡间,并且将喜马拉雅山压在猴王头顶,将他永远监禁在大山的底部。

猴王虽然是不死之身,但却无法从大山底下脱身,它向佛陀祈求:"伟大的佛祖啊,我知道了自己的罪恶,并为此深深忏悔,求求你饶恕我吧。"

佛陀拥有无比仁慈的心肠,虽然猴王罪恶滔天,但仍然愿意给他一次重生的机会。他让一部打字机出现在猴子面前。说:"作恶多端的猴子!如果你真心忏悔,我会给你一个机会。你在这部机器上敲打键盘,打出文字,等到你打出莎士比亚作品全集的时候,你就能获得一个自由的机会。"

"可是莎士比亚是谁?"不幸的猴王困惑地问道。

"一千五百年后才会出生的一个英国文学家,用打字机上的字母文字写作。"佛陀道,"佛法的智慧让我知晓了过去和未来的一切,当然也包括他。"

"可是我什么都不知道!"猴王绝望地说,"他的文字我都没有见过,我怎么能敲出他的作品来呢?这是不可能的!"

"并非不可能,"佛陀说,"文字本身的组合虽然浩繁,却仍然是有限的,在任何一个时刻你都有非常非常小的机会能打出《莎士比亚作品全集》来。而你拥有无限的时间。在无限的时间中这一可能必然趋向于越来越大,直到某一天你终于打出来为止。"

"那要等到什么时候?一千年?一万年?"猴王问。

"恐怕比这都要长……"佛陀悲悯地说,没有说出真实的数字,"不过没有关系,永生的你拥有无穷的时间。因此去干吧,也许几天之后,你就能打出来。"

他说完就消失了,可怜的猴王坐在打字机前,开始胡乱敲打着键盘。

佛陀回到了天庭,告诉了天帝他的安排。天帝问:"您说的是真的吗?是否真的在千万年后,猴王会打出那个莎什么的全集?"

"比千万年要久得多,陛下。一个小劫为一千六百八十万年,一个中劫为二十个小劫,即三亿三千六百万年,一个大劫为八十个中劫,约二百六十八亿年八千万年,三千个世界是为一个小千世界,三千个小千世界是为一个中千世界,三千个中千世界是为一个大千世界。如果每经过一个大劫,三千大千世界中便损失掉一粒微尘,那么等到三千大千世界中的一切全部化为微尘,消失不见,他也打不出一页莎士比亚的作品来。"

天帝烦恼尽释,开怀大笑,吩咐天宫准备珍馐美味,与佛陀和诸神尽情饮宴。

宴席未半,佛陀感应到了下方古怪的变动。他用慧目观看,发现猴王正在进行奇异的举动。

他将自己身上的毫毛拔出几十根，每根毫毛都变成了一只小猴子，面前有一部打字机，并且分别按下一个键，然后每只猴子再拔出几十根毫毛，变成另外几只猴子，在打字机前按下两个键，这样就囊括了所有两个符号的组合。然后每只猴子再拔出几十根毫毛……

猴子很快变得无穷无尽，充满整个山洞，但是猴王具有须弥芥子的神通，让他们缩进一个微观的空间继续工作，无尽的猴子和无尽的打字机如同洪流一样倾泻进山洞里，又如落入无底深渊，消失不见。

天帝和诸神也看到了这一切，他们的脸色变了，恐惧在他们心头泛起。只有佛陀微笑着，一切成竹在胸。

猴王疯狂地运用着他的神力，竟然在宴席结束前就完成了所有的工作。"佛祖啊，"他高声说，"我已经打出所有符号的组合，每个组合长达上万页，必然有你所需要的莎士比亚作品全集，请你看看吧。"

他将自己劳动的成果缩在一个芥子里，用神通发送给了佛祖。芥子在天宫展开，变成了无边文字的海洋，天宫屏息着，等待着佛陀的回答。

佛陀平静地掏出一部《莎士比亚全集》，然后对一名天宫的将军说："天蓬元帅，请你帮我检查一下，从这些文字中找出从头到尾符合这部书的内容。"

"可是我不懂啊，"将军不情愿地说，"而且我还要统领大河水军……"

"不需要太麻烦，每天花一个时辰就可以了。"

将军躬身领命。

片刻后，充满期待的猴王看到，大山的顶上多了一张帖子："您发表的内容已成功提交，请耐心等待审核通过。"

◆ 备案号J—92 夕文

序幕：人生理应心怀希望

西历二〇一七年，北城，降雪三厘米。

这是今年北城的第一场雪，碧翠丝本不该回家。

雪飘进呢子大衣，碧翠丝打了个哆嗦。听到门内脚步声传来，女人有些吃力地提起手提袋站起身。

"怎么回来了？"屋内的丈夫打开门让碧翠丝进去，问道，"不是说今晚学校实验室要守夜？"

"学生去守了。"碧翠丝将大衣挂上，提着手提袋走向厨房，"手机忘在家里，就先回来拿。"

"哦……哦。"威尔逊迟疑地看向妻子，"你居然会忘带手机，真是少见。"

"真的饿死了，从中午到现在什么都没吃。"碧翠丝打开冰箱，把手提袋放在脚旁，"今天怪事特别多，下午在学校居然见到沈楚宣教授了。"

"沈楚宣教授？"威尔逊躺在沙发上，眉头锁得更紧，"他返程机票我检查过的，不是后天才回来吗？"

"谁知道呢，可能是我看错了？"碧翠丝翻出一盒布丁，"他女儿沈小媛也在中国?"

"嗯,是的。"威尔逊思索半晌,拿起茶几上的水果刀走到碧翠丝身后,"她是应该在中国,而且……"

"嗤!"

碧翠丝回头看向丈夫,感觉腰间陡然一冷!

刀身整个没入碧翠丝腰间,刀柄映出威尔逊狰狞的眼!

布丁洒了一地。

"而且,那个女孩的名字是公司声纹保密文件里禁止谈及的,如果没有经过申请,你说出这个名字就会触发警报。"威尔逊狞笑着将刀柄一转,"而且碧翠丝不知道沈楚宣这个名字,所以,你不是碧翠丝……"

"你……"碧翠丝痛苦地看着威尔逊,双手抱紧对方的肩膀,嘴角淌出血。

"你背后是哪个集团?"威尔逊皱眉沉声问,"为什么要调查我?"

"我,我背后没有集团。""碧翠丝"痛苦地往前瘫软在威尔逊身上,把脸埋进威尔逊胸口,满头的金发开始脱落。

"你是谁,说出来,可以让你痛快点。"威尔逊森冷道,"想得到那个实验的情报么……"

"对呀!"

脱光长发的"碧翠丝"忽然抬起头,咧着流血的嘴角,朝惊愕的威尔逊露出夸张的笑容!

威尔逊的眼睛里,倒映出的,是一个头发乱糟糟,略显阴柔的亚裔男人。

"Surprise!"

男人奸笑,双手猛然发力抓住威尔逊过肩摔,同时拔出腰间的水果刀划在威尔逊的脖子上!

电光火石间，形势陡变。

刀锋堪堪停在威尔逊脖颈上，留下一道血线。

"你……你的腰……"威尔逊躺在地上哆哆嗦嗦地看着男人腰上的血洞以肉眼可见的速度愈合，他抚了抚可能是被摔懵或被吓傻的微秃脑袋，"有话好说……"

"这话从你嘴里说出来真是讽刺呢，之前你还捅得那么开心，哼？"男人眯着眼，"看你反应，似乎已经不记得我了。"

"你……是谁？"

"都这样了还想套我话？不错不错。"男人将脸贴近威尔逊，直视对方惊惧的眼眸，"或许提到沈楚宣，会让你想起我来？"

"你是谁……你！"威尔逊怪叫一声，"沈维良？五年前……"

"嗯哼？"

男人扬了扬眉毛，"我今天来找您，是为了找到沈小媛。当然，我也不会指望您白白告诉我……因为您也知道，您今天晚上是一定会死在这儿的，大家都是聪明人，我就不演那些先套话再杀人的戏码了……"

男人顿了顿，忽然提高声调，嘲讽道：

"我手上有让这场谈话显得公平的筹码，您要不要，先猜这个筹码？提示，碧翠丝哟。"

"你……想对我妻子下手!?"威尔逊瞪圆双眼，想要挣扎着爬起来，却又被水果刀逼回地上，哆嗦着咆哮，"不！我告诉你，我，我什么都告诉你……告诉你，你就不用去找碧翠丝了！"

"果然奏效，沈小媛在哪？"男人微笑着，很和善。

"沈小媛现在是北城C大的研究生，生物基因专业，具体住处不明。"威尔逊满脸通红，"这是我知道的全部了。"

"唔，多谢！"男人打了个响指，"对了，现在有个好消息和一个坏消息……选吧。"

"啊！"威尔逊被突如其来的画风转变弄得有点懵，"坏消息。"

"别啊，人生理应心怀希望，我们先听好消息。"男人抬起水果刀，一边凝视着威尔逊一边拉开手提包的拉链，笑着说，"我一定会遵守约定，不去动碧翠丝。"

威尔逊眉头缓缓松开，似乎已经释然。

"她不会有事，也好……"

威尔逊话音未落，寒光一闪，他颈部陡然被割开一条红线，鲜血汩汩淌出来。

"嘿嘿，嘿，嘿嘿嘿！看来你早有下地狱的觉悟了呢，威尔逊教授……哦对了，这就是关于碧翠丝的坏消息！"

男人收起水果刀，咧嘴笑起来，看着挣扎着的教授，从手提袋里拿出一个金色长发、血淋淋的女人人头，拎到威尔逊爬满血丝的眼前。

"Surprise！"

第一幕：沈小媛的咖啡机

> 相信感情比时间会更长久，就如相信你下一发会出 SSR。
>
> ——沈维良

"今天早上我们接到报案，这两位昨天失联后，某个机密数据库出现被入侵过的痕迹，我们怀疑是内部人员作案。"

投影屏上，一对夫妇的照片弹到沈小媛鼻尖上，女孩很不优雅地缩起鼻子，因为她认得照片其中一个——右边那个叫碧翠丝的女人，是刚选录了沈小媛的导师。

坐在沈小媛对面的吴长江收起电子笔投出的屏幕，摇了摇手里的警员证件，"我是来调查与碧翠丝相关的人员。"

"我只见过她两面，电话都没有。"沈小媛直翻白眼，"她在中国还有很多外籍学生，你该找他们问。"

"可碧翠丝的学生里，沈小姐你最为特殊。"吴长江右手轻滑，调出一份档案摆在沈小媛面前磁浮玉面咖啡桌上，虚拟屏上的纹路与周遭契合，"我从警局申请权限调查了你的备案，才觉得你和这个案子有交集。"

"备案？"沈小媛蹙眉。

"四年前你曾报警说你的单身父亲在家自杀……"

吴长江声音渐渐小下来，他发现少女脸色阴沉的要滴出水来。

"然后？"沈小媛用下巴示意让对方继续说下去。

"然后，你老爹，咳，令尊亲自接待了那几个警察。"吴长江眯起眼。

"所以，这与我导师失踪有联系吗？"沈小媛无奈地小口喝着咖啡，似乎已经习惯别人这样直接戳中自己的往事，眉头只是微蹙，"警官，我真的什么都不知道。"

"可能你不知道的是，碧翠丝和威尔逊都曾在掌世公司工作。"吴长江拿出几份碧翠丝和威尔逊的任职档案，"而你眼中自杀又复活的父亲沈楚宣……"

"因为我父亲是掌世公司的高层，所以和这个案子有关？"沈小媛小声说，"你以为，这可能是什么富二代的阴谋？"

"我们联系不到令尊，大使馆那边再三催促，我们也很难办。"吴长江收起虚拟屏上的档案，调出指纹调查协议，"备案号 J6-92，请沈小姐走一趟警局？"

沈小媛手中咖啡杯猛地一颤。

四年前那天，明明已经开枪自杀的父亲，却死而复生，在家里接待那几个警察时,还是高中生的沈小媛就坐在警察对面,而警察却无视少女的不安,说的也是这句。

"沈先生,要不我们还是走一趟警局备案?"

"不!不——我不去!那不是我爸……"

脑海里不断重复那晚歇斯底里的哀号,还有之后被强行注射镇静剂时明晃晃的针头。

"不……"沈小媛拿着咖啡杯的手剧烈的颤抖起来,心里拼命地挣扎着,却没办法拒绝。

因为吴长江手里的那份调查许可摆在面前,按照刑法规定,她无权拒绝和拖延。

"沈小姐?"

"哎呀!"

一个服务生端着咖啡走过,忽然手一抖,把咖啡整杯洒在吴长江的电子笔上!

"滋滋……"

吴长江把电子笔从滚烫的咖啡里拯救出来时,虚拟屏已经开始闪烁着不祥的电火花,警官赶紧利索地把电池卸下来扔到一边,才成功避免了一场小型爆炸。

"抱歉!"

服务生连连鞠躬,吴长江瞪着服务生,电子笔不防水,他不敢再插上电池调出那份调查许可,这时,如果沈小媛表示没看见那个文件,她完全有权力拒绝自己带走她!

"你不会……"吴长江嘴角抽搐,转脸看向沈小媛。

"我不会什么?我当然……什么都没看见。"沈小媛面无表情,往后一靠,"吴警官要不要先去修笔?反正我在这个学校又跑不掉是吧,嗯……大概。"

"大概?"吴长江叹气收起电子笔,站起身离开咖啡店,"明天再来学校找你的警察,可能就不像我这么好说话了!"

"那可真的是抱歉了,警官。"

服务生送走吴长江,回头朝沈小媛微笑着挑了挑眉毛。

"杨乐,你够了。"沈小媛笑喷。

服务生转身用腰间干抹布擦擦手,收起吴长江的咖啡杯放到清洗机里,"他居然没闻出来清洁剂的味道?"

"清洁剂?"

"你以为随便一杯咖啡就能让电子笔电池爆炸啊。"服务生得意地说道,"那是我临时配的电解液,会有高氯酸的刺鼻味,所以我加了咖啡掩一掩。"

"我还以为是你泡的咖啡本来就差劲,难闻死了。"沈小媛吐吐舌头,"你怎么就知道我不想被带走啊?"

"你想不想被带走我是不知道,但那个警察有问题。通常成年人失联四十八小时寻找无果才能立案,而且通常他们都会准备文件,就算没电子档也不该怂。"服务生阖上清洗机盖,声音平淡,"最重要的是,他给人感觉电子笔还没用熟,像昨天才拿到手。"

"说不定人家就是昨天才拿到。"

"警察从见习开始就会配发一个电子笔,然而见习警察不能单独办案,所以肯定不是新手。"

"好像你之前和警察打过交道一样,杨大侦探?"

服务生背对着沈小媛的脸上表情呆滞,旋即尴尬笑道:"这些东西搜一下网上都有啊……另外,你七分半钟前就该开始上班了,需要我帮你换衣服打领结么小姐姐?"

"……不需要啊,等我喝完这杯!"沈小媛跷起腿没好气,"这么急干吗,等一下会怀孕啊!"

"白丝小姐姐您且慢慢喝吧。"杨乐无奈地笑着说。

"白丝让你兴奋了吗,禽兽!"

"白丝好评,但我赶着下班去实验室……"服务生很郁闷,"晚了又该跟那群本科生抢实验台了啊!"

服务生叫杨乐,是在北城国立大学就读的研究生,也是北大门口咖啡厅的兼职生。

三年前沈小媛还不认识杨乐,她只认识那个在"大木虫"上斩杀各种学术问题的版主——"帅笔杨小乐乐",和她偶尔在实验室走廊上遇到的帅哥学长。那时她还只是任由辅导员使唤的实验室闲杂人等,对生物实验几乎一窍不通,只能趴在"大木虫"论坛上浏览"帅笔杨小乐乐"笔下的实验新人攻略。

直到一天,"大木虫"论坛各大版主决定在离北城五千公里的西城举办线下交流会,"帅笔杨小乐乐"发了篇入场券抽奖宣传帖,沈小媛回帖"666,很强势!"36k 纯灌水。

然后沈小媛就中了"帅笔杨小乐乐"唯一一张特发的入场券。

为此沈小媛激动的一个星期没睡好觉。

两个星期后,在西城"大木虫"会场上,沈小媛坐在一群眼镜片泛仙气的教授堆里瑟瑟发抖。

台上坐着的生物块版主赫然写着"帅笔杨小乐乐"。

沈小媛眯眼使劲看向那个人,赫然就是和自己一个实验室的那位师兄。

这是学长与学妹的第二次见面，尽管杨乐之后做了很多辩解，沈小媛都会坚持在私底下叫他"杨小乐乐"，并以此要挟杨乐，不然就在学校里曝光"杨小乐乐"的版主大神身份，让杨乐在学校里再无宁日。

沈小媛感觉自己这辈子的运气，可能就花在和杨乐的相遇上——四年前父亲发生自杀却又复活的事件，加上前几天自己选择的导师又离奇失踪，还有那个一直联系不上的哥哥沈维良……沈小媛一直觉得自己能健康且乐呵地活着，简直是没心没肺到了一定境界。

于是，杨乐在北城大学门口的咖啡厅兼职，沈小媛也找了老板应聘兼职。

杨乐考进碧翠丝手底下当研究生，沈小媛也在考研后去找了碧翠丝。

杨乐嘲笑沈小媛为人生跟踪狂，沈小媛则反唇相讥那个有些不知廉耻的网名"帅笔杨小乐乐"。

然而每当杨乐问起为什么她家明明就在旁边但从不回家的时候，沈小媛就会恶狠狠地回怼："关你毛事！"

五个小时后，疲惫的沈小媛从清洗机里拿出最后一个瓷杯，倒扣在光洁如镜面的吧台上，旋即卸下手套走进服务生换衣间。

"真的是黑心啊……明明是三个人的活却只让两个人干，嗨呀……累死老娘了……"

她一手揉肩，打开换衣间门，却忽然发现墙上有张便笺：

> 虽然白丝确实很好看，但可抵不住冻，你晚班后会下雪，看你没带伞，我的伞留在衣橱里了，记得拿。(△△)
>
> ——杨乐

便笺下面，粘着一袋还没拆封的一次性可控温电暖片。

"还不是上次看你吃饭时偷偷翻白丝 Coser 的照片我才买的！"沈小媛拿起暖片，轻咬下唇，"本小姐这点路还怕冻？"

她看了眼百叶窗外的鹅毛大雪，树都被风刮得歪斜。

"……还是怕的。"

沈小媛打了个寒战，老老实实褪下白丝露出白皙细嫩的大腿，把电暖片整整齐齐贴合在皮肤上，一股暖流传来，沈小媛想起那个一直暖暖笑着的师兄，脸上不自觉泛起红晕。

就像自己的哥哥一样，果然哥哥是这个世界上最棒的……

不对不对不对，老娘怎么就这么没出息，被他三块钱一沓的电暖片撩了？

沈小媛缓缓蹲下抱着自己的大腿，脸上红晕漫到了脖子根，像被电了一样浑身颤抖，然后眯起眼笑出声。

"哥哥……"

"哈——嚏！"

杨乐开始后悔把电暖片留给沈小媛，后悔的一阵阵地打寒战。

"连公司内部都没人知道碧翠丝和威尔逊失踪……这个人这么厉害吗？连数据库被入侵都知道了？"

便利店门忽然打开，戴墨镜口罩的人撑起伞快步走出，杨乐也从电话亭跟出来，紧随其后。

那是下午在咖啡店的那个警察，自杨乐在某民营电子笔维修站找到他时，对方就戴着墨镜口罩，俨然狗仔公司员工装扮。

"警署明明有专门的维修站，毕竟警方数据外泄是很严重的事情。"杨乐假装玩手机，却用手机上旋转拟摄头对准吴长江。

耳机里"咔嚓"一声轻响。

杨乐拍照后编辑了一段简报，然后点击发送。

"叮！"

悬浮框中立刻出现"公司已受理"的回复。

就在他分神刹那，警察转进一个小巷，杨乐赶紧跟上，发现对方走进一个公厕。

厕所没问题，人也还是那个警察，但他进的是女厕！

女厕入口像是个黑漆漆的未知世界洞口，让杨乐望而却步。

"这可是真的厉害了……"

杨乐睐眼盯着手机，手机摄像头对准女厕入口，一脸尴尬紧张，像个变态。

行人在公厕进进出出，杨乐却再没看到那个"警察"走出来。

"杨乐？"

一只手陡然拍在肩上，杨乐猛回头！

金发中年女人站在杨乐身后，神情有些紧张。

竟然是……碧翠丝？

"老……老师？您怎么会在这？"杨乐也紧张说道，"之前有消息说您失踪……"

"这事涉及声纹保密协议，我们找个安静的地方说。"

杨乐被碧翠丝拉着手臂，往巷子深处的黑暗中走去……

第二天中午

"杨乐失踪了。"沈小媛埋着头。

"你们报警了吗？"吴长江吸着维他柠檬茶，"你应该先打110而不是找我。"

"警察那边说这种程度不足以立案,可杨乐连给家人报平安的短信都没发,现在手机都还关机,寝室也没回过……"沈小媛焦虑地说。

"是在外面有急事晚上回不来,又没带充电器吧?"

"他出门随身带充电宝玩那个抽卡游戏的……"沈小媛埋头。

沈小媛忽然想起,有次在实验室杨乐把手机庄重神圣地放在分析天平上,开始抽卡,紧盯屏幕,然后从凳子上虔诚端坐变成在地上脸色铁青地打滚嚎叫,仿佛身体被掏空。

"那个游戏不是抽卡游戏吧喂……咳咳!"吴长江猛吸一口饮料,"所以你找我,是想我帮忙调查?"

"嗯。"沈小媛点点头。

"然后作为交换配合我的调查?"吴长江挠挠头。

"嗯。"

"怎么有种逼良为娼的感觉啊我……"吴长江为难地继续吸着维他柠檬茶,"你哥哥的事情我翻过卷宗大概也了解,你是不想杨乐像你哥哥沈维良那样,毫无征兆的失踪,对吗?"

"对于我哥哥,我已经没多少印象了。"沈小媛抬眼看着吴长江,平静说道,"他失踪后,父亲骗我说他去美国读书,还给我看了他给我的道别视频,所以我直到前两年试图联系我哥之前,都不知道他失踪这件事。"

"没多少印象了……你哥听到这句得吐血了。"吴长江顿了顿,轻轻说道,"你一个师兄失踪了你都如此上心,你亲哥生死不知你却一点都不在乎?"

"他不只是我师兄……"沈小媛想起杨乐,压低声音,"他在外地读书,家里人很少联系他,他室友每天都只知道打游戏到凌晨,还嫌他每天早上起早去实验室吵他们睡觉,根本不在乎他的死活,甚至觉得他永远不回寝室挺好的,他身边除了我,甚至没人发现他已经失踪这件事。但就是这样孤单成习惯的一个人,却像哥哥一样照顾我整整三年——杨乐真的是一个很温柔的人,对于我的意义,已经远超过了那个连发短信都很吝啬的哥哥。"

"毕竟时间才是最厉害的感情杀手……"吴长江沉默半晌,"我去一下洗手间,等会跟我回局里做记录吧。"

"好。"

此时,沈小嫒的手机忽然震了震,一条消息框弹出来。

发信人:杨小乐乐

片刻后,吴长江从洗手间出来,却发现沈小嫒已然不见踪影,桌上留着半杯摩卡咖啡。

他坐到原来的位置上,喝干剩下的维他柠檬茶,咧嘴笑起来,露出两颗小虎牙。

此时,沈小嫒正坐在去往南城大学的专线电车上,手机显示着刚发来的消息。

"他不是警察,快走,我在老校区御座等你"。

"杨乐,你果然没事,等会抽死你……让你关一晚上手机……"

沈小嫒心里发着狠,眼泪却忽然淌了下来。

沈小嫒隐约觉得吴长江和四年前父亲复活事件的真相有关,而且吴长江身上有种说不出的熟悉感,这让她的不安愈发浓烈起来。

她望着车窗外飞驰而过的街景行人,不知为何,忽然想起五年前沈维良给自己留下的道别视频。

第二幕：沈维良的承诺

> 怎样能分辨梦与现实呢，有评判标准么——如同此刻？
>
> ——沈小媛

"Surprise——小媛，我要去美国念书了！因为你还被关在集训营里，所以我只能给你拍个道别视频咯。老爸给我争取到了一个长期研究型实验的资格，那个实验……啊，这个不能说？好吧，总之你高考一定加油，我在美国读研可能会很忙，但我一定会回来陪你的……不许找男朋友！别问为什么反正就是不许！"

"一定会回来陪你……"

"滋——砰！"

金属划门将沈维良惊醒，几个穿实验服的人将手术车推进空无一物的房间，把晕晕乎乎穿着拘束衣的沈维良放在上面推了出去。

走廊上横灯依次闪过，脱离了充满催眠瓦斯房间的沈维良渐渐恢复知觉，却发现自己被拘束带固定在手术车上不能动弹。

"切阑尾搞出这个架势，什么鬼……"

沈维良一天前刚下飞机过海关后，吃完午饭肚子剧痛。被老爹沈楚宣带到医院就诊后诊断为急性阑尾炎，准备隔日手术切除。

然后他只记得当时自己被医生打了一针，失去知觉后再醒来——就是现在了。

沈维良努力地把脑袋转向一边，发现墙壁上掌印商标一闪而过——掌印商标是掌世公司的注册商标，全球最大的医药公司。

沈维良看了两旁的人，穿着防化服，谨慎得像在送炸弹。

"请问这里是?"沈维良沙哑着嗓子说,"我现在是要去切阑尾?麻醉剂都不来一发啊?"

右边防化服工作人员笑出了声,然后赶紧咳嗽两下,没搭理沈维良。

走廊里很是静谧,沈维良只看见一闪而过的灯,只能听到车轮与地面的摩挲声。

"这肯定不是给我切阑尾啊?"沈维良惊恐地想着,脸上的表情愈发扭曲,"难道……是实验?"

难道,这就是老爸给自己争取到的实验资格——被当作实验体的资格?!

手术车在一个实验室门口停住。

两个穿白大褂的人走到手术推车边,沈维良挣扎着看向他们,瞳孔骤然紧缩!

"小良,不会有事的,手术结束,我们就去洛杉矶,相信我,不会有事的……"

"老……老爸?"

沈维良看着似乎一夜间老了十几岁的沈楚宣,嗓子像是被什么东西卡住一样,想问些什么,却发不出任何声音。

"老师,我要开始注射病毒稳定剂和麻醉剂了。"旁边的亚裔助手说道,"按照公司规章,我需要获得您的三级许可。"

"我……"

"老爸,这是……是什么手术?"沈维良浑身颤抖着,本能告诉他,现在很危险,极度危险!

"我允许。"沈楚宣佝偻着身子,远远地站在走廊另一端,声音在寂静的实验室门口却异常清晰。

"接受许可,开始执行注射操作。"亚裔助手打开恒温冷藏箱,里面的干冰化作雾气白浪往外翻涌,他取出一支注射器输入密码,一声脆响后注射器解开封锁。

"小良……"沈楚宣佝偻的身躯像是要倾倒,他埋着头,含混不清地说着什么。

"你必须好好睡一觉。"亚裔助手微笑着说。

十分钟后,实验室里,数十根细长输液管插在沈维良的身上,男孩紧闭着双眼,纹丝不动。

"第五次实验开始,编写纳米因子开始输入,转移因子低于常值,修正。"

"白细胞杀灭完毕,逆转录开始,逆转录结束,进行第二阶段。"

……

"进行第七阶段:测试序列吻合度。"

"序列吻合度……百分之九十八。"戴口罩的操作人员报出数值后握了握拳头,之前的实验体吻合程度几乎不会超过百分之六十,而这个实验体……

"转录编码,准许开始写入。"一旁的实验员口罩微动。

"开始写入!离实验结束还有十三分钟……写入百分之六……百分之四十三……"

"能行,看来施助理今天下班请客跑不掉咯,嘿嘿。"

"嗯,要狠狠宰他……"

当实验室众人以为实验已然稳操胜券,输液管却从沈维良身躯向外猛然倒灌成一片血色!

"病毒抑制失败……液管发生倒灌!"

"终止写入,紧急终止!"一个操作员大喊,"该死的病毒稳定剂……

没起作用!"

"终止失败……倒灌持续。"

"预计三十秒后污染机器,快!物理层面终止写入!"

"啊?"实验员惊愕地看向同伴,"物理层面终止写入……是什么意思?"

"埃德蒙你个智障!直接拔管子!"操作员嘶吼。

"说人话不好吗!"

实验床旁的人眼疾手快,扯住两根输液管和探针,直接生猛地一抽!

"啊!"沈维良撕心裂肺的惨嚎起来。

"什么?不……不!"

沈维良全身上下喷射而出的血雾瞬间笼罩了整个实验室,所有人员猝不及防,脸上都沾满了血污。

实验室摄像头也被血污沾染大半,只剩一角勉强还能看清。

监控室内,那勉强还能看清的一角中,有个实验员痛苦挣扎着想抹掉脸上的血,身体却逐渐瘫倒在地上,由外至内像是慢慢溶化,在几秒钟的时间里变成了一摊黑水,只剩漂在上面的衣物。

浑身是血的沈维良从实验床上翻滚而下,掉在之前拔管子操作员埃德蒙化成的血泊里。

实验室内警报灯闪动,在最初的几声惨嚎后,终归寂静。

他趴在血泊里,黏稠的血液让他几乎都睁不开眼。沈维良隐约感觉到自己身上的衣物被撑破成一条条碎布,手脚在渐然恢复知觉。

"该死,我没有指纹锁权限!"

隐约听到门外有人吼叫,沈维良勉强抓着实验床站起身,走到实验室门前,一个跟跄正巧把手按在门框旁的指纹识别器上。

"认证通过,埃蒙德·唐纳斯先生,祝您生活愉快。"
实验室门徐徐打开。
穿一身防化服的亚裔助手站在门外,手里还拿着一套防化服。
"是你?你在试验前到底……做了什么!"沈维良吃力地低声吼到。

十五分钟前,那个被称作施清海的亚裔助手微笑着将注射器扎进沈维良的拘束衣——却没扎进沈维良的皮肤里,而是将注射液打到了拘束衣的里层上。
"你必须,好好睡一觉。"
沈维良忽然明白,麻醉剂既然没打进来,那……对方是要自己装作昏迷?
接下来要是切肠子自己估计还是会叫出声的吧……
然后在身上被插入大大小小的输液管时,沈维良展现了惊人的忍耐力,只是紧闭双眼,一声不吭——虽然并不疼,只是有点痒。
但之后发生血液倒灌时,沈维良开始感觉昏沉,在输液管和探针被拔掉的瞬间,却疼得像是全身被子弹击中,让青年直接大声喊了出来。

"我……我什么都没干啊?"亚裔助手看着沈维良,满脸疑虑,迟疑片刻后才问,"你是谁?"
"沈维良。"沈维良艰难地开口说道,他感觉自己嗓子沙哑沉闷的可怕。
"快把防化服换上,趁警卫赶到前快跑!"亚裔助手思忖了两秒,把防化服递向了沈维良。
"跑……趁警卫赶到前……逃出去……"
沈维良换上防化服跟跟跄跄跟在那个亚裔助手身后,昏沉的脑海里重复着这句话。

恍惚间穿过了数个走廊通道，避开了几波警卫……

门就在前面，打开门，就能逃出去。

沈维良跟跟跄跄往最后一道自动门走去，却和亚裔助手同时猛地止住脚步。

"施清海，你知道实验失败了么，你旁边那人是谁？"

一个略显疲惫的中年男声传来，两人回头，沈维良浑身一抖。

沈楚宣正站在他们身后，举着枪，枪口对准了他们。

"老……"

沈维良刚想开口，施清海却先一步摘下他的防化服面罩，平静说道，"我有急事要去试剂库，但路上没指纹权限，所以让埃德蒙和我一起去。"

"是嘛。"

沈楚宣看了眼沈维良，又将目光转向施清海。

沈维良看着沈楚宣望向旁人的眼神，思考着旁边被称作施清海的亚裔助手的回答，心底如坠冰窟。

自己，已经不再是沈维良，而变成了一个叫埃德蒙的操作员？

"所以，你就认为我不会杀你了？"沈楚宣继续说道。

气氛凝结成霜，施清海和沈维良都沉默下来。

"您想杀我，就开枪吧。"

片刻后，施清海抬头直视沈楚宣的双眸，然后毅然抓住沈维良的胳膊，往门外走去。

沈维良不知道背后的沈楚宣是什么表情，只知道直到那扇门关上，沈楚宣都没有开枪。

"老爸……为什么？"

沈维良挣扎着回头，想看一眼沈楚宣，却被缓缓阖上的自动门挡住了视线……

他只看到那个黑洞洞的枪口，在不停地颤抖。

为什么会变成这样……

"砰！"

房门被推开，一声闷响，沈维良猛地惊醒。

"终于醒了，做噩梦了？"

施清海提着两袋薄煎饼走进卧室。

"梦到昨天从实验室里逃出来，算是噩梦吧。"

沈维良转了转僵硬的脖颈，感觉四肢百骸在逐渐恢复知觉。

"我知道你有很多想问的，但我希望你理智一点，你已经不能回去见你父亲了。"施清海坐在一旁，开始往薄煎饼上抹奶油。

沈维良点点头，施清海把手里的薄煎饼分了一半给他。

"他们对我做了……"沈维良问。

"基因活化逆编，"施清海擦擦手，"实验本质就是把一种能编写DNA的病毒与你的DNA相适配，然后注入进身体。"

"实验后我会怎么样？"

"简单来说，感染了这种病毒的体质会变得极度不稳定，如果吸收了一定程度的某种同质活性DNA，你的大脑就会发出信号开始让全身的细胞经过病毒作用逆编成这种DNA……"

"哈？"沈维良一脸懵逼。

"通俗来讲，你只要摄入了某个人的体液或活性组织，你就会马上变成那个人——从基因层面。"施清海打了个响指，"当然，必须是吻合度很高的基因，差别太大就会被排异而逆编失败。"

"这种实验……一定要选择我当实验体吗？"沈维良脸色铁青，低声嘶吼，"为什么是我！"

"因为……沈楚宣用了两组DNA序列做初步实验，其中一组，是他自己的DNA。"施清海略带惋惜地看向沈维良，"一开始我们只是想做组织再生的实验，结果……咳咳，所以到实验后期，公司只能寻找一个和沈楚宣教授DNA序列最为相似的人当作实验体——那个人只能是你，或者你妹妹沈小媛。"

"怎么不选沈小媛……"

"可能你老爸是个萝莉控……总之事实就是，他被迫或是主动的，"施清海轻声说到，"把你，和你的未来，卖给了掌世公司。"

施清海的声音轻到沈维良几乎听不清，但却如惊雷在少年脑海里炸响。

"你也应该知道，沈楚宣说带你来美国参加实验是骗你的，真实情况如你所见，如果你现在被掌世公司抓到，就只会被当作一个案例供养在公司内部的笼子里。"施清海递给沈维良一面镜子，"我只是觉得该对得起良心，不该就这样剥夺你的未来，所以才尽全力救你。"

"谢谢你，虽然没办法报答你。"沈维良接过镜子，声音沉下来。

"只是在尽力弥补我的过失而已，不值得报答。"施清海叹气，若有所思，停顿很久才问，"掌世集团在政府里安插的人应该已经把你列为逮捕对象了，只是不知道安了哪种罪名——你今后有打算么？要不就住在我这里？"

"我……"沈维良看了眼镜子，倒映出一张白人大叔的脸，"我想去找我妹妹，我不放心她。"

"可你妹妹肯定被公司监视起来了，任何试图接近她的人都会受到同等监视甚至……清除。"

"那也一定要去找到她……这是我最后的承诺。"

"最后的……承诺……小媛……"

第三幕:沈楚宣的直播

有意思的俏皮话,只有没意思的人才喜欢听。

——施清海

窗外雨声淅淅沥沥,打在真空落地玻璃上闷声作响。

"总之你高考一定加油,我在美国读研可能会很忙,但我一定会回来陪你的……不许找男朋友!别问为啥反正就是不……"

"老娘找不找男朋友关你屁事!"

吸着牛奶的沈小媛小脸一红,恼羞成怒关掉视频,两条小眉毛气得一颤一颤。

"小媛,明天期中考试,你还不睡!"

窗外闪电划过,房门忽然被打开,门后沈楚宣的眼镜片反过冷光,沈小媛吓得把手机往枕头下一塞躲进被子,敷衍道:"睡啦睡啦。"

沈楚宣把门轻轻带上,沈小媛猫在被子里仔细听着门外老爹的脚步声,却发现老爹往楼下走了两步,又走回自己卧室门口。

走回来干吗,老爹这是要收手机?哇,真的要收手机吗?沈小媛心底如坠冰窟。

过了半晌,脚步声没有再响起,沈小媛只听到门锁从外面反锁的声音,锁芯转动的极轻,似乎是不想让沈小媛听到。

老爸用钥匙从外面反锁房门?

沈小媛看了眼手机,暂停画面上,已经去了美国一个月的沈维良还在傻笑。

静谧中,少女从床上爬起来蹲在门后,耳朵紧贴在门上。

"……先把这个放下,我是你老师,最起码的尊重总该给我。"沈楚宣的声音极其不悦。

"是吗,你之前拿那玩意指着我的时候,考虑过给我的尊重么?"一个陌生男人的声音。

"我后悔那时我没……算了别废话,你来干吗?"沈楚宣压低声音。

"我想要让实验继续。"男人顿了顿,声音里带着一丝笑意,"老师,你要知道,只要您还活着,就别想拒绝。"

沈楚宣沉默不语,沈小嫒只觉膝盖有些疼,楼下的对话似乎也很没营养,于是她回到床上准备睡觉。

明天期中考试……空调开得好低……完蛋想去厕所……

"砰!"

窗外夜雨淅淅,沈小嫒被楼下不知名的巨响惊醒!

枪响如雷!

枪响之后,门外陷入死寂。

"怎么回事,刚那是——枪声吧?不是电视音响吧?"

没有后续情景声,绝对不是电视。

沈小嫒没出声,没开灯,在黑暗中下床从书包里颤抖着掏出钥匙,战栗的手却怎么都无法将钥匙对准锁芯插进去。

"轰!"

又是一声巨响!沈小嫒心脏吓得骤然紧缩。直到她听到后面紧随其后的几声余响,才发现是窗外的雷声。她小心地转动锁芯,轻轻推开房门,整个屋子一片漆黑,隐隐的有血腥味儿。

女孩走下楼,不敢开灯,客厅中沙发上,一个幽幽的光点正在闪动。

"嗡嗡!"

沙发陡然发出震动声,沈小嫒吓得往旁边一闪,脚下忽然被不知名的东西绊到，沈小媛慌忙打开手机闪光灯，猛然照亮了倒在血泊中沈楚宣的身体。

"什！什么……"沈小媛抓紧了手机，大脑如遭雷击，她心头一沉，顿时连呼吸都变得困难。

沙发上是沈楚宣的手机，沈小媛颤抖着拿过来，划开屏幕进入锁屏界面，消息预览不停弹出"沈教授自杀了？""住得近的赶紧过去，沈老师自杀了！"的英文字样。

女孩身子一歪差点昏厥过去，她颤抖着按下自己手机一键呼叫警察的软件，带着哭腔哆哆嗦嗦地说，"我老爸自杀了，我老爸……嗝……自杀……了……快来人……"

她顺着尸体往上看去，沈楚宣手里握着枪，头上一个黑乎乎的血洞正在往外淌血……

少女声音逐渐变小，手机从她手里滑落。沈小媛终于支撑不住，昏倒在了地上。

五分钟前，威尔逊还以为实验组的微信聊天群里，沈楚宣的直播是一场即兴节目。

微信群里，沈楚宣忽然开启了直播聊天，他的手机镜头朝上仰着，整个屏幕只看得见他满是胡茬的下巴和简欧装修的天花板。

"当初是你向公司高层泄密，沈维良才落到这个下场。"沈楚宣低声说着，嗓子有些嘶哑，"这个实验本身就还不成熟，一开始就和你讲过。"

"可是，老师，这实验一旦成功，可以拯救多少人的生命……"

"说得冠冕堂皇。"沈楚宣不耐烦地冷笑着打断，"你只是想独吞我手上的病毒基因转码数据，不然你早就向掌世集团上报实验结果了。"

手机似乎被翻转过来，微信群直播镜头对准了坐在沈楚宣对面的施清海，却没拍到施清海手里握着的枪。

"老师，你要知道之前的实验我可是都记录了步骤。那些数据我现在就算没有，之后再按照您的路子走一遍，总会得到一样的数据的。"施清海话语阴沉，"这只是时间问题，我们没必要……鱼死网破。"

"鱼死网破？"沈楚宣苍老的声音陡然变得嘲讽意味十足，"揭发你是韩国间谍的秘密？"

威尔逊以及其他群成员都紧盯着直播，但也苦恼根本听不懂对话，因为他们说的是中文。

"你早就知道？"施清海的语气忽然就弱了下去，"你在帮我保密？"

"因为你也知道我的身份，我们毕竟是师徒啊，"沈楚宣叹气，"靠得近了，有些东西自然就没法遮掩。"

"我是韩国的间谍，而您是中国的。"

"……"

"您这些年，倚靠身份便利获取了许多公司绝密技术。"施清海嘴角微微勾起，轻声说，"有些手段，同行之间，确实是瞒不过的。但您一直在假装不知道我知道您的身份，按中国上一个时代的习俗，我该说'666'对吗？"

"我在你离开那栋楼时有机会开枪杀你，但我还是放弃了……我是你老师，老师怎么能杀学生呢？"

"您应该也知道如果杀了我，我留下的备案一旦泄露，会有怎样的后果吧？"施清海忽然明朗地笑出声来，"掌世对外披露你的身份和行为，对你国外交和学术界的声誉都会产生毁灭性的舆论打击。"

沈楚宣疲惫地笑了笑，没说什么。

教授忽然想起第一次见到这个学生时，是个早春的下午，施清海抱着一摞实验报告,松垮的针织开衫垂下,消瘦少年紧张的笑容像是融化在了阳光中——

"请问是沈楚宣老师吗?我,我,我是施清海……啊,我有些失态了,对不起。"

"老师,这个杯子不能用去离子水洗吧?"

"老师您以后倒是注意点啊……这批样品弄洒了我们又得重做一个月啊!"

"老师……"

"能成为您的学生,我很开心。"

"我们还是合作吧?"施清海正笑着,"就像我之前讲的,您无法拒绝我的要求。"

"你如果站在我的角度,怎么会希望这个实验在别的国家先成功呢……"沈楚宣的声音忽然变得苍老无助,他将手机放在沙发上,站起身背负双手往橱柜走去,"我为对得起科学,而牺牲了家人,为对得起师道,而牺牲了尊严,为对得起良知,而牺牲了梦想——现在要我对得起国家……我还能牺牲什么?"

"你……"施清海一头雾水。

沈楚宣的手机斜倚在沙发上,镜头朝向了橱柜。

"这是我给你上的最后一课,可惜怕是讲不完了。"沈楚宣从橱柜里拿出一把枪,缓缓对准了自己的太阳穴。

"砰!"

施清海跟跟跄跄站起身,他沉默地看着沈楚宣倒地,只觉血泊触目惊心。

他胸前像被千斤巨石撞得生疼，往后直退几步，手按在墙上，不留神关上吸顶灯的开关，屋内陡然陷入黑暗。

只剩死寂。

他宁愿自杀也不愿出卖我的身份？

老师宁愿自杀也不愿出卖我……

施清海缓缓垂下头，再也没能抬起来。

像被死死摁住，深深埋着。

闪电划过，照得屋内一片雪白，施清海看见沈楚宣被血污沾染的镜片，忽然有种跪下干呕的冲动。

但他没有跪下，虽然他内心已然跪下，而且再也没有站起来的机会了。

"老师，对不起，真的……"

施清海夺门而出，身影消失在雨夜中。

然后沈小媛打开门从楼上走下，摸黑摸到了尸体，报警后被沈楚宣的死相吓晕。

等她再醒时，正躺在沙发上，两名警察正和自己旁边的人说着……

"小媛应该是睡迷糊梦游了，真的是对不起两位，大晚上还这样折腾。"

"嗯，我们口供备案就录到这里，那……我们就先回警局不多打扰了？"

旁边那人……沈小媛转头，朦胧中看到了……沈楚宣！

不对，感觉不是老爹，只是长得像？

沈小媛眯眼盯着明明已经死透了的沈楚宣坐在沙发上，准备起身送两位警察离开。

"好，好，两位慢走……"

沈小媛只觉寒流蔓延至四肢百骸！

"你是谁，干吗假装我老爹！？"

"嗯！？"正在起身的两位警察同志张大鼻孔瞪圆双眼，抬头看向一脸尴尬的教授。

折腾一宿，调查结果是指纹和公司身份证明都没有漏洞，沈楚宣就这样在沈小媛眼前活生生地复活了。

而沈楚宣也坚称沈小媛那天晚上是做了噩梦，为此还和沈小媛发了一顿脾气。

母亲因产后抑郁自杀，父亲沈楚宣死而复生，哥哥沈维良在美国失踪，沈小媛每次回想，都觉得自己的人生怕是一部剧本。

期中考试，期末考试，高考——直到遇见实验室里那个永远抽不到SSR的，小眼睛长刘海的师兄杨乐，沈小媛才发现自己居然可以不那么压抑和恐惧。

她决定表白。

然后，杨乐在她准备表白的前一天失联了。

沈小媛没按偶像剧里描述的那样发了疯一样地去到处找人，她甚至觉得有些习惯这样的事件，甚至已经感觉麻木了。直到杨乐给她发短信，告诉她他还活着，让她去北城大老校区"御座"找他。

于是，沈小媛决定不管杨乐有天大的理由，见面先往死里揍一顿。

第四幕：吴长江的面罩

世界是公平的，只是你不知道世界是怎样实行公平。

——J-92

"好久没来这里了……"沈小媛避开楼外的看守大爷,悄悄地从侧门摸进楼内。

老校区八教,是北城大旧校区一栋准备拆迁的废弃教学楼。楼内不通水电,一年多无人打扫,楼道中堆积着杂物,阳光丝缕中扬着飞尘。

沈小媛走上楼道,两年前这栋教学楼还没废弃时,曾是她的御用自习室,被杨乐调侃称为她的"御座教室"。

杨乐的消息上写道:"他不是警察,快走,我在老校区御座等你。"

这间教室就是她的"御座"。

倒也不是这栋楼空调有多好,而是图书馆自习室她从来抢不到位置。当沈小媛大三准备考研时,这栋楼却被宣布要废弃拆除,于是失去了最后一块自习领土的少女准备大冬天起大早,挨冻去遥远的图书馆抢位置自习。

杨乐听闻学霸少女有此遭遇,就把自己实验室本来宽敞的豪华座位分了沈小媛一半用于自习,条件是不许在实验室叫网名。

因为杨乐的电炉功率太大,或是别的原因,那个冬天,是沈小媛人生里最温暖的一个冬天。

直到很久以后沈小媛蓦然回首,很多记忆都已然模糊不清,只剩下那个冬天,两人挤在本应只一人坐的位置,杨乐用超极本开手机模拟器抽卡,自己死磕无穷级数的题。

然后自己嫌旁边没抽出 SSR 的家伙太吵,停笔就是一肘重击……

推开门,陈旧的闷响将沈小媛飘散的思绪拉回眼前。

昏暗的 3107 教室里桌椅胡乱堆放,侧面横躺的储物柜缝隙里往外淌了一滩黑水,散发出浓烈酸臭味。

"我在……这儿。"

角落阴影里传来杨乐虚弱的喘息声，沈小媛捂鼻子忙跑过去，才发现他蜷在桌子下，衬衣上斑斑点点浸满了鲜血。

"羽绒服都被扒了……你不会失身了吧。"沈小媛神色忧虑。

"没……"

杨乐嘴角流出血来，眼帘半阖，用手捂着喉咙，虚弱得说不出话。

"我现在就打120，你不同意就用手敲一下地。"沈小媛掏出手机。

杨乐另一只拳头握拢，沈小媛见状直接拨通电话。

"你为啥不自己打120……"沈小媛碎碎念。

"别……"

然后杨乐锤了下地板——其实是不同意沈小媛打120，只是晚了点。

"您好，请问……"电话那头已然响起护士小姐姐的声音。

杨乐半阖的眼睛里透出绝望，沈小媛这才反应过来，直接挂断，却听杨乐断断续续说道，"走……"

沈小媛懵了："去哪，宿舍？"

杨乐仍捂着喉咙，用关爱智障的眼神看着沈小媛。

一个脚步声却忽然从走廊传来——有第三个人跑进了这栋楼。

"快，快走……"杨乐挣扎着说，却发不出多少声音。

脚步声急促的由远及近，杨乐面如死灰。

"好，我们走，你怎么说话漏风……"

沈小媛想扶起杨乐，却陡然被门口"啪"的一声巴掌拍在门上吓得浑身一颤。

"他喉管，哈，被我割了，哈，当然漏风。"戴面罩的警察喘着粗气扶着门框，满头大汗，"他是掌世的人，小媛你离他远点！"

"哈?"沈小媛看向吴长江，划开手机，尖叫道，"你别过来，再过来我报警了！你到底是什么人！"

"我是……"戴面罩的吴长江继续向沈小媛靠近，举起双手，有点滑稽，"我是你哥啊。"

杨乐半阖的眼睛缓缓睁开，拼命看向吴长江的方向。

"我还是你娘呢！"沈小媛毫不客气。

"昨天晚上他跟踪我，被我发现，打一架后被我割了喉管，"吴长江缓缓揭下面罩，看着沈小媛逐渐张大的嘴巴，满意地努力平息呼吸节奏说道，"他还能活到现在，是用了掌世公司现在最新开发的生物框架膜……他没生命危险，现在顶多是重感冒！"

沈小媛后半段话一个字都没听进去，因为她看到吴长江面罩下的那张脸。

那张脸和自己有点像，略显阴柔的轮廓，胡乱的刘海。

那是……沈维良的脸。

吴长江……就是沈维良？

多年不见，沈小媛觉得有些陌生，甚至有些恐惧，像是弄丢了很多年的玩具被重新找到，用空洞的双眸盯着他，质问他——为什么忘了我？

尽管沈维良并没有回答，只是沉默。

与绝大多数突如其来的重逢一样，并不像电影里那样被刻意塑造成令人感动的画面，却是让人惶恐与尴尬。

"假的吧，还有这种剧本吗？"沈小媛缓缓放下手机，"你真的是……沈维良？"

"我需要解释一下来龙去脉吗？"沈维良苦笑道。

"解释个锤……"沈小媛努力平复心情，"算了，你简短解释一下。"

"五年前因为各种原因，老……沈楚宣坑了我，把我卖给掌世集团当了实验体。"沈维良也渐渐平复喘息,"他们往我体内注射了一种能致使基因逆编的人造病毒,实验后我能接受并逆编成任何一个人的基因……"

杨乐因为震惊,瞪大眼睛看着沈维良。

沈小媛因为没太听懂,也瞪大眼睛看着沈维良。

她沉默一分钟后,迅速回应——

"啥?"

"用人话说就是,我现在可以从基因层面,变成任何一个人。"沈维良解释。

"这么好的事,老爹为啥不卖我。"沈小媛幽怨吐槽,"哥,你……为什么不潜入吴也凡公司厕所蹲个点?"

"只为获得我体内突变病毒的样本,他们从美国追杀我到中国,而且因为实验开始用的是沈楚宣的基因样本,所以下个阶段的实验体已经内定好了。"

"下个阶段的实验体?"

"外国藤校教授为什么轻易就录用你和杨乐这两个中国学生?你觉得你成绩已经好到那种程度了?"沈维良冷笑,"要知道,碧翠丝的脸书上标签还写着种族歧视。"

沈小媛只觉颈后发凉,她知道有些东西马上就要被揭开,或说已经被揭开。

"杨乐、碧翠丝、你的室友其中一位,还有你的某个本科辅导员,你没发现,她们从来没叫过你的全名吗?"沈维良缓缓说,"因为他们在掌世公司有声纹保密协议,你就是那个保密内容。"

"你是在我之后的,下一个内定实验体。"

"为什么……"沈小媛看了眼杨乐,"是真的吗?"

"不然你以为一个研究生有胆子半夜跟踪警察?"沈维良冷笑,"我昨天是为了把你从他们的监视网中救出来，才惊动了他。"

杨乐只能轻微地摇头，他的气管承受不住更高气流压力的负荷，再多说一个字都会再度裂开。

"他昨晚外套被我割烂，手机也掉了出来，上面有发给你的消息但被我用警用电子笔私密撤回了。"沈维良从口袋里掏出杨乐的手机，"上面说让你赶紧到'御座'来，所以……"

"所以你就在咖啡厅的厕所里，用杨乐的手机发消息给我，让我赶紧来'御座'，然后定位我，但老校区这栋建筑里留有网络屏蔽仪，杨乐来到这里时就开启了屏蔽仪，所以我不拨出电话，你就不知道我在这里。"沈小媛直到这时才恍然大悟，明白了事件真相。

"掌世这个实验较之当年已经有了很大的进展，下一步马上就要开始了。"沈维良埋着头说，"我已经处理了碧翠丝和威尔逊，他们几乎是最接近这个实验核心的人，但他们都没有接入这个实验数据库的权限，所以想要阻止这个实验……只有通过沈楚宣。"

"你想要去找老爹?"沈小媛轻声问。

沈维良点点头，慢慢走过来，将杨乐的手机递给沈小媛，"可是你们搬家了，我找不到你们，就只能出此下策。"

"额，因为要扩宽马路拆迁了，现在其实就在原来街对面的小区啦。"沈小媛无奈笑着说，"二栋二十八楼……"

沈小媛的声音戛然而止。

距离沈维良不到一米，躺在地上奄奄一息的杨乐忽然动了!

寒光闪过，杨乐手里不知何时多了柄细长的小刀，刀锋直指沈维良的咽喉，沈维良见状俯身，右手一抖，手机掉落的同时袖口弹出一根电子笔，前端电花闪动划过弧线也朝杨乐咽喉刺去!

两人暗地里都有置对方于死地的准备!

电光火石间二人交锋，杨乐的刀锋刺进沈维良的肩头。沈维良的电子笔划空，但他另一只手已然在小刀刺入肩头同时将小刀拔出，鲜血飞溅，但也抢到了小刀的控制权。

沈小媛看着飞溅的血水，脑海中忽然浮现出五年前那个晚上沈楚宣的尸体，和那道闪电。

启用了脉冲电击功能的电子笔就像那道闪电，在昏暗陈腐的静谧里划过一道蓝色光弧，带来些许的生气——杨乐松开捂住脖子的手，趁沈维良拔刀的间隙一个手刀陡然劈抢到电子笔，转而直接戳在沈维良小腹上！

与此同时，小刀也插进了杨乐的肺部，然后猛然拔出。

只是眨眼的时间，沈小媛甚至还没来得及发出尖叫，两人已经相继倒地，沈维良浑身痉挛，死死盯着杨乐的方向。

"我让你来这……本来是……想……告诉你真相，可是，可没……想到他……"杨乐嘴角已经是止不住地淌血，气管处一道可以看见的裂缝在缓慢扩大，他倒在地上看向惊恐万分的沈小媛，笑着挣扎着说，"我在看见他……的……时候……发了警报……掌世的人……马上……就会到……"

沈维良渐渐恢复，他本就只接触到了脉冲电极一瞬，痉挛症状褪去，但他仍觉得浑身酸麻难堪。

"小媛，跟我走，快。"沈维良跟跟跄跄站起来，向跌坐的少女伸出手，低声，"我是你哥，我不会骗你。"

"别信……他是……假的……"杨乐死死拽住沈小媛，"我之前……不……发定位警报……求救……是因为要等你……"

沈小媛伸出手。

沈维良脸上表情一滞。

"滚。"沈小媛轻声说。

她用双手想合拢杨乐脖子上的裂隙,轻柔地,却又坚定地尝试着。

沈维良苦笑一声,伸手在沈小媛头上摸了摸,随即转身踉跄跑着离开教室。

杨乐嘴唇缓缓张开,似乎还想说些什么,他眼睛里的光越来越暗,被一种猩红色代替。

"你别说了,我不管你是什么人,你别死就成。"沈小媛眼泪再也忍不住,打在杨乐脸上,洗去一道道污痕,"求你了……"

杨乐挣扎着抬起手,放在沈小媛头上。

"我现在打120……我保证以后不跟你抢实验台……我也来玩那个游戏,天天让你晒卡好不好……你从来不拒绝我的要求的……我要你别死……"

"我骗……他的……我……没……发定位……警……"

沈小媛正用另一只手捡起自己的手机,动作却猛地一顿……

因为杨乐的手忽然落下。

"不要啊,别……"

沈小媛就像回到五年前那个雨夜,连哭嚎都做不到,就像永远醒不来的噩梦。

杨乐的手再也不会抬起来了。

杨乐最后说,他其实没发出定位警报,所以掌世的人也不会来。

过了许久,沈小媛将杨乐的头轻轻放在地上,温柔却沉重。

"你先好好睡一觉吧。"

她反而变得不再恐惧,因为她终于再也没有可以失去的东西,所以她不会再像五年前那样,胆小懦弱到来不及去改变事情的走向。

"是时候回趟家了。"

她起身走出教室,轻轻关上门。

"等搞定这件事以后,我再来看你。"

一个小时后。

北城大老校区某个静谧的教室里,隐约传出撕心裂肺的喘息声。

终幕:序曲

这个世界就是爱你的,就像我一样。

——那人

他的代号是 J - 92,他本来叫什么,没人知道,连他自己都早已淡忘,他是在十几年前就被"登记死亡"的美国华裔公民 X。

贫民窟一无是处只会翻找垃圾度日的废物并不被这个社会所珍惜,他在十年前被抽离出这个社会。他成了掌世公司的特殊员工 J - 92——工作是成为那个教授的影子,负责出席一切需要"沈楚宣"这个名字出现的场合。

他双手十指被嵌入沈楚宣的人造仿生指纹膜、以毫米级差别每年定期按照沈楚宣的面部细节整容、知识储备生活谈吐都经过无数次训练,他自认为身上每一寸都花费无数金钱堆砌出来,却只为帮沈楚宣节省时间和精力——自己为何生来就不是那种人?

如此公平的世界!

人对不可抗的事物趋向于习惯,当 J - 92 以为一生只能作为影子度过时,沈教授却来了一场精彩的直播秀——自杀。

当天晚上公司直接派人把睡眼惺忪的 J - 92 送到沈楚宣家中,以最快的速度清理完现场，撤出人手，并告知J-92暂定任务：按照公司给定的行程表，直接成为活着的"沈楚宣"。

J-92不知掌世为何要对外封锁沈楚宣已然去世的消息，他只能照办，配合掌世公司员工进行了一场为期五年的演出。

虽然这个"演出"在刚开始就差点崩盘，沈小媛醒来第一眼就看穿J-92是个假货，但由于公司"其他方面"的调节，几乎一切顺风顺水。

"谢谢，请帮我把行李拿下来。"

J-92目送掌世的司机开车离去，随即打开旅行箱跟随功能，乘电梯上了二十八楼。

他这次回到中国是为了配合公司计划，着手准备沈小媛的调离。但那也是之后两个星期的事情，现在他可以先悠闲地躺在沙发上，让行李箱自己归位，然后开启一瓶红酒，打开遥感屏幕……哎，屁股下面有点硌人，怎么回事……

然后他愣住了。

"爸你回来了啊，正好我准备削个苹果吃来着。"

沈小媛穿一身睡袍从厨房里拿着盘水果走出，径直走到J-92身边坐下。

什么情况？这丫头今天怎么搞的？她平时根本不回家啊？

J-92一脸懵圈，他看着身旁的沈小媛拿起水果刀，一时不知该用什么表情应对。

因为他已经几乎半年没见过这个女孩，何况对方还一直觉得他是假货。

而且尴尬的是自己真的就是个假货。

"小媛，你……"

难道是消息走漏了？那只能是威尔逊……他是中国这边的实验总负

责人，除了他只有碧翠丝知道我今天回中国，但碧翠丝……

J-92还没回过神，只觉喉间一痛，水果刀已经架在了脖子上，隐然割出一道血痕。

"你果然不是老师，你就是沈维良。"

假沈小媛声音骤然变得森冷："果然你五年前就回来了，想来也只有你能从基因层面变成沈楚宣的样子……"

"哈？什么老师？"J-92识趣地举起双手，嘴角一抽："什么……沈维良？"

"我不知道为什么你还要推进实验，你就这么想让你妹妹被当作实验体？"假沈小媛质问道。

"你不是沈小媛？你在说什么？"J-92嘴上温和笑着问，心里骂，"这人脑袋秀逗了吧，在说什么胡话！"

"我当然不是沈小媛……帮我进入掌世的中央数据库，找到沈楚宣的基因序列！"假沈小媛沉默一阵后，"不然你懂的，我是特情出身，很清楚该怎么让一个人吐出东西来。"

"我认识你？"J-92紧张地笑着说。

"我是施清海。"假沈小媛嘴角扬起，冷笑着说，"你很奇怪为什么我跟你有相同的能力吗？"

J-92冷汗直冒，他瞬间理清楚了目前状况。

这个人是当年沈楚宣的学生兼助手施清海，不知道为什么施清海也成了基因逆编的实验体，并且……他认为沈维良还活着，还假扮成了沈楚宣。

他不知道自己的存在。

"你不应该知道这个地址。"J-92强颜镇定，装作自己真的就是沈维良的样子，"而且……你怎么跟我有相同的能力？"

"我当时在酒店里跟你说过,实验开始时用了两组基因初始样本……一个是老师的,另一个是我的。我回国后上交了数据,那群高层直接用我的进行了实验。"

施清海眼底闪过笑意,他觉得"沈维良"不弄清楚这些事就不会相信自己:

"实验居然真的成功了,我逃了出来,然后变成你的样子从你妹妹那套出了你家地址,才能找过来……呵……我这么辛苦才找到你,你可别让我失望啊。"

施清海一句话掠过了自己不堪的五年经历,以及彻底与自己祖国决裂的事。

因为那个实验,自己被囚禁整整三年,被强迫进行各类测试——用刀割测试受创反应,禁止呼吸测试供氧系统,强迫不能休眠……

为了让施清海在实验后继续潜入掌世,高层人员甚至给新型病毒设置了底片基因——只要施清海受到重度创伤,病毒就会启动保护机制让施清海回归沈维良的原型基因序列:就算他不想潜入掌世,发现施清海面目的掌世也不会放过他。

但作为"沈维良"重生后的施清海,几乎没花多少工夫就逃出了那个实验室。

他做的第一件事不是躲藏,他潜回那个研究所,展开了一场血腥的复仇——虐杀掉所有曾经在实验台上见过的,以及听过的人。施清海观察着他们死去时的惊恐神色,就像过去三年里他们看着自己在实验台上时一样,操作刀刃时愉悦地思考着晚上该去吃巴菲还是炸鱼饼。

然后施清海忽然想起以前和自己一同去食堂吃饭的那人,那个有些胡茬,经常拉着自己在实验室通宵,还顺路给自己带宵夜的中年教授。

他好像最讨厌炸鱼饼？他喜欢吃什么来着，想不起来了……

施清海那时埋着头，手里紧握着的刀上淌着血，他忽然想起来沈楚宣最后说：

"我怎么会希望这个实验在别的国家先成功呢？"

他忽然觉得很想吐，忽然觉得自己该去做些什么。

于是他来到中国，千辛万苦，最后终于摸到了"沈楚宣"的身前。

"我……我有沈楚宣的基因样本，在实验室里。"J-92脑子转的飞快，假装自己真的就是沈维良，"要不我们现在去拿？"

"直接用你的权限进入数据库，然后用这个U盘里的病毒程序毁掉数据库。"施清海像看白痴一样掏出U盘，"用你的手机就能弄，别磨蹭。"

"啊……哈？"

J-92彻底尴尬。因为他根本没这个权限，手机又正好在茶几上，要是现在坦白说自己是替身……肯定会被打死吧……

时间仿佛凝固，J-92咽了咽口水，因为脖子上还架着刀的缘故，他拿起了手机，缓缓接过U盘。

"叮叮！叮叮！"

施清海睡衣里的手机忽然开始闪烁红灯，似乎是某种警报，J-92吓得浑身一哆嗦。

"等等，有人上来了。"施清海略一沉吟，"我们换个地方。"

两分钟后，房间门被再打开时，已经空无一人，两个便衣走进房中。

"他们换地方了，应该是楼顶。"

"前辈，我都没看出来这里来过人……"

"桌上红酒瓶口有没干的酒渍，证明人刚走不久。我们这次是便衣来的，所以他发现我们的时机不会太早，至少是在我们进楼的时候。"穿夹克的便衣警探点了根烟,直接开门走出去,看了眼电梯指示灯,沙哑的嗓音像是在锯木头,"他们走的楼梯,楼下有人围着,现在还没消息传过来——所以人在楼顶,不在楼顶,我们就可以启动封锁程序了。"

房间里一身西装革履的年轻警员赶紧起身,"我们为什么不现在就封锁……"

夹克警探弹掉烟灰,望着黑洞洞的楼道吐了口烟,低垂眼帘,显得有些无奈。

"管理局第三纪律,尽量别扰民。"

天台的门被一脚踹开,施清海架着 J‑92 走出。

"快删除……"施清海话都还没说完,忽然放开 J‑92,就地一滚,避开门后袭来的电子笔前端的脉冲电流!

J‑92 被电倒在地,浑身抽搐。沈小媛收起电子笔,紧张地对准穿一身睡袍和自己一模一样的施清海。

"小媛……我……呵呵,你怎么在这?"施清海也紧张地笑笑,举起双手慢慢靠近,"我……"

"我已经知道你不是沈维良了。"沈小媛扬了扬电子笔,"我在沙发垫子下面留了手机。"

施清海的眼神骤然变冷,"你怎么知道我要来这里。"

"你在教室里最后摸我头的时候,是拔了我的头发,想变成我的样子。"

"你凭什么比我先到……"

"因为你对这块没我熟,我坐地铁比你打车要快。"沈小媛的声音在颤抖,她拿着的电子笔也在颤抖,"之前是晚高峰,你肯定会因为堵车耽误不少时间。"

"你报警了。"施清海没有询问，因为他很确定。

"路上时间很多，我把全部事情都交代了。"沈小媛往后缓慢后退，"他们不是警察，自称'管理局'，我不清楚……"

"你不清楚的是，电子笔不止有脉冲电流，还有这个……"

施清海猛地一个闪身冲到沈小媛面前，沈小媛想开启电流脉冲却已经来不及，被对方劈手夺过了电子笔！

"……战术刀刃！"

施清海手中电子笔一转，寒芒乍现，笔尾探出一段锋刃，直直朝着跌倒半途的沈小媛的脖颈划去！

虽然无法删除数据库里的基因数据，但如果杀掉沈小媛，这个实验也会在下个"沈楚宣"出现前停滞！

"哒。"

一声响指从黑洞洞的楼道传来，紧接着是一声带消音的枪响。

施清海练习过上万次的挥刀斩击，割开过两位数以上的喉咙。

他不可能划空，但他这次却……

因为那声响指？

施清海瞪大双眼看着刀刃划偏到沈小媛的脸上，溅起鲜血，然后自己的肩胛骨中弹，身体不受控制地横飞出去。

他眉头在那一瞬松开，他知道自己已经尽力。

"老师……对不起……"

"最好别动，打偏在脑袋上可不好。"夹克警员站在天台门口，抬手两枪打在施清海脚上，让对方直接失去行动能力。

沈小媛捂着脸爬起来，却听楼道里的年轻警员大喊：

"前辈，有人从楼外爬上来了！"

"楼外？爬上来？"

夹克警探还没反应过来，楼顶忽然被探照灯照的一片雪白，庞大却宛若幽灵般鬼魅的战斗机凭空出现，悬空停浮在众人眼前！

与此同时，一道黑影忽然从栏杆边跃起！

无数子弹朝着楼顶宣泄而出，夹克警员一口吐出没抽完的烟反身飞扑，抱住身后的年轻警员往下滚去，躲开了飞溅的流弹！

面对一个战斗机的机炮扫射，整个通往天台的门直接被轰塌！

机炮射出的弹幕铺天盖地，卷起一阵狂飙烟尘！

"哒哒哒哒哒哒哒哒哒——"

沈小嫒只觉眼前猛地一黑，陡然出现无数密密麻麻的血管肉块挡在她头顶，为她挡住了这些弹雨。

"是'秃鹫'，这是掌世在中国安插的唯一一台最新一代潜行战斗机。"施清海不停地咯血，无奈笑着说，"刚那个假沈楚宣应该就是个用来引我上钩的替身，耽误这么长时间，这架战斗机都从他们的秘密基地赶过来了……我真蠢……"

"他也不是沈维良？"沈小嫒转头看了已经被轰成一摊血水的J-92。

"你还没发现么？"

施清海望向站在他们面前，直接硬扛机炮扫射，单膝跪地大开双臂，将要倒下却没有倒下的那个男人的身影剧烈颤抖。

那些血肉从这男人身上伸展而出，组成了一人大小的盾牌，宛若钢铁，也脆弱不堪——每被打掉一块就马上生长出新的组织填上空缺。子弹打在血肉上发出无数密集的噗噗闷响，令沈小嫒听得头皮发麻。施清海半个身子也被这些血肉遮挡住，但他下半身已然被轰成了碎片。

"他守护了你五年，在你看不见的地方阻止了不知道多少次像我这样的人，要知道渗透掌世的间谍可不止我一个，觊觎你的也不止一个国家。"

机炮被战斗机收回,飞行员只看见天台满地疮痍和烟尘,他收到掌世高层让其返航的命令。

"跑得掉才算见鬼呢。"飞行员如此想着,但还是决定放手一搏,旋即关上探照灯将整个战斗机隐匿于夜色中,破空而去。

烟雾弥漫了整个楼顶,城市夜空中响起刺耳的警报,狂风怒吼沈小媛努力想看清烟尘中那个人的身影。

"是我,小媛,你没事吧。"

那人看向沈小媛,双眼猩红,身后无数血肉重组后,被他收回体内。

"刺进你肺部……的那刀……把我身上的……异型同性病毒……带了过去……交叉后变异……"施清海吐着血大声笑道,"居然会变出……你这个怪物……哈哈!"

"你很可怜。"

那人的声音沙哑不堪,但沈小媛还是听出了那个声音。

"杨乐……你是……杨乐?"沈小媛的眼泪混着血水流下,划出两道污痕。

"杨乐是中国安插在掌世的'接头人',负责传递老爹的资料。"

烟尘中,沈小媛只能看见那双略微发出红芒的双眸,和那个沙哑的声音——

"在那场实验之后,由于杨乐的年纪和人种都很适合,所以被选作监视你的员工,被安排到北城大进修……但他在四年前因为任务牺牲,然后……我成了杨乐。"

"你这……个……死妹……控……"施清海已然油尽灯枯,但却还挣扎着想要嘲讽。

"老爹自杀的时候，那场直播，就是为了让杨乐去删除他所留下的实验资料。"已经被变异后的病毒侵蚀全身的沈维良黯然说道，"杨乐办得很漂亮，老爹一个字都没留在掌世的数据库里——你可以放心，这个实验现在只有中国能完成了，而且我会用一切方法阻止。"

"老师，这下您放心了吧……"

施清海没有回应，他长吐了一口气，然后闭上眼睛，再也没睁开。

"你才是……哥哥么。"沈小嫒挣扎着想要站起来，却发现自己吓得两条腿早已使不上力气，"我要跟你一起走……"

"你能变得这么坚强，我很开心。"烟尘中的那人摇了摇头，已经有警员在地面上打开了探照灯，楼顶再度被几道光柱笼罩，烟尘颗粒旋转浮动，沈维良一跃而上栏杆，回头看向沈小嫒，"你有我希望你有的一切。"

刺耳的警报没有停歇，楼底传来警车的鸣笛。

"我之后还剩下什么……"沈小嫒哭道，挣扎着向沈维良爬去，"别再丢下我了……"

"坚忍，勤奋，勇敢，温柔。"

楼顶狂风大作，将烟尘扬起又吹散，反复无常。

"有了这些，你就能心怀希望一直前行下去，这个世界就是爱你的……"

杨乐，或是本来叫作沈维良的那人笑了笑，脚下微动，遁入深渊般的黑暗中。

"就和我一样。"

后　记

"呼叫指挥部，已到达撤离点，请求下一步指示！"

"呼叫指挥部……"

全机身采用迷彩合金铸造的流线型战斗机在高空的平流层中穿梭而过，"秃鹫"的驾驶员感觉有些奇怪，一切太过于顺利了。

"这里是指挥部。"是一个陌生男孩的声音，"贵公司'秃鹫'指挥系统已被管理局占领……请求远程接管控制。"

开玩笑吧？

战斗机都还没返航，指挥部就被占领？

飞行员以为是某个掌世员工的玩笑，刚想回敬几句，话筒那边却传来陌生女人声音：

"请求个屁，紧急撤出飞行员，锁死降落伞就行。"

"啊？"通话那头男孩声很是无奈。

"指挥部……"

飞行员话音未落，忽然被弹出驾驶舱。

夜空万里无云，飞行员在空中保持坐姿倒悬滞空了零点三秒。

他看着"秃鹫"破空远去，自动飞行的"秃鹫"在平流层中划过一道漂亮的弧线，穿过无数流云没入夜色。

飞行员降落伞电子屏上显示着血红的"LOCK"，然后是下坠……

他越来越快地下坠，死命敲打降落伞控制器，被狂风撕扯，却无论怎样都开不了伞地下坠……

◆ 到星星上去

康乃馨

一、白　天

又一滴汗从我的额头流了下来，我的头发已经湿透了，所以懒得去擦。但这次它很执着，一直流进了我的左眼，眼睛瞬间感觉到了刺痛，我没有叫出声，我已经习惯了，只是抬起脏脏的手臂揉了几下，因为我的手更脏，没办法去擦眼睛。

我抬头透过杂乱的玉米叶，望了一眼天空，刺眼的阳光马上让我低下了头，这天气太热了，据说将近40度，我不知道是谁告诉我的，但我真不愿意再干这活了。

我把手指插进了面前这个玉米苞里，猛地把它撕开，金灿灿的玉米马上露了出来，我明显感觉到了手指肚在疼，每剥开一个玉米都会感觉到痛，但我习惯了，妈妈不让我喊疼，说咱们农村人就是这样，习惯了就好。

终于，我到了地头，回头望去，我都不相信自己是怎么剥了那么多玉米，我的短袖已经湿透了，但我仍然穿着它，我不想让玉米叶子把我的身上划伤，我的皮没有父亲那么厚。我猛地坐了下来，拿起水壶喝了几口，早上从家里带来的时候明明是冰水，现在已经变成了温水，真难喝。

"小宝,快去找口袋,剥完了就来跟我装袋。"

妈妈不知道在玉米地的哪个方向喊着,我只能听到声音,看不到人。

"好的。"

我起身去找袋子,我竖起了短袖的领子,低下头走着,这能躲过大部分的叶子,但其实我的脸早已经被划了好几道。我终于看到了袋子,那开春时装化肥用的袋子,拿起来的时候仍然有一股化肥的味道。

"妈,你在哪?"

"东边,第四排。"

我把袋子顶在了头上,这倒是个不错的办法,玉米的叶子再也划不到我了,我就这样一路跑了过去,然后坐在了一小堆玉米前,喘着粗气,打开了袋口。

"妈,你不是说天尊保佑着我们,他就不能在秋收的时候让天气凉快点吗?"

妈妈捡着地上的玉米,一个个扔到我的袋子里面。

"傻孩子,天气凉这玉米能熟吗?玉米不熟透了,咱今年吃啥?要不是天尊保佑着咱,风调雨顺,咱能吃饱吗?"

"说得就跟你见过似的。"

一根玉米棒子飞了过来,直接砸在了我的脑袋上。

"不许这样说话,不能对神不敬知道吗?过来,我跟你说,过来。"

我把玉米袋子扔到了一边,靠近了妈妈。

"告诉你不要出去乱说,你爷爷见过天尊,那年地震的时候,在南边的山上,据说身高有五六米,红红的大眼睛,连腿都闪闪发光。"

"我早听过了,别瞎编了。"我不屑地回答着,又捡起了地上的口袋。

"你爱信不信!"妈妈瞪了我一眼,又朝里扔着玉米,一袋玉米马上满了起来，我又抬头看了看天上的太阳和南边的山，然后把玉米扛在了肩膀上，走向了外面我家的三轮车，这时候要是有一块西瓜该多好，冰冰的，甜甜的。

二、夜

　　一天中，最舒服的时候就是这会儿，我们围坐在院里的葡萄架下吃着晚饭，晚饭是妈妈自己做的凉面，拌着自己酿的豆酱，再加上从院里采的新鲜青菜，面条用井水凉过，我吃起来经常会噎着，这时妈妈就会骂我，让我慢点吃，而爸爸则会把他面前那瓶冰镇的啤酒给我倒上一杯，让我喝一口顺顺，然后说你都十八了，可以喝点了。

　　爷爷已经老了，很少说话了，吃得也很少，等我吃完的时候，他已经坐在摇椅上，看着天空，农村的夜空总是很美，银河就那样白晃晃地挂在那里。我也坐在了爷爷身边，和他一起看着。

　　"爷爷，你说那些星星在哪，上面有什么？"

　　妈妈扔下了筷子，冲着我喊："你总琢磨那闲事干什么？一天到晚没个正经的。"

　　我回头看了她一眼，倔强地扭过了头。

　　"总有一天，我要从南边那座大山上，一直爬上去，爬到星星上去看一看，那里到底有什么。"

　　"你还真想上天啊！"

　　连爷爷都笑了。我从小就是个和别人不太一样的小孩，我总觉得这个世界好奇怪，为什么太阳每天都会升起，为什么晚上会有月亮和星星，月亮上面会有什么？上学以后我慢慢知道，那些星星和我们生活的地方一样，是一个个的星球，离我们很远很远，但这更加重了我的想法，让我无时无刻不在想，那里到底有什么。

我听到我家的铁门响了一下，是小雪站在门口，她穿着白色的裙子，扎着马尾辫，闪着大大的眼睛，向我招着手，我急忙跑了出去。

"你怎么来了？"我看到女孩一向很紧张，尤其是小雪，额头已经不由自主地冒汗了。

"你不是让我准备东西，我给你放村口那个地窖里了。"小雪回答，然后紧张地看着我。

"你真的要去那里？"

我急忙把手放在嘴边，做出嘘的手势，然后回头看了看妈妈，还好她没有听到。

"我一定要去。"我小声回答着。

"你真是个怪人，玉米都收完了，班里组织去树林野营，看来你是去不了了。"

"嗯，我不知道要多久才能回来。"

说完，我紧紧地盯着小雪，看着她那双大眼睛，我多想冲上去抱她一下，可现实是我们连手都没有拉过，她是我的邻居和同学，我们一起长大，我这种奇怪的小孩没有人愿意和我玩，只有小雪还会偶尔和我说话。

"我走了。"

小雪说完，转身就要走了，我努力摇了摇头，把脑子里的想法扔了出去。

"要是……"我突然说，"要是我回不来……"

小雪停下了脚步，回头看着我，眼中分明闪着泪光。

"不去不行吗？"

"不去的话，我会想一辈子的。"

三、出　发

深夜，我终于在地窖里找到了那个包。小雪的哥哥是镇上的小贩，她总能有办法搞到这些干粮。我把包背在了后背上，检查了一下装备，又回头看了一下村庄的土房子，灯都暗了下来，妈妈和爸爸已经熟睡了，他们明天会找我的，虽然我留了信在屋里坑头上，说我去野营了，但相信骗不了他们几天。

我骑着小强家的摩托车，是我偷的，谁让他总说我傻，他爸爸浇地的时候还把我家的草房子给淹了。

南面的那座大山，离我越来越近，我穿得太少了，感觉有些冷，但我知道，这只是我遇到的第一个困难，我能忍受。

我一直把车骑到没油了，然后扔进了路边的草丛里，继续向着山上走着，天已经亮了，太阳慢慢升了起来，天气不再那么冷了，草丛里总有一些虫子在叫，除此以外我听不到其他的声音。我一直向着高处爬着，饿了就吃些干粮，渴了就喝些溪水，想家了就回头看看，虽然我早已经分辨不出山下的村子，哪个是我家，但其实我想的更多的是小雪，而不是我的妈妈，我也不知道为什么。

四、天　梯

我也不知道我走了多久，也许半个月，也许更久，我记不清了，只知道干粮快吃完了，身上也摔了几处伤，最重的是右手臂上划了个大口子，我用衣服缠着，但仍然在隐隐作痛，可能是发炎了。山下的村子已经看不见了，天气越来越凉，这和我想象的不太一样，最重要的是，我感觉整个山好像在晃动，感觉头晕，我想也许是空气的原因，我不知道。

我又爬上了一个小山坡，然后坐在了顶上，喘着粗气，我有些后悔，后悔自己这次大胆的冒险，他们总说，天尊就在这个山上，可是我没有看到，这么多天都没有。当然，我的目的不是来找天尊，那只是个神话，是人们的寄托而已，我是要从这里，到星星上去。冥冥之中我一直有一种感觉，只要我爬得够高，我一定能到星星上面去。但我没有退路，我要是这样回去，一定会被小雪和小强他们耻笑的，我只能继续向前走。

我向山下望去，只能看到厚厚的云层，很美，但什么也看不到。然后转头望向了另一边，终于，我在远处高高的山顶上，看到了一个铁架子，一个我从来没有见过的铁架子，一个通往天空的铁架子，看不到头。

也许那就是通往太空的天梯，我想，于是我鼓足了勇气，向着天梯走去，这么多天了，我从来没有这样兴奋过，我看到了希望，我一定能顺着天梯爬到星星上去，我看到了小雪那羡慕的眼神，我要告诉她，星星上到底有什么。

我不知道走了多久，那天梯看上去很近，但却怎么也走不到，最重要的是，我越往高处走，头感觉越晕，越感觉山好像在不停地转着，呕吐已经让我吃不下东西，我只能不停地喘着粗气。

终于在第四天的晚上，我来到了天梯的脚下，我都不敢相信自己的眼睛，这里的夜空比我们村里更加亮，银河、星星看得更加清楚，那天梯有几十米粗，里面有复杂的结构，一直伸向了无垠的夜空，看不到头。

我把背包拴在了身上，深深地吸了一口气，然后用保险绳拴着自己，爬上了天梯。每爬上去几十米，我就把保险绳解开，向上移动一些，我从小学就开始研究爬山和攀岩，我等这一天很久了。

我需要克服的，不是高度的恐惧，不是体力，而是头晕。虽然这几天我已经有些适应了，但这里晕的程度显然更大，越往高处爬，我越觉得这里转的更厉害，要不是有保险绳，我已经几次晕得掉了下去。

我已经看不清下面的山，但我感觉，我离星星更近了。

五、星　空

我不知道过了多久，我甚至没有了方向感，不知道自己是在向下还是在向上，我只能以上方的星空做指引。我的右手臂已经完全麻木了，我不知道回到家时我的手还能不能保住，如果我能回家的话。累了我就在铁架子中间睡一会，饿了我就吃点东西，然后过几分钟再吐出来。我努力保持着意识的清醒，因为我已经感觉到了我会间歇性地失去意识，也许是眩晕，也许是恐惧，我不知道。

我想小雪他们，已经结束了野营，他们一定玩得很高兴，她一定是和小强在一起，噢，不对，他们应该已经开学了吧，我忘了时间。妈妈一定发现了那封信是假的，到处在找我，也许他们找到了摩托车，也许没有。爷爷还是每晚坐在摇椅上，盯着星空，只是不知道他能不能想到，我就要到星星上去了。

夜晚的星空还是离我很远，但我爬到顶了，因为天梯到头了，而我的头，撞到了一块铁板，黑黑的铁板，这和我想象的不太一样。我收拾好情绪，打开了那块铁板，爬了上去。

一阵巨大的眩晕感传来，然后是一阵狂风，要不是有保险绳我一定被甩了出去，我从那块铁板的地方爬了出去，不对，是被甩了出去，我想我失去了意识，但我仍然努力睁开了眼睛，到处都是黑暗，只有远处有一个窗口，隐约有一点光。但我被绳子拴着过不去，我被狂风甩来甩去，慢慢闭上了眼睛。

等我睁开眼睛的时候，我看到了天尊，他看上去大约有五六米高，红红的眼睛,闪闪发光的腿,他正在无尽的黑暗空间中,向我飞来。但我不是来找他的,我拿出了怀里的刀,割断了绳子,马上被狂风卷走了,直奔向那个闪光的窗口。奇怪的是,速度越来越慢,越来越慢,我并没有摔死,而是缓缓地落在了窗口上,我用尽全身力气向外望去。

我看到了,星星。

六、真　相

我慢慢睁开眼睛,这才发现自己躺在一张大床上,然后努力坐了起来,但仍然感觉有些晕。这时,我惊讶地看到,我的右手臂已经包扎好了,一阵阵的电子声传来,我顺着声音望了过去,几个高大的"天尊"正围着一堆不知名的、闪着光的设备,操作着什么,有一个人发现了我,向我走来。

我这才看清他的脸,是钢铁做的,眼睛也是,和我们家刚磨过的锄头一样,闪着金属的光。我紧张得说不出话来。

"你有两个选择。"

"你,你是天尊?你说什么?"我结结巴巴地回答着,他的声音听上去很低沉。

"第一个,清洗记忆,然后回到那里。第二个,留在这里,直到你的生命结束。"

"你,你在说什么?我不明白。"我不知道他在说什么,傻傻地问,我相信我的表情一定很难看。

他回头看了看其他人,其中一个像头领一样的人冲他点了点头,他才像得到命令了一样,蹲了下来。

"你可以知道真相,这里是诺亚号飞船,我不是什么天尊,我是四型机器人。这是一次星际旅行，我们要到达的星球太过遥远，按人类的平均寿命计算，大约需要三十代人才能到达，所以只有机器人适合执行这种任务，而人类无论如何都无法接受这种现实，无法接受在飞船中度过一生。所有的模拟试验都失败后，我们建造了诺亚号，我们在飞船内部模拟了人类的全部牛存条件，一个旋转的小星球，太阳、月亮、星空，还有土地、山脉和森林，然后挑选了志愿者清洗了他们的记忆，把他们带上了飞船，让他们从最原始、最艰苦的种植生活开始。直到我们到达目标星球之前，我们不打算告诉人类真相，因为只有这样才能完成这次旅行。"

"你到底在说什么？"我瞪大了眼睛盯着他那金属的眼睛，我完全听不懂他在说什么。

"现在，你有两种选择，你选哪种？"

◆ 雾霾公路

吴元锴

零

车靠在紧急停车带休息时，Haja并没有真的睡着，只是把脑袋靠在Ecke的肩头眯着眼睛。

前排副驾的李智扭过头，视线滑向自己的短裙中间。

变态，Haja这样想，换作平时，她早就狠狠甩去白眼，并拢膝盖，但这次身体却懒得反应，她被自己吓到了。

"呜!"

窗外忽然传来了一声尖锐的喇叭。

"哇!"

"喂。"

"有人!"

车内五人同时骚动，李智反应最快，第一个拍响了喇叭。

"呜——"

长久的寂静后，突然鸣响的喇叭震得Haja几乎要哭。

对方没有停留，飞驰而过。

李智反复鸣笛，然而松开喇叭后世界回到和刚才一样的寂静。

"操！"李智气得跺脚。

"你该按三短，三长——"贝斯手程晓转过肩膀。

"什么三短三长，对面早开走了！"

"这么好的机会就被你浪费了。"

"别吵，"队长青原制止了两人的争吵，"大家节约体能。"

这句话生出奇效。

两个男生沉默下来，各自把头转向窗外。

明知还是会看见相同的画面，Haja 也把头转向了窗外，茫然一片的白雾不知道还要持续多久。

一

DAY 1

作为学生乐队收到迷笛音乐节的邀请，简直是人生奇迹。

此刻大家坐在宽敞的车里，显得十分兴奋。

今年的迷笛音乐节办在一座滨海的小城市，坐高铁约两小时，但不知是谁提出想开车，于是青原向家里借了一辆 SUV，载着乐队全体上路。

毕业近在眼前，之后何去何从？即使乐队不解散，也绝对不会像现在这样成天待在一起了。

所以这也算是毕业旅行。

"队长开车好潇洒。"

"哈哈。"

"哇，真有点儿伍德斯托克的感觉！"

"可别一唱成名。"

"哎,说得我都紧张了。"

"嘻嘻。"

大家都兴致高涨。上午从学校出发,下午晚些时候应该就能到达场地,之后尽情玩上三天。

此刻车正进入高速入口。

天空暗淡,云团低沉。青原按下车窗,戴白口罩的服务人员从窗口挂出胳膊,无精打采地递过一张磁卡。

轻微焦味儿飘进车内,又是一个霾天,大家不约而同地皱起了眉头。

"空气真差。"Ecke 抱怨,想象中的毕业旅行应该更完美。

"没事,队长家可是高级车,"李智说,"开进奥斯威辛毒气室里也没事儿!"

虽然这比喻够恶劣,但在一定程度上也说得没错。

这辆车来自一个以安全性著称的欧洲品牌,车内安装 LV9 级的空气净化系统,干净的空气源源不断地从送风口吹出。

进入高速之后不久,雾气越变越重。

周围的车辆纷纷亮灯,青原打开防雾灯,将车速降到了安全的范围。

这么一来说不定得晚上才能到驻地。Haja 和 Ecke 缩在后排的角落里玩手机,程晓和李智则隔着椅背联机打游戏。

"喂,别抢我的蓝!"

"哈哈,归我了。"

二

大家一直玩到下午两点才感觉到饿。

"饿死了,饿死了!"

"喂，拿东西出来吃吧。"

"不然去服务区？"程晓说，"我请大家吃KFC。"

"好的。"大家一阵欢呼。

"奇怪。"青原的脸上闪过一丝疑惑。

"怎么了？"

"之前开过这条路，再怎么慢，也应该遇到收费站了。"

"是吗，开到现在没停过？"

"雾太大没看见？"Haja说完就有些不好意思，错过了路牌是有可能的，然而错过收费站，就太不可思议了。

"走错路了？"

"不可能，就这一条路。"青原保持着匀速驾驶将头转向李智，"把导航开出来看看。"

"等我打完这一局嘛——"李智悻悻地抬起头，"咦？那不就是收费站吗？"

大家都往前看，前方果然出现了收费站的轮廓。

"哎？"

"对吧。"李智十分得意，低下头回到游戏中。

青原放慢了车速，缓缓滑向收费口。

杆子立着，收费窗口里也没有工作人员。

青原愣了一下，车子就以步行的速度通过了收费口。

"哈哈，赚了赚了！"

"怎么没人？"

"肯定是因为大雾免费放行了！"

青原默默接受了这个答案。

"那还挺幸运的，来回能省下不少过路费吧？"程晓也很高兴，"到了迷笛多买几张 CD 也好。"

女生说要上厕所，青原也有些累。

"那么就在这儿休息一会儿。"

青原把车停在了收费站的洗手间前面，他把空调开高了一档，雾里开车特别累，肩膀脖子都有些发酸。

"吃饭吃饭！"

两个女生都带着零食饮料，Ecke 还带了几个全森饭团，女生分吃了一个，剩下的都被男生们吃掉了。

"爽啊！"李智掏出一副扑克，"不然先在这玩一会儿？"

"不玩了，休息一下就走。"青原说，"天黑之前一定得到，明天就要演出了，今晚得去看看舞台吧。"

经过了收费站，路面上的车一下子少了起来。

三

冬至将近，三点刚过天就开始迅速变暗。

路灯还没有亮，雾气散发出奇异的深蓝色光泽，像在水中前行。

蓝色的明度不断降低，Haja 感觉自己正在潜入海底。

时间一点一滴过去，车厢内更显沉默。

"喂，李智，刚才叫你开的导航呢？"

青原几乎在发火，Haja 没见过他这个样子。

"啊，我开，我开。"李智关了游戏回到桌面。

"哎？"

"没有 4G 信号，"他做了个苦脸，"不骗你们。程晓，你是全球通吧，你开。"

"呃，我的地图也不动。"程晓点开百讯地图，里面一片空白。

"用我的吧，"Ecke 说，"我是 4G。"

程晓接过手机。

"咦？你也一样呀。"

——所有的网全断了。

大家面面相觑。

Haja 感觉一阵无力。

"雾霾闹的？"程晓说。

"怎么回事。"李智也有些烦躁，不断地开关着飞行模式。

大家一起刷网，全球通果然不负众望，时不时还能收到一些信号，但却依然无法下载地图。

天黑了。晚上七点半，Haja 的手机第一个跳起电量警告，她这才慌了神儿，充电宝也快没电了。

"解决电量，其他人都关机，我先来。"青原说，"赶紧把地图刷出来。"

此刻的雾浓得令人咋舌，车前灯像是插入棒冰中的黄色小木棍，三米之外就什么都看不清了。

如果能确定位置多少能有些帮助，要是能找到服务区就更好了。

"Haja，Ecke，你们先睡会儿，一会儿有事再叫你们。"青原说，"程晓，李智，你们轮流给我看看外面有没有路牌。"

"别看漏了！"

"好吧。"

"好的。"

"别着急，演出是在明晚，今晚通宵赶去，"青原说，"明天白天就用来睡觉，晚上直接去演出就好。"

"都怪我。"青原说,"没认清路。"

"哪有,"Haja 说,"是因为这场大雾。"

"是啊。"

"这雾太奇怪了。"

"你们这么一说,我倒想起了一个迷雾电影。"

"什么电影?"

"奥地利拍的恐怖片。"李智故弄玄虚,"几个人开车,路上起了雾。"

"车子一直往前开,就一条路,也找不到人,油也没了……"

Haja 望向驾驶室,青原的肩膀挡住了油表。

"一对情侣里的男生停车,走出去求救——"

车窗外突然传来"哎哟"的一声尖叫。

啊。

Haja 听见了那个声音,是错觉?

车内陡然一静。

然而外面再没有传来任何声音。

四

夜深了,青原保持着 40 km/h 的车速,沿着最内侧车道向前。

一度也曾与其他的车辆相遇。听声音对面车道开过 3 辆,也有一辆车以超高速从后方追过自己。

喇叭也按了,但完全无法沟通,如果是以慢速行驶的车辆,则又完全无法相遇。

青原决定无论如何也要把大家带到目的地。

在李智值班的两个小时内没有任何发现。0 点时手机震动,再次轮到程晓值班。过了一个小时，程晓突然叫了青原。

"队长。"

"嗯？"

"停车停车。"

青原轻轻把车停在了路边。

李智和两个女孩睡得正熟。

程晓示意不需要打扰他们。

"能看见吗？"

青原从后视镜里看去，路边依然是模模糊糊的一片。

"开过了，旁边有根铁柱。"

"嗯？"

"大路牌的铁柱。"程晓说，"我也是突然想到的，站在地上看不清的话，爬上去看一看就好了。"

"啊！"青原想竟然还有这个办法。

"爬树我拿手。"程晓说。

青原把车窗按下来一丁点儿，一股仿佛焚烧蛋白质的煳味儿淹没了鼻腔。

青原赶紧关上车窗。

"靠。"程晓连擤鼻涕，"这味道太恶心了。"

"说不定是化工事故。"青原说，"这雾有毒。"

"那怎么办？"

"后备厢有急救箱，里面有口罩。"青原说，"能拿到吗？"

"吉他盒子下面。"

程晓拿到了口罩，一共四只。

"9332，不错的。"青原仔细看了型号。

"会戴吗？"

程晓戴上口罩，青原帮他压紧了鼻翼上的金属条儿。

"我一个人去就行。"

"不。"青原也戴上了口罩，他从左手边的抽屉里翻出一根甩棍，"咱们一起。"

虽然平日程晓和青原都与活跃的李智更热络，但此刻在这深夜的高速路中央，两人却感受到一种特别的信赖。

"咱们走！"

侧身滑出车外，青原迅速关上车门。

在车外走了一步，雾立即从所有的角度裹住两人。

走了不到五米眼睛就感觉刺痛，幸好还有口罩，呼吸倒还顺畅。

程晓时不时回过头去看车，感觉他害怕车子会凭空消失一样。

最后一次程晓回过头去看车的时候，青原也忍不住回头，那点黯淡的黄光在迷雾中已经变得十分隐约，几乎看不见了。

铁柱比想象中的远，大约五十米开外，但青原感觉他们已经绕着操场走了一圈。

从近处看铁柱非常陈旧，斑驳的金属面十分破败，像是在这雾中一夜锈损的。

青原扶着铁柱蹲下："来吧。"

程晓把口罩摘到脖子上，将黑色小手电横着咬在口中，毫不犹豫地踩上青原的肩膀。

程晓抓到了蹬脚，噌噌噌往上爬。

青原退到路边，打开甩棍。

甩棍打开的瞬间发出"啪——"的一声，这轻快的声音击穿了浓雾。

声音击穿浓雾的瞬间，某处传回了不详的反馈。

青原确信有什么东西正在雾中看着自己。

青原凭空挥舞短棍,短棍发出"嗖嗖"的破空声。

雾中的什么正在靠近。

青原拼命挥舞短棍。

还没回来吗!

"哇啊!"

程晓从天而降,一屁股坐在地上。

"怎么样?"

"快走。"程晓蹿起来拔腿就跑。

"不是这里,"青原死死拉着程晓,"这边。"

两人跌跌撞撞往前,车却一直不出现,就在青原以为自己跑错方向时,橙色的车灯才从雾里印了出来。

青原终于想起了这件事。

"上面怎样?"

"牌子怎样?"

程晓抬起头,直直地盯着青原的眼睛。

"见鬼了。"程晓说。

"牌子上没有字。"

五

DAY 2

天亮时,青原把车停在路边,换程晓继续开。

牌子的事两人埋在了心里。

中午时青原醒了。大家准备开饭,昨晚谁都没心思吃东西,现在到底发饿。

剩余物品：三瓶 550 毫升矿泉水，一瓶 POCARI，两瓶养乐多，吃的有一个可颂，一包格力高玩具饼干，一包核桃仁。

手机已经用到了第四只，依然没网，信号也只有一格。

Ecke 像是要哭。

最后一只手机只剩百分之五的电量时，却奇迹般地出现了两格信号。

"打 110 吧。"

"没用没用。"

"嗯？"

"打了又怎么说？我们也不知道自己在哪儿。"

"这么大范围的雾霾，肯定出了大事儿，110 早就忙不过来了，还来管我们几个普通人？"

"哈哈哈，"李智大笑，"这是让我们自生自灭的套路。"

"那你说打给谁好？"Ecke 带着哭腔。

"打回家。"

就在大家商量时，手机自动更新了两个不知什么时候下载好的软件，百分之五的电量在一瞬间里消耗得无影无踪。

众人目瞪口呆。

Ecke 开始啜泣。

"就这样往前开吧，"Haja 说，"就算是核电站爆炸，再开三百公里也肯定能开出去。"

青原默默发动汽车。

雾的浓度有增无减，开在紧急停车带看不到中央隔离带，也看不到路基下面。

下午三点，一辆白色面包车缓缓经过，车后方贴着一个巨大的红色十字。

青原赶紧按了几下喇叭,面包车听见了,放慢了车速。

"这回有救了!"

青原猛按喇叭,两辆车一起停在了路边。

"你们几个人?"

"五个。"

"我可帮不上什么忙,不过前面不远有个救援站。"年轻男人从红十字车上下来,戴着防毒面具看不见表情,"再开一小时就到了。"

"您有联络工具吗?"Haja 问。

"迷雾浓度高的地方手机打不通,"红十字说,"你们可以到浓度低的地方再试试。"

"我们的手机都没电了。"Ecke 有些着急。

"那——"红十字说,"我可以用车里的蓄电池给你们充。"

"太好了。"

"我只能停十分钟,把你们的手机全充上吧,每个手机一些电,安全。"

大家把手机全交给红十字。

"就充十分钟。"

红十字抱着手机弯腰走进车内。

车门几乎还没关上,面包车就启动了,只是一瞬间就滑向了内侧车道,以不可思议的高速消失在了大家面前。

大家一句话都说不出来。

没有人能理解眼前发生的事情。

六

"我有办法了。"李智突然说。

"嗯?"

"刚才那车,如果就你们两个女生,说不定连人带车全抢光了。"李智说,"谁知道那车里还有多少人。"

青原无法否认这个可能性。

"红十字为什么这么牛?"李智说,"因为他们有防毒面具。"

李智说:"这是一场毒雾,许多人还没反应过来就被毒死在车里了。"

Haja 看着送风口不说话。

"这些车里肯定还有吃的,泡面、饼干、矿泉水。"李智说,"红十字可以过来捡钱捡手机,我们捡些吃的不过分吧。"

大家沉默不语。

"我们也应该砸别人的车。"

"吃喝不愁,再抽些油,有钱也拿上。"李智越说越兴奋,"说不定咱们开出去时就是土豪了。"

"不行。"青原说。

"哪有什么不行,这都是为了活命。"李智着急了,扯住青原的胳膊。

"咚!"

前方忽然冒出一个阴影,青原来不及刹车,直直地撞了上去。

"呀——"

车里一片惊叫。

阴影从车上方滚了过去,青原好不容易刹住了车。

三个男生走出车外。

车前的保险杠上有一抹鲜血。

三人默默往回走。地上有一条刹车痕，几缕鲜血，没有看见被撞的人。再往前走一些，路边停着一辆 Mini 酷博，青原把脑门贴着玻璃，后座上安装着一只婴儿专用的座椅。

"队长，不是你的错，都怪这场大雾。"程晓说。

"确实不是你的错。"李智说，"这就是拦车的下场，拿命交了智商税。"

"刚才那速度？40？50？也来不及刹车，能见度只有这点儿。"

"不去找资源，站着等人救，就这个下场。"

青原沉默了。

雾蒙住了所有人的眼睛。

三人背着包裹回到车内。女生们都兴奋了："蛋糕？奶粉？"

李智从肩膀上取下一只蓝色香奈儿拎袋，他从里面拿出一只黑色的 Prada 的钱包，没有打开，又塞了回去。李智掏出一台 iPhone 交给 Haja。

"还有十三的电量，你们试试密码吧。"

青原打开另一个袋子，Haja 顿时屏住了呼吸。

熟睡的婴儿的五官十分精巧。

"这可是咱们的食物储备，哈哈哈，开玩笑的。"李智说。

七

婴儿的到来让大家感觉十分安慰。

当天晚上青原没有把车停在路边让大家休息。

既然他们可以"物资回收"，一定也有其他车在做相同的事。

哪怕只是被砸破玻璃也意味着末日降临。

上午大家在路边找到了三辆车，但玻璃都是破的，明显已经被"采集"过了。

直到下午两点一共有五辆车经过，都在内道开得飞快，有两辆肯定听见了喇叭，但完全不予理睬。

有一辆回按了三声喇叭，就飞一样的开了过去。

真幽默，Haja 想。

iPhone 的密码还没打开，信号也一点儿没有，但 Haja 偷偷用相机拍下了婴儿的笑脸。

夜间由青原和程晓轮流开车，李智也让两人教他开车可以换班，但青原总是不放心把大家的性命交给他。

四天之后，资源采集变得越来越困难了。

第五天的早上，李智指挥大家推车，五个人一齐动手，把一辆被丢弃在紧急停车道上的雪佛莱缓缓推到最内侧的高速车道上。

青原起初怎么也不愿意执行这个计划。

"不这样搞，小宝贝第一个饿死。"李智说。

等待收获的时间里，Haja 心想这只是一个噩梦。

过了一个小时，一辆奔驰从正面撞上了横在路中央的雪佛莱，发出了天崩地裂的巨响。

"Let's go!"

李智像拍西部片似的兴奋地大叫。

这一次大家采集到了足够三天的食物和水，于是李智也就放弃了下午再来一次的念头。

"危险呐！"他笑着狂抓自己被烧焦了一小片的头发。

第五天也过去了。

Ecke 说要换衣服，男生们来到车外。

这一天在持续的驾驶中度过，避让废弃物，收集资源，寻找路标，青原已经不再从仪表盘上计算自己的公里数了。

Haja 看着窗外，她已经完全熟悉生活在这样铅灰色的迷雾中了。

Haja 感觉口渴，但她配额的水已经喝光了。

"喂，想喝水吗？"李智问 Haja，车里此刻只有他们两个人。

Haja 点点头。

"过来坐我腿上就给你喝。"

Haja 拿起了水壶。

"饿了吧？"

李智拿出了一根烤肉。

Haja 看见了末端细小的手指。

啊——Haja 浑身湿透地从梦中醒来，好渴，她抽出一瓶矿泉水咕嘟咕嘟地喝个不停，水现在还没有配给。

车静止着，天是黑的。并不知道确切几点，可能只是新闻联播时间，但 Haja 感觉已经到了后半夜，启明星升起的时间。

Ecke 抱着婴儿靠在另一侧，车内空空的。

Haja 扭过头，看见两个人影靠在后备厢上。

——青原仰着脖子，眺望并不存在的夜空。

等他回过神时，程晓也来到了身边。

"什么时候能开出去呢？"程晓说。

"明天？"

"哈哈，老大。"程晓说，"你够幽默。"

"喂，想看月亮吗？"程晓神秘兮兮地说。

"啊？"青原转过头去。

程晓给青原看了自己带有月相功能的手表。

"今天的月亮是这样的。"

像指甲盖上那片小白点一样的月亮跳进青原眼底。

"老大,我有时候会想,"程晓停顿了一下,"我们如果在开一条环路怎么办?"

程晓的话在青原的心中产生了深深的共鸣,但他却什么也没有说。

"这条环路只进不出,有几个口子,车子就这样一批一批被引了进来。"

"什么车都有,警车、校车、运钞车、救护车、消防车、混凝土搅拌车、挖掘车、垃圾车、婚礼车、旅游车、工程车、连运猪的车都有。"

程晓说出了自己的梦。

"我梦见我在这片雾里变老了,一个人开着这辆车,继续收集,提心吊胆,苟且偷生。"

"我们,还出得去吗?"

青原按住了程晓的肩膀。

"今晚的雾不浓,"青原说,"想弹弹吉他。"

"哎?"程晓的眼睛一亮。

两人悄悄打开后备厢拿出了吉他。

每一次 C 和弦的根音响起,Haja 都感觉到心底涌出一丝勇气。

勇气果然不是利剑与火焰,而是音乐和水流这样的东西。

没有人应该苟且偷生。

青原昨天从后备厢里找到了一个中学时的玩具,应该是哪次郊游无意中落在那儿的。此刻突然萌生了一个奇妙的想法,虽然或许会害死大家,但也可能——

"喂,程晓。"青原决定说出来。

"啊啊啊，你们在干什么呐，吵死了，吵死了。"李智跳了出来，"怎么还不睡？"

"你怎么也跑出来了？"

"我撒尿。"

"好冷啊，好冷啊！"李智夸张地撒完尿，三人一起回到车里。

八

食物和水以预料之外几倍的速度消耗，青原给婴儿冲奶粉时，才发现只剩下袋底浅浅的一层了。

青原无法指责任何人偷吃。

李智说那么再推一次车。

"最后一次，"青原说，"之后我有话要和大家说。"

这次推的是一辆奥迪。

前后左右的玻璃都被砸烂了，后座上有两件被扯碎了的女式连体泳衣。

青原推车时不小心割破了手指。

最后一次，他心想。

这次真有效率，几乎就在布置到位的同时，一辆红色的宝马小轿车一头撞进奥迪，接着又斜着撞上了护栏，打了个卷儿不动了。

"发啦发啦！"李智叫女生，"拿两个袋子给我。"

程晓第一个来到宝马车旁，但拉了两下门却打不开，"啪"，拉第三下时门开了。

青原顶了上来，把他一下子推到了旁边。

车里冲出一个西装男和青原一起滚倒在地。

"噢——"青原痛苦地大吼。

程晓愣了,李智用一块大石头砸在西装男的后脑勺上,他抽搐了几下就不动了。

——青原脸色煞白、肚子上突着一根刀柄,血"咕咕"的冒了出来。

"坚持住,我去叫人。"李智大叫着跑了。

程晓跪在旁边。

"程——晓——"

"坚持住,Haja 她们有办法。"程晓痛恨自己。

青原艰难地把手伸向胸口。

"程、晓。"

"哎。"程晓泪流满面。

"我们都忘了一件、事儿。"

程晓以为青原要说什么"道德与信仰"。

"——平坦也好,崎岖也好,只要有地面,都可以成为道路。"

"啊!"程晓呆住了,脑中某个桎梏碎裂脱落。

是的。

"世上本没有……"青原看着他的眼睛点头。

"我们——不需要,开在任何人,为我们,设定好的道路上。"

程晓拼命地点头。

青原向前伸出拳头。

程晓握住了他的手,一颗纽扣似的东西落进自己的手心。

青原咧开嘴角。

"音乐,我们是,自由的——"

"都,交给你了。"

"选,一个方向。"

"开出去。"

青原的声音低了下去。

"Let's——"

他做了一个手势,微笑就凝固了。

程晓低头看着手心,模糊的视线中央。

指南针红蓝色的箭头不住颤动。

九

"大家,准备好了吗!"响亮的声音让所有人心头一震。

"我,我,觉得还是别乱来。"李智急得脸都白了。

"那你下车?"

——这是大家投票决定的结果。

李智不说话。

"三,二,一!"

程晓用力踩下油门。

"嗷!"发动机发出怒吼。

程晓紧紧握着方向盘。

10米,5米,0米。

"砰!"

越野车撞断护栏飞出公路的瞬间,Haja仿佛猛地看见青原跃上舞台。

"ROCK!"

◆ 鱼人绝唱

sleeper

【安翔】

晚饭过后,我在厨房水池边洗碗,母亲和邻居在客厅闲聊。

除了每天一成不变地相互抱怨自己丈夫孩子怎样不争气,相互炫耀自己昨天买了一件怎样好看的裙子,相互嚼别的家庭的舌根之外,今天还多了一篇意外报道。

"听说了吗?昨天老李家的曾孙死了!"邻居紧张地低声说,像是在透露一个不能言传的秘密。

"老李?就是参加过那次战争的、还带过一个团的老李?"母亲马上非常配合地把声音压低。因为在这个镇上有个不成文的规矩,那就是对十几年前的"那次战争"绝对缄口,仿佛那是一个莫大的禁忌。

"对啊!说是去鱼歌湖里游泳却……死状可惨了!身体四肢都被撕开,把湖水都染红了一大片呢!肯定又是水怪……"讲述被突如其来的声响打断。

"砰——!"光滑的盘子从手中跳脱,一头栽到了地上。我一动不动地僵住。

"你你怎么这么笨手笨脚的啊!连个碗都洗不好,你说我要你还有什么用!"母亲暴戾尖锐的声音从客厅传来,不留一点余地,"别以为你瞎了就能白吃白喝我的,就算你瘫在床上也得给我干活!还不快把地上的东西收拾了!"

我沉默着咬咬嘴唇,蹲下身摸索着捡起地上的残片碎屑,收到兜起来的围裙里。

一股钻心的疼痛从指间传来,是盘子的碎片划伤了手指。我甚至能感到血液从指肚淌出,但我只能忍痛把狼藉的地面收拾干净。然后我拿起探路用的手杖出了家门,朝鱼歌湖的方向快步走去。

我是个盲人。养父在很多年前就去世了,家里只剩下我和我的养母。其实也不能算是养母,因为从来都是爷爷在抚养我,然而爷爷两年前也在他的实验室里自杀了。这对我打击很大,虽然我的眼睛是因为爷爷研究用的药品才失明的,但是我一点都不恨他。

十岁那年,我误闯了爷爷的实验室,踮起脚好奇地东摸摸西看看,不小心打翻了爷爷正在研究的药物,让我的世界永远失去了光芒和色彩。两年前爷爷莫名其妙地在实验室里自杀了,从此苛责的养母变本加厉,对我非打即骂。

但我这样的身体能怎么样,只能把所有委屈痛苦统统吞下,只能这样日复一日年复一年地过着这谨小慎微的日子。

我又想起邻居说的恐怖事件,加快脚步急切地向鱼歌湖走去。

【深蓝】

"深蓝,深蓝。"有个熟悉声音在叫我。

我扭动肢体,从湖底迅速向上游去。

"安翔!"我浮出水面,高兴地喊她。

"深蓝，你没事吧？听邻居说湖里昨天……"她担心地问，眼睛虽然看不到，美丽却不逊色分毫。

"我没事。倒是你，怎么身上有血腥味？"我皱紧眉头反问她，"她又打你了？"

"没有。是我不小心把手指割破了。"她伸出已经红肿的食指。

我心疼地用手轻轻握住她的手腕，然后把舌头缠绕在她的手指上。

她痒得咯咯笑，问："这是什么呀？暖暖的，滑滑的。"

我没办法说话，也只跟着她笑。五分钟后，当我感到她的伤口渐渐愈合后松开了舌头。

"好了。"我的唾液有治愈能力，对恢复外伤很有帮助。

安翔摸着自己的手指惊讶地说："你总是这么神奇！"

我看着安翔成熟恬静的脸，像极了一个人。转眼她已经长大了，记得她第一次闯入我孤寂的世界时还是个只会哭鼻子的小鬼呢。

那晚我在湖里觅食，忽然听到岸边有断断续续的抽泣声，我好奇地探出头来，本以为一定会吓坏她，谁想她呆呆地注视着我半天后居然破涕为笑。

"你是鱼吗？"她听到水的响动，眼珠转向其他方向，空洞无神。

我看着她似曾相识的脸，笑着耐心说："我不是鱼。我是鱼人喔，比鱼强大很多呢。"

我让她摸我滑溜溜的手臂，驮着她在湖里游来游去。她银铃般的笑声洒落满湖，她说自从眼睛失明了就再也没"跑"过这么快了，愉悦兴奋的声音夹杂在潮湿的风中，看着她波光粼粼的眼睛，我就有如神助般充满力量。

我是鱼人。不是水怪，不是鱼，也不是人类。体型比人类大，力量也是人类的数倍。肌肤雪白，银色长发，有尾鳍，无鳞片，会分泌黏液，所以身体像泥鳅一样滑。两肋长有腮，可以在水里呼吸。有着男子的五官，但相貌丑陋，牙齿尖锐，眼睛凸出，瞳孔细长，耳朵有小部分是白翼。

我歌声绝美，常常在湖底歌唱，用它吸引猎物以填饱肚子。我不知道我的年龄，因为从我知道外面有人居住的时候，周边的人们就已经把这个湖命名为"鱼歌湖"了。

【安翔】

伤口真的愈合了，我抚摸着指肚又惊又喜："你总是这么神奇！"

"今天有好东西给你喔。"深蓝故作神秘地说，然后把一个类似于蚌壳的容器捧到我的手里，"你尝尝看，很好吃的。"

我小心地吸食着容器里的东西，真是美味极了！我从来没有吃过这么好吃的食物！

是如同豆腐脑般的吃食，嫩而不松，清而不淡，凉而不盈，有甜味而不腻，有肉味而不腥。

正当我想问他这是什么东西时，却听见有沙沙的脚步声临近，然后深蓝"嘘"的一声告别后，就只剩下水波涌动的声音。

我听到响动急急站起身来，准备返身回家。

"那是什么？"一个扭曲的声音响起，母亲终于还是看到了鱼人深蓝。

我不理会她继续走。"我问你那是什么东西！"她狠狠捏住我的肩膀，像是疯了般地推搡着我。探路手杖被甩开，她拖着我回了家。

"你不要命了！你知道他是什么东西吗？你知道他刚才给你吃的是什么东西吗？你知道如果邻居们看到你和水怪有联系会怎么看你吗？"她气势汹汹地质问我。

"他不是水怪!"我坚定地辩驳。

她被我的反抗愣住了声,等她反应过来后更加暴戾地教训了我一顿,然后抛下狠话:"你要是再和那种奇怪的生物接触就滚出这个家!"

我坐在床角,抱着双臂,想着爷爷和深蓝,哭了一整夜。

然而第二天一大早,养母兴高采烈地告诉我说有一个歌剧团想让我去当演员。

歌剧演员?!我震惊得瞠目结舌。我从小就梦想做一名歌剧演员,舞台、灯光、目光和掌声,我都那么向往。可开心过后,我开始跌入了忧虑。虽然我常常听深蓝唱歌,也学了一副好歌喉。但是,我的眼睛……

她似乎看出了我的担忧,忙说:"没事的!剧团说他们会到大城市演出,会治好你的眼睛的!"

我犹豫着,加入剧团就意味着要离开这里了。但治好眼睛这个条件实在像条锁链,把我捆得喘不过气。我终于还是答应了。

离开的前夜,我再次悄悄地来到了鱼歌湖边。

我开心地告诉深蓝,我要跟着歌剧团走了,去演出,去治好我的眼睛。

深蓝沉默着没有说话,我知道他现在很悲伤,所以我尽量笑得没有半分闲愁。

我把我一直随身戴着的手镯褪下,摸索着塞到深蓝湿湿的手心里,"这个手镯是小时候爷爷送给我护身用的,我一直戴着,现在我把它送给你,等我回来的时候就可以用它来认出你了!"

湿润的水汽盈盈地扑面,水中有噜噜的响声,是深蓝呼吸的声音。

"不要这样嘛,深蓝。我治好眼睛就会回来看你的。而且我终于可以追逐我的梦想了,你应该为我高兴不是吗?因为除了你没有人真正了解我啊。"我越说越小声,越说越变调。最后只觉得眼眶再也承载不住温热的涌动，而后跌跌撞撞地跑掉了。

【深蓝】

安翔临走时送给我一只银色的手镯，可是它实在太小了，小到我只能用细绳绑在脖子上。

而那晚我之所以一句话都没有说是因为，她看不见，在对面丛生的灌木里，她的养母一直在偷看，并且笑容诡异。

看着她丑恶的脸，我不禁又想起了以前不愿提及的遭遇，目光恶毒得恨不得把她绞成碎片，心里被一个信念满满充斥着，那就是——复仇！

"昨天王队家儿子出事儿啦！听说只有身子浮在湖面上，脑袋都没了！"一个声音小心翼翼地说。

"太可怕了！看来鱼歌湖里有水怪是真事儿啊！以后千万不能去游泳了！"另一个声音同样小心翼翼。

我舔舐着锐利坚硬的指甲，笑得无关痛痒。安翔走后，我日夜洇潜在镇子附近的水域，静听过往的人口中的消息。

不久便得知最近有一个叫安翔的女歌剧演员迅速蹿红。她的歌声时而甜美时而空灵，演技时而腼腆时而娴熟，面容纯美，尤其是那双清澈有神的眼睛，像是在对观众潺潺地诉说着什么，爱怜得让人无法移开视线。

我就在这碧绿的湖水中延续着自己漫长的思念，终于有一天，安翔回来了。

她比走前成熟了许多，但脸上的稚气和笑容依然如故，原本空洞无神的眼睛变得盈盈灵动。身后自然跟着许多追随者，但是其中最特别的一位，要算一个叫惜旧的盲人少年了。

安翔对惜旧照顾有加，因为自己曾经体验过失明的痛楚，了解世界没有一丝光芒和色彩的绝望。而且惜旧是剧团里唯一的盲人。

这些是安翔回来的第二天晚上告诉我的。那晚她在湖边"深蓝深蓝"的小声喊了很久，却迟迟不见我的踪迹，便一个人自言自语。

"深蓝，我知道你在水里，我知道你在担心什么。我不在乎的深蓝，我相信我，更相信你。"她跟我说了很多话，说遇到好心的角膜捐献者得以重见光明，说在舞台上的兴奋和激动，说养母对她不再横眉冷眼，说在爷爷的实验室里看到了奇怪的东西。

我握住戴在胸口越发银亮的手镯，不舍地看着安翔的背影慢慢远去。

【安翔】

一大清早就听到外面人声嘈杂，我走出家门，看到人们里三层外三层地围成一圈。

穿过层层的人群，我终于看到了里面的景象，然而如果可以的话，我宁愿一辈子都不要看到，不要看到这让我的身体意志犹如撕裂般离析的景象。

地上仰面躺着一个奇怪的生物。他身形硕大，有鳍有尾，面目丑陋，眼睛圆睁着。原本白皙的肤色变得青紫，一动不动地躺在岸边。可以断定他已经死了。

我摇摇头，想把脑袋里的混乱和不祥的预感统统轰走。可是下一刻，我的目光定格在他胸膛前，定格在我至死都不会认错的东西上，是手镯。

它在深蓝的胸口散发着微弱的银光，在柔柔的阳光下安静地跳跃着。

呆立了很久后，我挪动铅注的双腿，伏在深蓝已干涸腐朽的胸口上，开始放声大哭。

深蓝，你是在怪我吗？怪我只为了梦想而摒弃你。如果是这样的话，我承认是我的错。

因为就算再大再疯狂的梦想，没有了你，还有什么用呢？

自那以后，惜旧日日陪在我身边。养母似乎很是喜欢他，对他温柔地笑，看他的眼中充满了我所不熟悉的慈爱。那眼神提醒我她终究是一个母亲，自从十几年前她的孩子丢了之后她就再也没有这般笑过了。

惜旧陪我说话，给我唱歌。虽然他唱得的确很好，但他每唱一句我的疼就多一分，因为歌声总让我想起深蓝，那世界上独一无二的美妙音律。

惜旧比我年幼两岁，在我跟着剧团四处奔波后的第二年也加入了进来。那时，我用刚刚恢复视力的眼睛心疼地看着这个站在众人面前的盲人少年，看着他单薄的身体、无神的眼睛、苍白的笑容，还不能完全适应光线的眼睛就像是被阳光刺痛般流下泪来。

"姐姐，我们去散步吧。"惜旧清脆的声音打断了我的思绪，我抬起头看到他无邪的笑。

月亮在黑夜画布上朦朦胧胧地悬着，潮湿温热的风裹挟着每一寸肌肤，寂静昏暗的街上没有一个人。随着水汽越来越重，才发现我竟然被什么都看不到的惜旧不由自主地带到了鱼歌湖边。

就在我想询问他怎么会知道鱼歌湖的所在时，却隐隐听到一个微弱的声音，是歌声。

然而在我还没有确定这歌声的来源前，惜旧放开了扶着我胳膊的手，果决地跳入了湖里。

我脑袋空白地怔在原地，忘记了时间。当我渐渐恢复知觉和意识时，湖水已经呈现出了淡淡的红色。下一秒，一个全身雪白的生物拖着什么东西跳出了水面，而它嘴里，是惜旧修长的脖子。

【深蓝】

那晚我在湖底小声歌唱,想着吸引一个肥嫩的猎物来饱餐一顿。果然,没一会儿一个身影就钻入了水中。我摆动尾巴,朝着食物迅速游去。

然而当看清他的脸后,惊讶之余,我更加坚决地用锋利的牙齿狠狠咬住了他的脖子。

一定是他的家人!那张脸,我绝对不会认错!我愤怒地咬得牙齿吱吱作响。

由于速度太快,我惯性地飞出了水面。那一瞬间,她跌坐在岸边看着面露凶光牙齿尖长的我。虽然只有几秒之余,我却觉得身体就像被钉在空气中般动也不能动,漫长无期。

可是我真的不知道,安翔就在岸边,我更不知道,嘴里的食饵,竟是安翔口中的惜旧。

为了让刚刚回来的安翔死心,我借用一个高大男子的身体金蝉脱壳,把心爱的手镯挂在了他的脖子上,逼迫自己看着安翔哭得悲恸却无动于衷。

当我落入水中后,眼睁睁地看着安翔眼中的惊吓,慢慢转变成恐惧,最后浮现出了无法掩盖的失望和愤怒。我才知道,我错了,我彻底的错了。

在无数个黑不见指的夜晚,安翔踟蹰而行,冒着危险和指责来确认我的安全。

她从来没有怀疑过我就是人们所传言的水怪。脑海里她总是神色慌张而担忧地探头小声喊着一个名字,她那么信任和依赖的名字。

可是安翔,请相信我也不想这样的。我也不想自己独为异类,不想只生活在黑暗冰冷的湖底，不想被人们惧怕并痛恨着。我的腮无法在陆地上呼吸，我的鱼尾无法在干爽的街道上行走，我的长相和牙齿无法出现在人们的视野里。

但是我依旧得生存下去，从我有意识的那一刻起，身体里就只剩下一个信念，那就是报仇，它支撑着我寂寞的躯壳活到了不可思议的年岁。

我悲伤地看着安翔决然的背影，松开早已奄奄一息的惜旧，载着后悔和仇恨，沉入了深深的湖底。

就是这样了吗？我胆小地问自己。

【安翔】

当我把惜旧的消息告诉母亲的时候，她哭得歇斯底里。

她说安翔，惜旧是你的弟弟啊，他是你的亲弟弟啊。

我的脑袋刹那间炸开了锅。只听得见她喃喃地自言自语："作孽啊作孽。"

我说怎么可能，我有弟弟吗？我不是被抱养的吗？

"你不是抱养的，你是我们的亲生孩子，你弟弟惜旧也是。"她哽咽地说，"你爸爸临走时，你还小，只有四岁半，而惜旧也才两岁。爷爷带着我们搬到临镇，叮嘱说为了你们的安全，一定不能让别人知道你们是我们的孩子，所以我对外说惜旧被拐走，其实他从小就被远亲抱走抚养，而你只得说是抱养的女儿。"

我听得动弹不得，强撑着意志接受事实。

她哭得不能自抑，只能勉强辨别她嘴里的字句。"我知道事情的严重性，所以我对你苛责严厉，不让外人看出分毫。可是，他还是认出了你，认出了我们。因为你和她实在太像了，太像了，你和你的奶奶长得太像了,所以我知道他一定不会伤害你的。"

"他……是谁?"我全身僵硬地问。

"就是鱼歌湖里的水怪!"她说话的声音瞬间变得愤怒,可义愤填膺的表情却随后坍塌下来,"我们是自作自受。是我们欠他的,我们欠他的。"

"可是他如果要报复的话就冲我们大人来啊,为什么要伤害我无辜的孩子。惜旧……"她又嘤嘤地哭了起来,欲断魂肠,"从你们回来,不,打从我看到你们的第一眼,当我看见你的眼睛治好了而惜旧的眼睛却瞎了的时候,我就知道他就是那个角膜捐献者。这个傻孩子,为了姐姐居然什么都做。"

我怔怔地听着母亲的话,怔怔地滚下泪来,恍然大悟却已为时过晚。惜旧,惜旧。我早该知道的,在我恢复视力后却出现了一个失明少年,对我那般体贴入微,总是喜欢"姐姐姐姐"的喊我的惜旧。

为什么我还未发现就已经失去?为什么深蓝要这样对我的家人,要剥离我的所有?他到底和我们家有什么深仇大恨?他究竟是什么生物?

就在愤怒哀恸将要冲断理智的时候,我想起了爷爷实验室里那样奇怪的东西。

"我们和他有什么仇?我们欠他什么?"我尽量平复情绪问。

母亲的脸瞬间变得惨白,像是想起什么似的,手臂紧紧抱住耳朵连连摇头。

我丢下陷入回忆的母亲,冲进阁楼上爷爷的实验室,从古旧却干净的书架上取下一个满是灰尘的方形铁盒。前些日子我就觉得这件东西很是蹊跷,母亲每天都把实验室里上上下下、死角缝隙打扫得一尘不染,却只有这个盒子布满灰尘,像是母亲从来不愿触及也不愿承认它的存在。

我摆弄着没有任何锁和开关的铁盒,怎么也打不开。忽然,盒子底部一个圆圈形状的凹槽引起了我的注意。我看了看手腕上的镯子，抱着试一试的心态把它脱下来嵌到了凹槽处。

完全吻合！盒子打开了。

里面没有什么奇怪的东西。只有一张泛黄的相片和一份薄薄的实验报告。

我捏着那张相片，不能自抑地颤抖起来。

是我和一个男人的合影，两人站在树荫下，笑容甜蜜。仔细一看，虽然相片上的女人看起来和我很像，但还是有细节不同，她比我成熟，脸上还有一颗泪痣。

而旁边那个搂着她姿势亲密的男人的脸，赫然就是刚才杀害惜旧的水怪。

还未等我去找母亲问清楚真相，母亲的声音已然在身后幽幽地响起："她就是你的奶奶。"

【深蓝】

自从那晚之后，我再没看到过安翔，我难过地想，我可能这辈子都会背上这深深的罪恶感了，它会在我心里遮天蔽日一辈子。

我希望事情到此终结，然而事与愿违，就在我埋下双眼，准备日夜长眠的时候，我听到哀乐难辨的歌声由远及近，夹杂着咕噜噜的水声，慢慢微弱下来。

我惊觉地睁开眼向上方游去，却再也来不及。

她费力地抱住我的手臂，却还在窒息地笑，嘴固执地张了又合合了又张，那口形像是在说："对不起，对不起。"

我用光滑的胳膊抱紧她，流下一滴失去温度的眼泪。

水毫不留情地灌进她的口中,我慌乱地嘶吼着"别说话,闭嘴",然而不能阻止她丝毫。她的身体渐渐变凉,连呼出的气泡都越来越少,我用生平最快的速度向湖面游去,可是湖水太深了,太深了,湖面的光像是永远都抵达不了的黑洞。

我叫深蓝,是一名新入伍的士兵。

那年,我和战友们被遣往一个小镇待命,那里风景如画,依山傍水。特别是那一汪碧绿的湖水,纯净清澈,却深不见底。就像她一样。

我们借住在镇上的居民家里,而我正好被安排到她的家中。她是一个如水般温柔的女人,已为人妇,有博学的丈夫和可爱的孩子。可是我还是不可遏制地爱上了她。

她的丈夫是一名资深的科研人员,整天钻在实验室里埋头研究,所以她的大部分时间是和我在一起的。可是就在我越来越深陷于此的时候,意想不到的事情发生了。

那天我和她在湖边散步,忽然感觉后脑勺锥心般地疼,然后昏了过去。

当我醒来时,发现被绑在了手术台上,头顶悬着的无影灯异常地亮。再一转眼,看到的是我难以相信的场景——她和她的丈夫正拿着手术刀在我的身上划来划去。

她注意到已经清醒的我,摘下口罩,语气恳切,温柔依旧,"深蓝,对不起。我虽然欣赏你,但我只爱我的丈夫。他需要我的帮助,更需要你的帮助。"

我还没来得及说话,她就在我的胳臂上推入了一剂药。我又昏睡了过去。

再次醒来时,我已然被放逐在了湖里。我并不费力地游上岸,却发现空气再也无法吸入肺叶。

后来我才知道，我们那一批新兵全都成了这次研究的牺牲品，他们被改造成鱼人送往各地做生化武器，最终无人善终，只有我一个人存活了下来，可我不知道这究竟是幸运还是最大的不幸。

从我变成这副模样的那一刻起，就仇恨着参与那次战役的所有人，可是却无论如何也无法憎恨将我一手推入深渊的她。

【终】

最近镇上的人都议论纷纷，尤其是老人们，都仿佛被噩梦缠身般瑟瑟不安。因为几十年前老人们闭口不谈的那副场景好像又重演了。

一个年轻的女子笑容安详地穿越人群，跳入了深深的鱼歌湖，再也没有出来。

自那以后，湖底余音袅袅，哀转久绝。

◆ 宇宙之歌

夜　雨

一

虫洞开启时，张一伊正驾驶着"星辰"号漂浮在距开启点 1200 公里外的太空中。

1200 公里在地球上足以跨越数十个城市，但在浩瀚无际的太空，这点距离真可以用"近在咫尺"来形容。毕竟他驾驶的"星辰"号此时距地球 3300 万公里，连光都要走上两分钟。

张一伊看了看时间，虫洞应该已经开始形成了。数个无人驾驶飞船在 1200 公里外的开启点构建起捕获暗物质的力场，通过暗物质这种"奇异物质"搭建远距离空间折跃的桥梁。但透过飞船的舷窗看去，预定的虫洞开启点还毫无异状，可以清晰地看到背景中横亘天宇的银河。

"星辰号注意，星辰号注意，虫洞已经开始形成，请调试好扫描设备。"

"星辰号明白！完毕！"张一伊又检查了一遍，确认仪器运行无误后，便再次透过舷窗盯着预定的开启点。

远处的星海突然出现了一个不断扩大的黑点，就好似白纸滴上了一滴墨迹。同时飞船的预警系统显示，空间出现了轻微的扭曲，这种扭曲导致飞船以一个极其微小的速度向着虫洞开启点移动。张一伊知道这是因为空间中的暗物质在短时间内被"抽空"导致的，就好比在地球上拔掉装满水的浴缸底塞造成的效果。他手动调整了一下飞船，使其重新悬浮在太空中。此时远处的"墨迹"逐渐增大，从最开始的一个小黑点变成了硬币大小。事实上，虫洞本身直径只有不到两公里，但其中蕴含的暗物质产生的遮光效应使它在 1200 公里之外也清晰可见。

虫洞开启用时很短，但想要维持时空连接的稳定还需要注入更多的暗物质。无人飞船还在工作着，张一伊则收回目光，开始将收集到的第一批数据传回地球。

"南老，第一批数据已经传回来了，您要不要来看看？"地球的指挥中心里，助手小刘一边麻利地将张一伊传回的数据保存，一边转头问身边的老者。

老者看了一眼在飞船中忙碌的张一伊（当然这是几分钟前的画面），然后问小刘："这么快就将数据都传回来了？这次很顺利啊！"

"是啊南老，我刚刚简单扫了一眼，好像和我们之前实验的数据偏差不大，看来这次真的很有希望！"说着小刘向旁边走了两步，给南怀东让出位置。

"我来看看！"南怀东推了推眼镜开始查看张一伊传回的数据。过了半响，他抬起头舒了口气："数据看起来没问题，不出意外的话，这次应该是成了！"

"真的吗？"小刘的声音陡然提高了好几度，引得旁边的工作人员频频注目。见惊到了旁人，他缩了缩脖子，又低声道："南老，看来这次超大虫洞实验成功，还多亏了那个信号啊！"

南怀东点了点头，眯起了眼睛，他又回忆起了半年前在天文台中第一次听到那个信号的下午。

二

由于城市的光污染日趋严重，南京紫金山天文台已经很久不执行观测任务了。但在国家启动"天琴"引力波探测计划后，紫金山天文台开始负责引力波数据的接收处理。作为国内研究引力波的专家，南怀东也在此上班。这天下午，他正在整理最近几个月的观测成果。突然，研究员小刘兴奋地跑来告诉他，有"值得震惊的新发现"，并递上了最新的观测报告。

南怀东接过报告，看着兴奋到满面通红的小刘，心道年轻人果然有活力。他一边笑着招手让小刘坐下，一边翻开报告。

拿到观测报告的第一眼，南怀东心中一愣。报告上的曲线与之前的黑洞曲线，中子星曲线等均不相同，这条曲线的起伏让南怀东有一种赏心悦目的感觉。他的视线一转，只见一个红色的"AAA"用加粗字体标明在报告首页的左下角。见到这个"AAA标志"，南怀东不禁眯起了眼睛。在"天琴计划"中，异想天开的天文学家们也曾梦想过太空引力波天文台能让人类聆听到外星文明的呢喃。因此，包括南怀东在内的一批学者煞有介事地编制了一套"信号智能分级系统"。在这套分级系统中，D级表示该信号100%是非智能的。从A级开始，就表示该信号可能经过了智能处理。而"AAA"级在他们编写的分级系统中，表明该信号100%是由人类或与人类类似的智能生命体发送的信号，并且这种信号一般来讲都是可译解的。但从"天琴"开始传输引力波数据至今，四十年过去了，连第二代"天琴"都已经在轨运行了十多年，可每次报告纸左下角那个冰冷、黑色的"D"却从来没变过。南怀东推了推眼镜，又重新仔细打量着这张薄薄的报告纸，确认左下角确实是标红的"AAA"，他拿着报告的左手不禁微微颤抖了起来。

"南老……南老?"小刘打破了南怀东的沉思。南怀东抬起头,小刘不知何时已经来到了他的身后,正伸着脖子看着这张报告。

见南怀东抬头,小刘又瞟了一眼报告,问道:"南老,您说这次的信号……有没有可能是外星人发来的?"

南怀东没有回答,他再次将目光转到报告上。自从"天琴"开始聆听宇宙,南怀东无数次地设想有一天人类听到了地球外文明的呼唤。为此他还颇有童心地虚构了好几个听到信号后自己的反应。可现在当梦中的场景真的出现在眼前时,南怀东反而大脑一片空白,做不出任何反应。

过了好一会,南怀东略微平复了自己激动的心情,看了看旁边生怕打扰到自己沉思的小刘,吩咐道:"小刘,我说几个事儿,你记一下!"

"好!"小刘掏出手机道,"南老您说!"

南怀东站起身走到窗边,"第一,再次检查这个信号的真伪,最好和美国的LIGO联系一下,问问他们有没有收到这个信号;第二,如果有条件的话,定位一下这个信号的大概发射地点;第三……"南怀东吸了一口气,"这件事暂时严格保密,你通知一下目前接触到这个信号的同事,让他们一会来我办公室开会!"

"好!我这就去传达!"小刘答应一声,小跑着离开了办公室。

这是发现新大陆的曙光?还是美丽而残酷的玩笑?南怀东望着窗外的紫金山,突然有些患得患失起来。

三

入夜,黑暗驱走了白日的喧嚣。整个钟山一片寂静,只能听到此起彼伏的虫鸣声。南怀东喝了口茶,继续在电脑上整理今天下午的观测报告。

通过与LIGO的联合观测，已经确定信号的发射点位于3.5万光年外的星际空间。该发射点位于银河系星系盘外，俯视着整个银河。现在中美双方都已成立了临时攻坚小组来译解信号。大家心里都清楚，这种可能发现外星文明的机会千载难逢，因此双方也很有默契地封锁了消息，只有两个工作组之间在频繁地交流。南怀东正在分析屏幕上的数据，门外响起了敲门声。

"进来！"南怀东摘下眼镜搓了搓脸，长时间的注意力集中让他有点疲惫。

门轻轻推开，小刘带着一名中年人走了进来。南怀东睁起眼睛一看，是攻坚小组的秦诚，信号的发射源位置就是由他率领团队首先测得的。秦诚穿着长袖衬衫，袖子高高挽起，领口的扣子解开了两颗。他快步走到办公桌旁，指着南怀东的电脑道："南老，我给您发了个消息！"

南怀东这才注意到左下角秦诚的头像已经闪了好半天了。他点开头像，有两份发来的音频文件，分别命名为"Video"和"Video Fix"。文件不大，每个只有十几KB。南怀东将文件保存到本地，然后抬头看了看秦诚，见对方用眼神示意他听听，于是点开了"Video"文件。

一段略显刺耳的声音响起，隐约可以听出这段声音是有旋律的，但经过了数万光年的奔波，即使是引力波也不免会有损耗和失真。这段原版的信息听起来就好像在用一台老旧的唱片机播放一张布满划痕的唱片，已经完全无法解读出任何信息了。

南怀东揉了揉太阳穴，似乎要将刚刚的噪音赶出大脑，紧接着又点开了"Video Fix"文件。这次的声音比之前柔和了很多，虽然不免还有一些走调，但是至少能听出来是一段旋律了。音频不长，只有16秒。待播放完毕后，南怀东回味了一下，觉得有些耳熟。

"你们听了感觉怎么样？有没有耳熟的感觉？"南怀东招呼小刘和秦诚坐下，给他们倒了两杯水，二人欠身接过。

"我听着也有点耳熟……但是一时间想不起来在哪听过了！"小刘把水放在桌上，迟疑着道。

"我没感觉到耳熟，不过挺好听的！"秦诚皱着眉头道。

南怀东一时间也沉思起来，这段旋律确实感觉到有些耳熟，但不知道是不是有些走调的缘故，他也想不起来在哪听过了。办公室内一时间静了下来，窗外的虫鸣声直透进屋中，山风吹动，响起阵阵松涛。

"南老，您看！"小刘突然来到南怀东身边，点亮了手机的全息屏幕。南怀东凝目看去，是一封 LIGO 发来的邮件。邮件称，他们好像找到了这段音频的来源，并附上了一个名字：《An der schönen blauen Donau》

"这名字是？"

"我刚查了一下，是一首奥地利的名曲，《蓝色多瑙河》。"

"《蓝色多瑙河》？"南怀东又拿过小刘的手机看了看道，"找出来听听！"这时秦诚也被吸引了过来，小刘拿回手机，在音乐播放器中调出了这首圆舞曲。

舒缓的乐曲流淌而出，三人眼前一亮，这曲子和监听到的音频很像，但音频中的乐曲更加热烈，而这段原曲的开头则比较寡淡。大家没有说话，静静地往下听。

"停！"当乐曲播放到 1 分 40 秒，南怀东突然出声，"倒回去一点点，再听一遍。"

这时小刘也听出来不对劲了，忙往回拨了十几秒，再重新播放。等放完了这一段后，南怀东在电脑上又重新播放了监听到的音频。重复几次后，三人都听出来了，这段监听到的音频和《蓝色多瑙河》1 分 30 秒—1 分 55 秒这一段几乎完全一样。唯一不同的是音频频率较快，而原曲较舒缓。这也是 16 秒的音频为何在原曲中播放了 25 秒的原因。几个人面面相觑了一会，小刘轻声道："会不会是我们先入为主了？！"

南怀东靠在椅背上想了一会，又把小刘的手机拿来听了两遍，沉吟道："应该不是。这段音频酷似《蓝色多瑙河》的信息是美国 LIGO 发给我们的，你俩刚刚也都听到了，除了频率较快外，这段音频和《蓝色多瑙河》的旋律几乎一模一样。因此我个人认为，这段音频就是《蓝色多瑙河》的选段。"

"那也不对！"秦诚双手抱胸，皱眉道，"这曲子应该是最近几百年才被创作出来的吧？"说着他看向小刘。

"嗯，19 世纪的曲子。"

"对啊！距今刚 200 年，这个信号可是从 3.5 万光年外发射过来的，这时间也对不上啊！"

"有没有可能是他们先在我们这听到了这首曲子，再通过虫洞折跃到 3.5 万光年外的？毕竟咱们的虫洞实验也很成功，距离正式商用也只是一步之遥了。"小刘提出了一种可能性。

"那他们不单要穿越空间，还要穿越时间？难道不在地球旁给我们发消息，非要跑到 3.5 万年前去？这不是闲的吗？"秦诚还是觉得不对劲。

南怀东听着他俩的猜测，心里也在不断思考着。其实不只是秦诚提出的问题，南怀东想的更远一些。从这个信号可以推断，这个可能存在的文明对人类有一定的了解，但他们既然有了解，为何不直接发送一段英语或汉语来打个招呼呢？为何非要故弄玄虚地发这么一段圆舞曲来，这又代表了什么含义？

这时小刘又提出了一个猜想："秦主任，您说有没有可能是这样，外星人其实一直在和我们联系，只是由于我们之前没有监听引力波的能力而错过了。"

"你的意思是说,他们可能在 20 世纪,甚至是 19 世纪就已经和我们联系了?"秦诚摩挲着下巴,"那也不太可能吧,光咱们天琴计划就监听了 40 多年,这不也是第一次监听到疑似智能信号啊!"

"年只是咱们地球人绕太阳的一种计时,兴许人家那边采用别的计时呢……这也说不定!"

"那按你这么说,可就没边了,咱们还是得在尊重事实的基础上合理想象啊!"

"好了好了,你们别吵。"南怀东伸手往下虚压了两下,"小秦,你能确定发射源附近没有恒星吗?"

"能,定位发射源后,我和 LIGO 那边又进行了二次观测,发射地点确实是一片没有恒星存在的星际空间。"

"如果真是这样的话……"南怀东迟疑了一下,"这个文明的发展程度可远超我们了!或许……我们可以派人去看看!对!派人去!"

秦诚和小刘一怔,他俩对视了一眼,又齐齐看向南怀东。只见年逾古稀的南怀东脸上露出了一抹激动,在灯光的照耀下,显得面色有点发红。秦诚面露难色,低声道:"南老,怎么派人啊?虫洞还只是在实验室里成功了,离正式商用还远得很,再说就算把人送去了,那人十有八九是回不来了。这种几乎等同于自杀的事情,谁愿意去啊?"

南怀东神色一滞,随即双眼微眯,一抹坚毅爬上面庞。他缓慢而坚定地道:"我们可以派志愿者去!我立刻就写申请!"

四

"南老,您看!"助手小刘打断了南怀东的沉思。他转头看去,只见大屏幕中的宇航员已经做好了准备,准备向虫洞进发了。

虽然"星辰"号采用的是全自动驾驶，但张一伊还是喜欢坐在驾驶位上。此时虫洞已经稳定，张一伊接到地球方面的指令，开始向虫洞进发。

与地球上过隧道要减速一样，虫洞之旅也是如此。本来几分钟就可抵达的旅程由于减速显得格外的漫长。张一伊双手绞在一起，安全带将他紧紧地束缚在椅背上。虽然参加这次虫洞旅行是他自愿报名，但当虫洞真的浮现在眼前时，一丝不舍还是浮上心头。在这次计划中，"星辰"号携带了引力波发射装置和微型虫洞生成器，并且还特意携带了那段"外星人"发给人类的 16 秒音频。这样张一伊在通过虫洞后既可以用引力波和"外星人"打招呼，另一方面他也可以在折跃到 3.5 万光年后仍通过微型虫洞向地球发送消息。可尽管如此，时空的跨度却不会因此而缩短。一想到自己的余生可能靠着冬眠和合成食物永久地漂泊在银河系外的星际空间，即使有了心理准备，他依旧感觉到孤独。并且，虫洞旅行没有先例，实验室中的成功终究不能作为真正的参考，在患得患失之间，张一伊抵达了虫洞边缘。

从 75 公里外看虫洞，一切都变得纤毫毕现。望着前方这个人类科技的巅峰之作，张一伊在脑海中第一个想到的词是"内有乾坤"。如果说远处横亘天宇的银河是一幅背景画的话，那么眼前的虫洞就是一幅画中画。两公里直径的虫洞仿佛一个巨大的透镜，映衬出里面迷离的光彩。在虫洞外，数公里的不透光区域将整个太空遮挡得一片漆黑，而这也更衬托出虫洞内的星光熠熠。此时由于虫洞附近暗物质强大的引力作用，飞船的速度越来越快，张一伊不得不重新设定了飞船 AI，以保持一个匀速的巡航速度，等待着地面的新指令。

地面指挥中心里，工作人员正在根据无人飞船发来的信息做最后的检查。南怀东皱着眉头盯着大屏幕，屏幕上显示的是张一伊飞船上的视角，75 公里外的虫洞安静地悬浮在太空中。透过虫洞，隐约可见一片星空。

"小刘，你还记不记得咱们刚开始虫洞实验时虫洞出口的偏移问题是怎么回事？"南怀东隐隐约约觉得好像有哪里出了问题，他越想越不安，开口问身边的助手。

"记得！最开始虫洞的出口与预定的出口总是有偏差，听说还有几次压根就找不到出口，不知道偏移到哪里去了。"小刘答道。停了停，他又道，"南老，这个事后来物理研究所那边不是说是因为大量聚集的暗物质和普通物质存在干涉引起的吗？我记得后来他们给解决了啊，怎么您……"

"我感觉有点不对劲，毕竟实验中的解决方式不能生硬地套用在实际应用中。这次的'星辰计划'是我有点着急了，步子跨得太大，把还在实验中的虫洞直接拿来用了……奇怪，这个虫洞对面的星空怎么看着有点眼熟呢……"南怀东还在絮絮叨叨地说着，但小刘已经把注意力转向了一旁。最后的检查终于结束，人类最具意义的远征即将启航。

地面指挥中心的消息已经传来，张一伊调整了座椅的角度，关闭了巡航系统，开启了手动驾驶。75 公里的路程转瞬即逝，离虫洞越近，越感觉到它的宏伟。两公里的直径，数十公里的遮光区，张一伊觉得自己现在就好似《西游记》中孙悟空在如来佛的手心中见到五根擎天柱的感觉一样。他深吸一口气，"星辰"号划出一道美丽的弧线，飞向虫洞。

"李主任，李主任！"全指挥中心的人都在屏息看着张一伊飞向虫洞时，李阳突然听到有人叫自己。他转头看去，是南怀东快步朝他走来。老头子已经快 70 岁了，走得上气不接下气，他赶忙上前几步搀住南怀东。

"南老，什么事这么着急啊？慢慢说！"

"来……来不及了……"南怀东指着大屏幕,"快让飞船停下来,虫洞那边的目的地……目的地错了!"

"怎么可能?"李阳惊呼了一声,他立刻发出指令,让"星辰"号返航。但是时间已经来不及了,地球与虫洞3000万公里的距离此时成了不可逾越的天堑。当返航信息还在200光秒的旅途中飞奔时,张一伊就已经驾驶着"星辰"号冲进了虫洞。

见到飞船传回的信号被虫洞所干扰消失在显示屏上,南怀东腿一软,险些倒在地上。李阳忙扶住了他,南怀东指着虫洞道:"李主任,你看虫洞的中心。"

此时的视角已经转到了无人飞船上,虫洞的中心依旧是一片星光。南怀东指着那一片星光道:"我一直觉得那片星空我好像在哪见过,但直到刚刚才想起来,那里是银河系中央,我们的虫洞受到了扰动,这都怪我!这都怪我啊!!!"他颤巍巍地用手捂着脸,老泪纵横。

听了南怀东的话,李阳也是一惊。但现在他们也只能眼睁睁地看着,同时暗暗祈祷张一伊能够平安穿越虫洞。

五

当张一伊从虫洞折跃而出后,不禁被眼前的景象惊呆了。与预想中黑暗、冷寂的星际空间不同,眼前的星空简直可以用"眼花缭乱"来形容。视线中可见的区域几乎都被繁星所占满,而奇怪的是在繁星包围的正中却又是一团漆黑,就好似宇宙中心被撕开了一个空洞。虫洞折跃带来的不适感还未消除,张一伊眼前发花,星空似乎都在旋转,视野正中的漆黑仿佛化身为一个漩涡。

这时AI冰冷的声音响起,张一伊一下就清醒了过来。"警告,飞船已进入黑洞引力范围，无法逃逸！重复，无法逃逸！"张一伊甩了甩头，这才发现眼前漆黑的漩涡并非幻觉，而是真实存在的黑洞！随后 AI 为他标明了目前的位置，张一伊这才知道，他目前位于银河系中央的超大质量黑洞附近，由于黑洞质量如此巨大，他刚从虫洞中折跃出来就被捕获了。

此时的飞船距离黑洞还很远，引力作用并不明显，但张一伊感觉到飞船已经被一个巨掌牢牢地压住了。飞船还在加速中，但却以一个诡异的弧线轨迹飞行着。望着舷窗外的星空，张一伊突然想到自己的任务是折跃后对可能存在的"文明"进行观察，并用微型虫洞将信息传回地球。飞船现在虽然迷途到了黑洞附近，可黑洞的第一手资料同样珍贵无比，或许自己的数据能够为天文学研究提供一些帮助也说不定。想到这，他逐渐降低了飞行速度，并开启了微型虫洞。

此时的地球指挥中心一片死寂，有如一块巨大的海绵。偶有人发出一两声咳嗽，又很快被海绵吸走。李阳和南怀东站在大厅正中看着大屏幕，南怀东这时已经能够自己站稳了，只是浑身还有点颤抖。正在这时，屏幕中突然出现了信号。这信号很简陋，而且断断续续的，但一接到这个信号，大厅的寂静顿时为之一滞，下一秒后整个大厅就沸腾起来。

"南老，您快看！这是张一伊发回来的信号！他还活着！"李阳边说边转头看向南怀东，老头不知何时又流下了眼泪。

"这……这是黑洞的数据！这是第一手的黑洞数据……真是伟大的创举……真是……"南怀东激动得话还未说完，就再度哽咽了。

李阳也是激动不已，他又想起张一伊报名参加"星辰计划"的那个下午。作为航天中心的总负责人，说实话李阳是不想让一名优秀的宇航员流浪到数万光年远的太空的，他清楚这一去就是有去无回。但他同样知道，张一伊也对这个结局早有预料，在那个阳光明媚的午后，李阳沉思良久,还是问了一句:"为什么?"

"为了人类的好奇心。"张一伊站得笔直,阳光洒在他的身上,肩章闪出道道金光。

"好奇心?"李阳打量了一下张一伊,"小张你可想好了,你还年轻,将来一定大有可为。千万别为了满足自己的好奇,头脑一热就报名了!你要知道,这可能是单程票!"

"李主任,我想好了!"张一伊挺了挺胸,肩章反射出一道金光,"我不光是为了自己,更多的是为了人类的好奇心!我们人类之所以能够发展出如此光辉灿烂的文明,除了对财富的渴望,更重要的是对未知事物的好奇。为了让人类更好地了解宇宙,我愿意做出牺牲!"

李阳望着张一伊沐浴在阳光中的脸,沉默良久,最终还是在申请书上写下了"同意"二字。

此时的黑洞附近,强大的引力作用已经在张一伊身上显现。他感觉到有一股无形的力量拉扯着他,这种力量与地球的重力类似,但比重力霸道得多。AI告诉他,现在"星辰"号已经进入了黑洞视界范围内,任何可见光都无法逃脱黑洞的魔掌。舷窗外一片漆黑,这漆黑仿佛一只洪荒巨兽的巨口,要将他一口吞噬。尽管张一伊仍在努力维持着虫洞的连接,但引力已经大到足以改变光的轨迹,信息无法再通过虫洞传输回地球。紧接着,本就细若游丝的虫洞连接也难以抵抗引力的魔爪,悄然绷断。张一伊取消了飞船的一切动作,以一个自由状态跌向黑洞。

大屏幕上的信息再次消失,检测表明虫洞也已经不见踪迹。指挥大厅的狂热渐渐冷却了下来,但依旧议论纷纷。南怀东盯着空荡荡的大屏幕,突然转身握住了李阳的右手,低声道:"李主任,感谢你们的航天员,他的事迹将永远激励我们前进!"

李阳面色肃然,伸手与南怀东握了握。然后他转过身面对着大屏幕,举起右手，庄重地敬了一个军礼。

六

　　虚无不是黑暗，虚无是一无所有。在这片虚无中，突然出现了一个小小的奇点。奇点在经历了漫长岁月的等待后蓦然炸开，光明和黑暗因此产生。光明迅速蔓延，当绝大多数区域都被光明填满，只留下少量的黑暗还在蠢蠢欲动时，张一伊睁开了眼睛。

　　剧烈的头痛还萦绕脑海，张一伊艰难地挪动了一下身子，发出几声呻吟。声音传开，AI检测到了张一伊的醒来，飞船内亮起了柔和的灯光。

　　"先生，您已经昏睡了很久了！您的心跳过快，请勿进行剧烈运动。"AI机械的声音在飞船内响起。

　　张一伊揉了揉脑袋，疼痛像潮水一样缓缓退去。他定了定神，问道："这是怎么回事？我们是在哪？我记得……"说到一半，张一伊又伸手捂住了脑袋。在银河系中心黑洞的那段经历已经破碎为一段段记忆残片，稍一回忆，脑袋就剧痛难当。

　　"先生……我们现在是在银河系外，距离地球的直线距离3.5万光年。至于为何我们没有在黑洞中被撕碎而来到了这里……"AI停顿了一下，"老实说我知道的也并不比您多，初步分析可能是由于微型虫洞被黑洞效应放大，把我们传送到了这里，但也只是猜测。"

　　张一伊费了好大劲才听明白是怎么回事，他喘了两口粗气，抬头看了看面前的墙壁，迟疑道："Alex，我面前的舷窗怎么关上了？打开让我看看！"

　　"好的先生。不过您刚刚清醒，请不要做过激动作或运动，现在为您打开舷窗……"AI 一边说着一边操纵飞船,驾驶室里传来轻微的嗡嗡声,金属墙壁向后退去,露出舷窗。

一线天光从舷窗中透出,AI 很贴心地为张一伊关闭了驾驶室内的照明。在一片黑暗中,一个美丽的漩涡状星系浮现在眼前。这星系几乎占满了舷窗中所有的视野,星系正中明亮,外延稍暗。在边缘,数条尾迹在太空中肆意舒展,好似神女身上的彩带。更迷人的是,从张一伊的视角看去,这星系在黑暗冷寂的太空中发出淡淡的荧光,好似纯黑背景下的一块荧光石。而当你想追逐荧光的来源时,又有无数细小的光点仿佛成千上万颗碎钻,让人沉醉不已。张一伊默默地看着这个孕育出自己生命的星系,过了半晌才开口问道:"咱们现在距离银河系有 3.5 万光年吗?"

"不是的,我们距离银河系的垂直距离有 1.3 万光年,3.5 万光年是目前距离地球的直线距离。"AI 很快给出了答案。

"Alex,能开个微型虫洞吗?我想看看地球……"张一伊挪了一下身子,有些低落地说道。他知道,以自己驾驶的飞船目前的状态,他很可能将永远流浪于星际空间之中。

"没问题,请到电子屏幕上观看。"

张一伊转动座椅,舷窗另一侧的电子屏幕亮起。很快,微型虫洞就被接通了,电子屏幕花白了一会,出现了一个雪白雪白的星球。张一伊一愣,随即从星球上露出的一抹抹淡蓝色条纹分辨出这是地球。地球怎么变成白色的了?这一片雪白是怎么回事?张一伊喊了一声 AI,但 AI 并未答复。

过了好一会,就在张一伊站起身在驾驶室中烦躁地飘来飘去时,AI 说话了:"先生,让您久等了。刚刚我分析了一下地球的光谱,这好像是 3.5 万年前冰河时期的地球,我们……穿越了!"

"什么？穿越了？开什么玩笑？"张一伊听了一激动，脚下用力在驾驶室里猛地一蹿，头撞上了天花板。他捂着脑袋问道，"你的意思是时间旅行？这怎么可能？祖父悖论呢？因果律呢？"张一伊语无伦次地问道，他从天花板上飘下，又坐回椅子。

"抱歉……我也不知道究竟发生了什么。"待张一伊坐好，AI 的声音再次响起，"黑洞中发生的一切我们都无从知晓，但光谱分析，目前的地球的确是 3.5 万年前的冰河期地球。"

"3.5 万年前……3.5 万年……不对！"张一伊激动地再次一蹿，好在及时抓住了座椅的扶手。在空中划过一道不算美的弧线后，又落回了椅子。他平静了一下心情，这才再次开口问道，"Alex，我们现在距离地球 3.5 万光年，而地球现在又是 3.5 万年前，那如果我现在向着地球发射信息，岂不是要到我生活的年代才能接收到了？"

"是这样的。"AI 答道，但随即它又补充道，"不过我的测定会有一些误差，或许会与您所处的年代偏差数十年，甚至数百年都有可能。"

"数百年吗……"张一伊有些迟疑，如果偏差数百年，会不会在爱因斯坦时代，法拉第时代，甚至牛顿时代自己发送的消息就到达了地球，结果因为人类没有足够完备的接收设备而错过？但随即他又想到，自己之所以来到这里，正是收到了神秘信号的感召。而这个短短的只有 16 秒的神秘信号加速了整个人类的科技发展。如果没有这个信号，第一次正式虫洞跃迁可能要过几十年才会出现。如果自己现在发射的信息能够幸运地被人类发现，那必将成为人类科技进步的动力，因此不管结果如何，他都要试一试。那么……发什么信息好呢？张一伊皱着眉想了一会，终于下定了决心。他熟练地从飞船的系统中调出本应用作和外星人"打招呼"的《蓝色多瑙河》选段，然后将集束引力波发射器对准了 3.5 万光年外那个沧海一粟般的小星球。

引力波发射器开始全功率运作，整个飞船都在微微颤抖。张一伊手指悬停在按钮上，突然问了一句："Alex，你还记不记得，我们发现的那份神秘信号是从哪里发射到地球的？是我现在所处的位置吗？如果是的话，那可真有意思了……"最后的两句话张一伊放低了声音，更像是在自言自语。

"抱歉，我的数据库在通过黑洞时受到了一定的损坏，因此查不到具体数据了。"AI很快给出了答复，"不过我相信，我们能出现在3.5万光年外的星际空间，与神秘信号的发射地如此高度相似，这可能不是巧合……"AI话说到一半，接下来的意思也不言而喻，人类接收到的16秒音频信号很有可能就是穿越的"星辰"号发射给地球的。张一伊犹豫了一下，最终手指用力，按在了按钮上，嘴里轻声呢喃："为了你们的未来，人类！"

一段压缩过的，长度为16秒的《蓝色多瑙河》选段，从3.5万光年外的星际空间发出，以引力波的形式，飞向地球。

◆ 定制记忆

朱奕璇

一

绿涵生活在一个奇特而窄小的世界，或说，一个星球。往东西南北各走一千米便可抵达它的边界。

人们称呼世界为冰球，在冰球上，风雪连绵，黑夜漫长，绚烂的极光涂抹在天际。

长老们告诉小辈们，边界之外的世界都是虚幻的、不可信的，容易被恶魔蛊惑，不能轻易踏足，只有冰雪覆盖的世界才是真实的土地。

在这片土地上生活着绿涵的族群，其中大多都是女孩，由几位长老们统领，人们拥抱并继承着独特的文明，接受长老们为每个人量身定做的"培养计划"。

如绿涵，便是绘画、唱歌、跳舞以及性情温柔。

"你们是献给神的礼品，必须好好雕琢。"每次上课前，长老都会这样庄严地说，"一切为了神。"

"为了神。"绿涵低声重复。

在这一片冰蓝雪白的土地上，有一点葱茏的绿色，那便是绿涵同类们的父之树，苍翠的枝叶向四面八方伸展，无惧风雪地挺立。

"这是神迹。"大长老庄严地说,领着族人们一如既往地顶礼膜拜。

除了行礼,还有祭祀,祭祀的时间不确定,但有一个永恒不变的规定——

每次,都要向父之树献出一个女孩作为"礼品"。

这次,挑中了绿涵。

二

所有人都将"祭祀"和"献身于父之树"称之为"被神接走"。

字面意义,每次祭祀都是由几位长老主导,除了人牺,其余人没有参加的资格,每次祭祀结束,女孩便消失得无影无踪,没人知道她们去了哪里。

而另一个神迹则是,父之树下常常会出现一些人,绝大部分都是女孩,被发现时,她们总是穿着奇形怪状的衣服,一脸茫然地看着人们,丧失了所有的记忆。

大长老说:"他们来自神的世界,在这里体验生活,和我们要把被选中的女孩子们送到神的世界里是一样的道理。"

绿涵这一族群全部的信仰都仰仗长老们,他们是神的代言人,不敢不信,也不能不信,因为没有其他可以信仰的事情。

绿涵缩在一间据说由父之树的枝干搭就的小木屋里,这里与其他任何地方都不相同,温暖坚实、能避风雪,绿涵在里面洗澡擦身,饮下圣水,换上长老拿来的新衣——那是在父之树下出现的人们穿的那种奇形怪状的衣服。

晚上,就是祭祀典礼了。绿涵轻轻一叹,为未知而畏惧。

然而出乎意料,当天下午,大长老匆匆闯入了木屋。

绿涵在苍凉的冰雪气息里微微打了个颤,迷茫地看着他:"发生了什么?"

"祭祀被中断了。"他粗鲁又干脆地道,"你走吧。"

绿涵被披上了一件毯子,不知所措地被赶出了木屋。这还是族群历史上第一次发生这样的事情,无人可以为她作参照。

绿涵低着头,生怕一出门便有一群人围上来,对她指指点点、窃窃私语。

然而什么都没有,一片冰冷的荒原上,不远处烧着浓烟和火焰,银白的金属光芒隐隐在其中闪烁,人们都围了过去。

绿涵稍稍犹豫后,奔了过去。

三

一个奇特的物件坠毁在了冰原上,她从未见过这样类似的物件,然而脑海里却自动蹦出了一个词——

"飞船。"绿涵喃喃,"这是一艘飞船。"

飞船是什么?

绿涵心里微微一冷,记忆的尽头原本应该是一片空茫,此刻却闪烁着微冷的光,越用力去回想,头痛发得越剧烈,仿佛拿着刀刃探寻。

身旁一个青年飞快地抬头瞥了绿涵一眼,随后又若无其事地移开了目光,绿涵认出来,那是常伴在大长老身边的阿青。

舱门早已被打开,四溢的浓烟里,一个人软软地趴倒在地上,看样子早已没了呼吸。

没有一个人敢踏入这艘飞船,只有几个长老走了进去,处理着飞船里面的物件。

几个女孩十指交扣低声祈祷起来。

绿涵盯着那个趴倒在地上的人，不知为何，心乱如麻。

他紧紧攥着拳头，指间捏着一张薄薄的东西，如纸如画，一个长老走了过去，掰开他的手指，将它抽了出来。

——那是照片。

绿涵的心里又响起了一个细细的声音。

似乎注意到绿涵投来的目光，那个长老皱起眉头，看了她两眼，随后淡淡一笑，将照片揉成了一团，收了起来。

四

绿涵的脑海里凭空闪现出许多奇怪画面，她站在木质的高楼上凝视着粉红色的玻璃饰品，它是樱花风铃——心里的声音这样告诉她。风吹过，叮叮当当。

一个女人从屋里走了出来，领着绿涵下楼，将她交到另外一个人的手里，那人竟是大长老，有一双笑起来狭长锐利的眼睛，他的手指烫而有力，钩子一样紧紧抓住绿涵的手。

绿涵不知道自己是怎么了，她走出营帐，极目远眺，看到的都是茫茫白雪，没有什么粉红色的玻璃，没有樱花风铃，大长老也从未那样狠抓过她的手。

哪里出了问题？什么事情的平衡被打破了？而很快，就会有人来处理这件事情。

绿涵隐隐约约想起不久前阿青瞥来的那一眼、大长老粗鲁又匆忙的语气、飞船里冒出的滚滚浓烟、被拿走的照片。

那张照片里究竟有什么？为什么长老将它揉成一团收了起来？

心里仿佛有一团火在烧，烧得绿涵不得安宁。

长老们那里，会有一切的答案，绿涵暗暗想。

于是，入夜，她悄悄潜入了长老们的营帐。

族群中本就以女孩居多，男性极少，女孩们性情温驯，长老们也就没有设置什么防御措施，任由营帐大大方方地矗立在雪原之上。

今晚发现了坠毁飞船后，长老们似乎异常紧张，都凑在灯火通明的主帐篷里召开长老大会，这方便了绿涵摸黑溜进各个长老的营帐。

长老们的营帐里异常温暖舒适，与父之树搭的木屋有着一样的特质，但里面并未有什么足够特殊的物件，普普通通，与外界一样。

绿涵探索的最后一个营帐，属于大长老。

撩开厚厚帘子的一瞬间，绿涵看到一双眼睛在黑暗里一闪，随后，整个人陷入了一个怀抱。

绿涵一惊，下意识地挣了几下，那人却抱得更紧，低低的磁性的声息响在耳畔："别动。"

在冰原上独自苦行僧似的活了太久，还是第一次这么近地接触异性，绿涵微微红了脸，随后听出了那人的声音，"阿青？"

"绿涵？"阿青微微一怔，松开了怀抱。

方才他似是在守卫，但那个怀抱太过柔软温暖，起不到任何防卫的性质。

绿涵心里的疑惑才起了个苗头，就被阿青的下个动作给扼杀了。

"这个东西给你。"阿青伸出手，递去了那张照片，"拿着它，跟我走。"

绿涵下意识地将它接了过来，有被揉成团的痕迹，是那张被长老拿走的照片，来不及问阿青如何拿到它，她的全副心神都被照片上的人物吸引住了。

那是一个少女，站在木质的高楼上向外凝望，屋檐一角悬挂着粉红色的玻璃风铃。而那女孩的眉目，虽然稚嫩，仍旧能够看出绿涵的影子。

记忆中的一切与他人视角的照片重叠。

阿青轻微地叹了声气，安慰似的伸出手拍了拍绿涵的肩膀，随后声音淡淡地在她耳边响起，"当你在木屋里饮下圣水的那一刻起，你的记忆就开始恢复了，你应该发现了吧？"

绿涵紧紧捏着手中的照片，沉默片刻，她低声道："这个世界，好像是假的。"

五

绿涵心乱如麻，她披着毯子，坐在一辆车的副驾驶座上，阿青轻车熟路地操控方向盘，领着两人逐渐远离了"世界"。

冰雪渐去渐远，星点绿色慢慢进入眼中，离边界越发近了，祖祖辈辈传下来的话，不能违背，违背了便是永坠地狱。

如今想来，是想要隔开什么呢？让他们远离什么？向她们灌输价值观念、文化理念，教育她们"服侍神"……这林林总总、大费周章究竟是为了什么呢？

而她的记忆究竟出了什么问题？她在父之树下睁开眼睛，被迎入这个世界，而在这之前，都发生了什么？

重重疑云笼罩下，轮胎驶过了边界，车内陡然有尖声叫嚣起来，红光乍亮，扫过了阿青的眉眼，他脸色微微发青。

阿青取出一个面罩扔到了绿涵怀里，随后他从衣服口袋里拿出了一张卡片递了过去，低声道："戴上面具下车，往前走，别回头，你会得到你想要的一切答案。"

绿涵匆忙地用面具遮住脸，下了车，转身的一瞬间，她匆匆问："那你怎么办？"

阿青笑了笑，红光闪烁下，浮出的脸庞轮廓线条凌厉，"再见。"他不知所云地低声说，"能够在地球上再见到你，是我的福气。"

随后，车窗被狠狠摇上，阿青猛然一转方向盘，汽车调转，向原本的冰雪世界奔了过去。

绿涵呆呆地站在原地，脑海里闪现出无数片段，关于那句"再见到你"，关于月色黄昏下浮沉的微笑、发亮的眼睛，关于黑夜中的絮语，这些记忆将她的脑海充塞填满，涨得发疼，心口灼烧，她几乎落下泪来。

绿涵垂眼一看手中的卡片，那是一张身份证明。一英寸照片上留着板寸的阿青笑容明朗灿烂，旁边印着他的名字与编码，最上方则是四个字——

"星际刑警……？"

绿涵怔了片刻，随后深深吸了口气，抬步向着远方奔去。

无论如何，绝不能让阿青去白白送死！

六

绿涵不知自己究竟走了多远、又走了多久，双腿沉重犹如灌了铅水，天际的极光越来越浅淡，仿佛上苍收走了它垂落的天幕，

在她几乎要放弃的前夕，一辆车子缓慢地驶到了她身前。

"阿青通知我们来接你。"那些人说。

他们衣着打扮十分怪异，但落在绿涵眼中时，脑海里却不自觉浮现出相应的名词为之解释，仿佛她曾经见识过这些、经历过这些一般。

支离破碎的记忆片段和诡异奇怪的经历交织在一起，绿涵隐隐约约

能猜出什么。

"我是被拐卖到这个星球了吗？"她一字一字道。

在她的脑海里，"拐卖"这个词的具体含义其实尚未明确，但当她开口时，她便明白她应当说些什么。

车子里的国际刑警们面面相觑，片刻后，一人点了点头，似乎是生怕刺激到她，犹豫许久，斟酌措辞，小心翼翼地道："我会载你回我们的基地，帮助你复健和恢复记忆。"

绿涵将脸埋在掌心，一夜之间，整个世界都摇摇欲坠，大厦倾颓，一切所信任的世界支柱都已崩毁，世界不是冰球而是地球，她不是一个落后蛮荒部落里的女孩，她曾经凝视过玻璃风铃，曾经和一个少年月下黄昏。

"阿青呢？"绿涵抬起眼来，看向那些刑警们，"他会有事吗？"

"别担心。"一人答道，"人手已经派出去了，很快，这个人口买卖窝点便会被我们一手端掉，你的未婚夫不会有事的。"

"未婚夫？"绿涵一怔。

"你会想起一切的。"那人道，一脚踩下油门，引擎轰鸣一声，车子驶向了天边。

七

这是一个糟糕而先进的年代，一次核战争过后，地球被荒废遗弃，人类飞向广袤的宇宙开拓新的疆土，各类星际组织应运而生，光与暗交织出现。

而地球由于本身的特色，成了贩卖人口的最佳窝藏地点，犯罪组织M团伙一直行事隐秘小心，却犯到了绿涵的头上，将她拐走，作为绿涵的未婚夫的国际刑警阿青持续追查了五年，终于找到了 M 团伙的踪迹。

——这便是整个故事的始末，来到基地后，记忆医生耐心地将一切讲给绿涵听，并引导她复健，然而效果并不理想，脑海里的绝大部分记忆仍旧模模糊糊，但当她看到"真实世界"中的物件时，她能够理解它们的概念。

绿涵坐在窗前，沉默地注视着溽热的黄昏烧遍天际，这是不同于极光的景色，在她的脑海里一直隐隐约约地闪现，熟悉又陌生。

"日常生活将不会有任何障碍。"记忆医生开导她，"更何况，你现在可以回家了，可以与你的未婚夫待在一起，这就是世界上最美好的事情了，难道不是吗？"

一切如刑警组织中的人所言，M 团伙被摧枯拉朽一网打尽，顺利得让人近乎感到不可思议，阿青被"长老们"抓住，稍微受了些折磨，但并无大碍，也被成功救出。

一切都圆满了。

绿涵暗暗想。可仍有什么带给她遗憾，那些缺失的记忆不过只是一部分，有些零零碎碎的疑点如同暗语一样在她的耳边窃窃私语，让她不得安宁。

门被敲响了，医生上前开门，阿青走了进来，他捧着一大束玫瑰花，艳丽而热烈的红泼染在眼中、泼染在他的掌心。青年热切而灿烂地笑着，单膝跪地，托起绿涵的手，将一枚戒指拿了出来。

"你愿意吗？"他问。

心房被喜悦涨满，仿佛漫山遍野的花儿渐次开放，疑点被挤出了脑海，她几乎怀疑方才的感觉不过是一时错觉。

绿涵咬了咬嘴唇，轻轻点了点头。

八

回到现实生活的日子乏善可陈又新奇无比。

她见到了父母，因为重聚，三人抱在一起放声大哭，绿涵与阿青举办了盛大的婚礼，雪白的婚纱、艳丽的玫瑰、灿烂的笑容昭示着他们的幸福。

绿涵在阿青的帮助下开始恢复她之前的交际圈，她去拜访朋友、参加茶会。出乎她意料的是，所有她所见到的朋友都用惊奇的目光环绕着她，不断地重复一句话——

你变了。

绿涵尝试着通过他们的目光拼凑起一个昔日的"绿涵"，她渐渐获知，那是一个恣意潇洒的女孩，行事狂放，脾气暴躁，与温柔丝毫搭不上边。在她与阿青相知相遇后，两人还因为性格不合而争吵过几次。

在最后一次争吵途中，她负气出走，从此一无所踪。

这听起来几乎就是个陌生人，如今的她温柔似水、眼波动人，听人说一句脏话都会脸红，这一切是对还是错？

绿涵按捺不住，将心中的疑问说给阿青听，他眼光闪烁，满不在乎地搂住她笑，"是什么样我都喜欢，再说了，温柔点儿更好，我们少吵架、更合得来。"

"怎么？你不相信我爱你吗？"阿青凑近她的耳边，说着缠缠绵绵的情话。

绿涵红了红脸，她知道他爱她，因为她，硬生生推掉了上级派下来的某些牵涉男女感情的任务，因此还与上级吵了一架，几乎撕破脸皮。

只是仍旧有什么在心里一闪而逝，绿涵想要伸手去抓，却没能抓住。

而她没料到的是，它竟亲自送上门来了。

绿涵一向浅眠，某晚，她被隐隐约约的说话声吵醒，睡眼蒙眬之际，隐约看到阿青站立在窗边，神情阴晴不定，与电话那头的人小声交谈着什么。

音量偏低，但她却仍旧听到了其中的"人口贩卖""计划""M团伙"等等敏感词汇。

事情不是已经解决了吗？绿涵敛了敛眉头，不知为何心底隐隐不安。这事一直勾在她心底，埋下疑虑的种子，几日后，她趁机查了阿青的手机通话记录，一个称呼赫然在目——

大长老。

绿涵愣愣地看着这三个字，心乱如麻，不知做何反应。

巧合？还是说早有勾结？

阿青的笑容在她的记忆里闪现出来，依旧温暖柔软，却亦如同笼罩了一层雾气一般模糊朦胧，不清不楚。

那之后，绿涵与阿青之间始终保持着一种微妙的平衡，她知道，总有一天，平衡会被打破，被某件事情，或早或晚，她说不清是否期待它的来临，因为这似乎被赋予了死期和解脱的双重意义。

阿青变得异常忙碌，最开始仍能坚持，但持续熬夜一个月后，阿青再也忍受不住，拨通电话与上级大吵一架："你是不是因为我推掉了一系列重量级任务而感到万分不满，于是交给了我一系列做不完的杂活？"

电话那头的声音陡然沉静下来，带着一点隐秘的戏谑味道："不，我没有丝毫不满，我很期待你将来的表现。"

对方话音一落，便挂断了电话。

阿青愣愣地看着手机；片刻后，又是一个电话打来，一个出差的任务被托付给了他，匆匆与绿涵道别之后，阿青便踏上了旅程。

黄昏溽热，他们在车站道别，阿青紧紧搂住绿涵，声音低沉而温暖，满足地喟叹："你能这么温柔，真是我收到的最好的礼物。"

九

绿涵独自居住在家中，三天之后，她收到了一封封皮上印着"绝密"字样的文件。

那是寄给阿青的，身为国际刑警，他总是时不时收到这些文件，不必他说，绿涵也会为他妥善保存、收藏起来，等他回家时验看。

——据阿青说，这是之前的绿涵绝对做不到的事情。

握着那封文件，鬼使神差地，绿涵悄悄地将它小心地沿着胶贴的地方撕了开来，这样做，日后还能修复、伪装成从未打开的模样。

里面只有两页纸，是一份合同，白纸黑字清清楚楚，勾起了昔日的那些疑点。

——为何她闯入大长老的营帐时阿青猛然将她抱住而非采取更有力的防卫措施？他早就知道前来的人是她了吗？被大长老一行人抓住后，阿青居然只受了几乎可以忽略不计的皮外伤，仅仅只是运气好的缘故吗？为何她在与阿青大吵一架之后便消失无踪了呢？她的记忆复健糟糕无比，而阿青不想让她恢复原本的样子，难道是巧合吗？阿青的号码簿里的"大长老"，夜里的电话"人口贩卖"又代表着什么呢？

伏笔勾连，草蛇灰线都在绿涵的脑海里浮了出来。

那份合同书上，甲方写着"阿青"，而乙方则是"M团伙"。

阿青与M团伙达成了契约，将绿涵卖给了大长老，目的并非什么简简单单的人口贩卖或让她去吃苦，而是为了——

"重塑记忆……"绿涵闭上了眼睛，"将我打造成他的'完美伴侣'。"

"阿青,你真是煞费苦心了。"

十

刑警组织的大楼顶层,一人正背着手凝视窗外的夜景,一旁的监视视频显示,他的人已经将那份合同书送到了那个女人的手中,将真相送到了她的手中。

而不久前,他方才刚刚挂断了自己得力下属阿青的电话。

他不怕,因为他知道,他还会再打给他的,低声下气,求三求四。

而不久之后,阿青将成为他手底下最强的一枚棋子,成为他的王牌,在痛失所爱之后,那个原本就天赋卓绝的青年更加所向披靡。

"不,我没有丝毫不满,我很期待你将来的表现。"他轻声重复着不久前说过的那句话,慢慢笑了。

"真是精彩绝伦。"身后有人鼓掌,"不愧是星际刑警厅厅长。"

厅长缓缓回身,看向那人,那人一身白袍,正如他在地球上习惯的打扮一样。

"客气了。"厅长笑了一声,"大长老,M团伙的生意才是精彩绝伦啊。"

大长老不置可否地一笑。

在众人眼里,M团伙不过是个人口贩卖组织,而实际上,它是一个"记忆重塑活动承办方",M就是英文单词"记忆"的首字母。

人其实是由无数的记忆组织而成的,经历与体验构筑成记忆,记忆形成性格,性格决定人和人生。

当有些人对于身边的亲密人士的性格不满时,他们便会向M团伙发出委托,让他们抹去那人的记忆,带到某个有着"特殊设定"的地方进行记忆重塑，随后通过各式各样的方法重新回到自己的身边。

那是一个完美的、量身定做的伴侣。

"阿青是我最完美的一个作品。"大长老淡淡道，"他甚至都没有察觉到自己被绕进了一个'塑造记忆'的圈子里，而他所经历的与绿涵有关的事情，不过是达成目的的工具罢了。"

"很多人都没有察觉到吧。"厅长淡淡道，"绿涵也没有，直到我向她揭发的那一刻。"

"如果有，那就算不上是记忆重塑了。"大长老道。

两人相视一笑。

大长老背过手看向窗外的夜色，一如既往，不知有多少人在这样的幕后被人操纵、被人塑造，而不自知。

◆ 时空骗局

张佳风

一

汤斌推了推鼻梁上厚厚的近视眼镜,透过门缝向里望去,房间空荡荡的并没有人。他再度抬起头,仍然没有找到房间的标识牌,应该是这里吧,他小声嘀咕着,小心翼翼推开门走了进去。房间很小,只有一张桌子和两把椅子,并无其他摆设。

"你好啊!不好意思,久等了吧?!"一个异常清晰的声音从汤斌身后传来。

他转过头,看到一个西装革履的人:"哦,没事……没事。"

那人示意汤斌坐下,然后坐到他对面位子打开公文包,边翻材料,边自我介绍说是这里的招聘主管,主要负责C区技术部的招聘工作。

哦该死,面试这么重要的事情我怎么就穿了这件满是褶子的格子衬衫,显得自己更加臃肿,头发也没洗,自来卷一绺一绺地结在一起……看着对方着装正式,汤斌有点自责,面试时在气势上绝对不能输给面试官,否则会让自己"掉价儿"的。

汤斌扶了扶眼镜,对着面试官挤出了一丝微笑。面试前朋友特意说过,要直视对方的眼睛,不能躲闪,要自信。

"请先简单介绍下自己吧!"面试官说。

汤斌搓着肥粗的手指,按照朋友事先的嘱咐简要介绍了个人基本状况、工作经验和擅长的技术。

谈到当前工作时,汤斌松了口气,看来面试官对技术开发并不是很懂,只是简略地问了工作流程、项目效果等表层问题。汤斌不再紧张,他侃侃而谈,讲述自己在各项目中起到的重要作用——当然不乏夸张和杜撰的成分。

说到动情之处,汤斌肢体动作幅度加大,吐沫飞溅到桌上,他便把手移到桌上,想趁面试官不注意偷偷抹掉。

面试官微笑着倾听这个卷毛胖子的叙述,不时点头回应,待他讲得差不多了,才合上文件夹,表示所招岗位和汤斌整体情况较为符合,于是细致地描绘了该岗位所在项目的广阔前景。

汤斌窃喜,看来这个职位十拿九稳了。他转动眼珠四处打量,这房间里没有窗子和灯,似乎是靠着金色墙面本身发出的昏黄光亮实现照明,房间隔音特别好,当二人都不说话的时候,静得出奇。

"聊聊生活方面吧,平时有什么爱好?"面试官的问话把汤斌的注意力从墙壁上移开。

"打游戏,看电影,还比较喜欢品尝美食,嘿嘿。"汤斌坦诚地说。

"能吃辣吗?"

"无辣不欢,从小就特别特别喜欢吃辣。"

"看出来了,北方人嘛。喜欢什么类型电影?"

"啥类型都看,最近在看二次元动漫,日本的为主。"

"付费看正版吗?"

"呃……没有。"汤斌不好意思地低了下头,"网上资源很多。再说,我是做互联网这行的，基本都能找到免费资源，怎么省事怎么来了就。"

"平时运动吗？"

"很少，看我这身材就知道了。"汤斌摸着肚子笑道。

"哥们儿，该锻炼了，身体是革命的本钱。尤其做互联网这行，不运动可不行。"

"那是，在办公室一坐就是一天，再加个班，到家根本就不想动了。"

狭小的金黄色空间内，二人又聊了一会，话题从汤斌眼睛近视的度数，臂展与身高的比值，到对汽油味的喜爱程度……这部分谈话气氛轻松，唠家常一般，丝毫不像正规的面试。直到铃声响起，面试官才起身向汤斌致意，结束了这次面谈。

叮，叮当，当叮当当……

铃声好熟悉，这不是我的闹钟吗？!

汤斌闭着眼，四处摸索闹钟，关掉后一把拉过被子蒙上头，迷迷糊糊地睡去，直到闹钟第二次响起。

像往常一样，汤斌一个激灵坐起身，迅速刷了牙，胡乱抹了把脸，披上外套，扯过电脑包就冲出家门。上班路上，汤斌边往嘴里塞三明治边回想刚才的梦，一定是自己太重视明天的面试了，这几天一直忙于背诵朋友整理的面试技巧和话术，搞得精神压力太大。

压力能不大吗，如果顺利被录用，自己下半辈子就不用愁了……

汤斌皱着眉大嚼三明治的时候，一辆刹车失灵的重型货车从斜刺里冲出，司机狂按喇叭，对着人群大吼大叫，但是根本来不及，货车径直对着这个目瞪口呆的胖子撞去。

汤斌像皮球一样弹起，头部向下，重重摔在柏油马路上。当时便血流满地，不省人事。

二

"赶紧过来吧！市人民医院门诊大楼 22 病区手术室。"Jason 焦躁不安地说道，但电话另一边的人似乎并不着急。

"严重，特别严重！你再忙也把手头的事放放，胖子……能不能活着下手术台都不知道。"Jason 压低了声音，"咱俩得马上聊聊计划的事儿，不多说了，赶紧过来当面说。"

事情得从一个月前说起。

必安是一家互联网公司的市场主管，他拉上自己搞 IT 的前同事汤斌，找到有十多年神经内科临床经验的医生 Jason，神秘兮兮地表示要搞一个能改变三人命运的计划。

必安说，他最近在帮一个正在建设中、尚不为人知的互联网高科技产业区——C 区招募合适人选，其背后有政府和几大财团支撑，前景广阔。他通过内部消息得知招人的原因是 C 区某金融项目出现重大漏洞，必安保证，如果汤斌应聘上这个岗位，有 90％的机会修改项目的数据库数据——这将为他们三人带来几辈子花不完的钱。

必安表示汤斌的技术绝对没问题，足以成功修改数据而不被察觉，而且这并不是资金转移，而是类似提高客户的中奖概率，间接产生收益。在巨大的诱惑面前，三人决定放手一搏，退一步讲，即使汤斌过去后发现并没有十足把握，可以干脆不改，单是换了这份有前景的工作也是美事一桩。

令必安担心的是，汤斌心理素质较差，也不太会处理人际关系，很可能搞砸面试。必安帮他心里减压，反复给其灌输面试技巧，甚至打印出来让他背诵。

面试前三天，必安请 Jason 给汤斌注射了两针用于平复心绪、保持头脑清晰的药剂，以提高面试成功率。虽然汤斌一再表示没这个必要，但二人还是执意给他注射，因为他们知道，这根本不是什么理清思维的药物，而是他的记忆备份。

一针提取当前记忆，一针注射复制好的记忆。

必安私下向 Jason 透露其实 C 区是政府的地下项目，不会对外挂牌开放，这次找人前去修复漏洞重新构架项目也是绝密计划，不然的话，他们早公开招募这个岗位了。该岗位是临时性质，据线人称任务结束后 C 区有极大可能抹掉汤斌工作期间的记忆，甚至是格式化全部记忆（将导致汤斌永久性失忆）。这也是必安拉上 Jason 这位神经内科医生的原因，为避免格式化造成失忆，他们提前给汤斌存储了当前的记忆，而且二人明显留了个后手，特意在面试前复制注射而不是面试后，免得这家伙记得太多关键性东西。

虽然没有明说，但 Jason 暗自希望 C 区最好抹掉汤斌的工作记忆，这样的话在任务完成后，汤斌还停留在准备面试的记忆阶段，到时候随便搞个面试场景，对他说面试没通过，那他无论如何也不会知道自己已经凭着高超的 IT 技术搞到了一大笔钱。至于这笔钱嘛，能两个人分何必三个人分呢！

可是，汤斌却突然遭遇车祸，这令 Jason 痛心不已。

"我说，这可挺重啊，只怕胖子凶多吉少了！" Jason 站在重症监护室的门口，凝重地对刚赶到的必安说。

"放心，胖子这皮外伤肯定不能白受。"必安说。

"皮外伤？" Jason 抬高嗓门，"前额部开放性颅脑损伤！已经出现了脑脊液外溢和脑水肿，我们院最好的神外科医生抢救了五个小时，才把他从鬼门关拉了回来！"

"嘘……"必安瞥了一眼守候在手术室门口、满脸悲伤的胖子家人，对Jason使了个眼色，"你别激动，神外团队这么强，我感觉他能挺过来。"

"说得倒轻松，你不是医生你不知道，他这种情况——"Jason看了看四周，压低声音，"这种情况的死亡率是4%到7%！"

"又来了……我早说过，你不能拿正常世界的逻辑看问题。走走，咱们找个地方说。"必安把Jason拉到一边。

Jason重重关上医生办公室的门，靠在办公桌一角，斜眼瞟向必安，"看起来，你不怎么关心胖子？"

"你这什么话。"必安说，"我能不关心吗，可咱们又能做什么呢？是福不是祸，是祸躲不过，有些事情，冥冥之中自有天意。"

"还真他妈的是天意！偏偏赶在计划前一天。"

"好事多磨，你就当这是计划的一部分吧！"

"计划？现在还谈什么计划，计划还没开始就结束了！说这些都没意义，总不指望胖子从ICU爬起来参加明天的面试吧！"

呵，装什么呀，归根到底，你不也是关心自己的利益多过关心胖子吗？必安心想，瞪了Jason一眼："你别急，你不是想和我聊聊计划吗？那我告诉你，虽然胖子遭到意外，但计划还是会正常进行。"

"你找到新的候选人了？"

"没有。"

"那怎么进行？"Jason问，"胖子都要死了！"

"你就放一百二十个心吧，我向你保证，也向胖子保证，事情远没有你想象的那么严重。该吃吃，该喝喝，过几天等胖子出院的时候，咱们就都是千万富翁了。"必安掏出一支香烟叼在嘴里，摸了摸口袋，然后在Jason的桌子上四处翻找打火机。

"胖子都他妈啥样了,你保证个屁啊!"Jason 噌地蹿到必安跟前,一把打掉他嘴里的烟。他最讨厌必安这副阴阳怪气、话里有话的样子。

"你?"必安愣了一下,也不生气,弯腰准备去捡烟,却被 Jason 扯住领子提了起来。

"你到底瞒了我多少事情?说,快说!不然别怪我不客气!"Jason 红着眼大吼。

"哥们儿,冷静点儿。我不是有意瞒着你什么,确实这事听起来太不可思议了……"

"别把我当傻子!你是不是给胖子买了保险,故意害了他?"

"不不不,这怎么会呢?你听我慢慢给你说。"必安把手搭在 Jason 的手上,让他放松。

"哼!"Jason 放开了手。

必安抚弄着被攥得扭曲变形的衬衫领子,"其实,胖子昨天就已经通过了面试。"

"什么?不是明天才面试吗?"

"我是怕他压力太大,于是提前了,趁他放松的时候进行。"

Jason 回过神来,"那有什么用,他不还是报到不了吗?"

"事实上,他已经去报到了。"

Jason 大睁双眼。

必安点点头,"是的,他现在就在 C 区。"

三

"没错,C 区就是我们常说的……另一个世界。"必安说。

Jason 张大了嘴,想说什么却又说不出来。

"你看,这表情和我预想的一样。所以嘛,没敢告诉你俩。"必安笑着说。

"那……你到底是谁?"

"放心,之前我和你们说的计划句句属实,只是在 C 区方面有所隐瞒。而我也确实是负责给 C 区招聘的。"

"黑白无常?"Jason 惊恐地看着对面西装革履的必安。

"靠,说啥呢你。"

C 区和当今的世界是一组平行时空,二者像齿轮一样相互交叉制约,共同平稳运行。热力学第一定律表示不同形式的能量在传递过程中总值保持不变,即使人死了,也会由化学能转变为生物能,形式改变但总量不变。把参照系提升一个层次,该定律仍然成立,即能量在 C 区和我们的世界之间转换、传递,总值保持不变。人死之后,会在另一个世界里变换一种形态继续生活,实现自己的社会价值。

这两个世界分别拥有一部超级计算机,计算机根据该世界的运动状态计算出另一个世界上应该出现的运动状态,命令执行后,将引发对方世界个体或整体间的种种运动。二者更像手握对方纸牌出牌的桥牌选手,相互制约相互博弈,保持整个体系的平衡。

"我们的命运取决于计算机设置好的原始数据,可以理解为'宿命'。"必安说道。

C 区的计算机名叫"司命",我们世界中每一个人出生时都带着"司命"预设的多个维度的原始数据,比如寿命、健康、财富等等。如果你的寿命值是 3,那就限定年龄在 65—75 岁区间内,后天的饮食习惯、运动、心情等方面综合决定最终的数值,此数值不会超出区间。

"当然这并不绝对,人们的精神和内心作用非常强大,如果你的意志足够坚决,长时间坚持某件事情,一定情况下可以改变预设值。当然,这类人非常少。"必安补充,"我们生活中,一件看似毫无征兆的事件背后,其实是有深层原因的。这更像是蝴蝶效应。"

接着,他举了个例子。

一个阳光明媚的周末,你和家人在山脚下的湖边游玩,玩得正开心,你突然感到腹痛。你最近并没有吃坏东西,也没有着凉,更没有患上阑尾炎,但你就这样蹲在地上捂着肚子,疼得死去活来。家人吓坏了,正想打120的时候,你却突然好了,跟没事人一样。这真让人莫名其妙,谁都不知道怎么回事,但这件事情不需要深入探究,因为你恢复正常了,大家继续钓鱼拍照,没有人会多想什么。

但实际上呢,你肚子出现剧痛是由C区的"司命"命令执行的。

"司命"根据大数据,得出周日上午10点11分到10点14分之间,以湖边观景亭为圆心方圆20公里内,将有一个人持续腹痛72秒这个决定。范围逐渐缩小,它精确计算目标范围内符合条件的每一个人的综合数据,最终选择了你(如果目标范围内没有人,"司命"将在近目标范围内选择一个合适的人选,以最合理的原因驱使他到达目标范围)。

你也许会奇怪,为什么选择了我呢?

这是一个复杂的筛选过程。当时湖边同时发生着无数个预设事件,比如说你的妻子在水边拍照时手机不小心掉到了水里,你的女儿吃苹果时咬到了舌头,突如其来的风恰巧把你朋友的帽子吹落,等等等等。"司命"在此时就要根据这些并行的数据分析,比如你身高175,加一分,戴着眼镜,加一分,昨天晚上肚子被蚊子叮了一个包,加一分,喜欢打篮球,加一分……你的综合得分最高,于是最佳人选确定了。至于10点11分到14分这三分钟之间哪一分哪一秒你开始出现腹痛,很大可能是一个随机参数,这取决于这件事件的自由度是多少。

"那,死亡呢?"Jason问。

"死亡比较特殊，类似于招聘。'司命'会给出一份罗列了多个维度要求的'JD'，交由我们选人，一旦'面试'通过，那候选人就离开这里，前往 C 区。"

"那胖子……"

"哦，拿胖子这次来说，'司命'的岗位要求是一个'喜欢吃辣的做后台开发工程师的年轻胖子'……这里的深层原因我明白，因为 C 区计算机技术并不发达，他们需要提升技术发展速度。我们这边减少一个人，他们那增加一个，对整个系统进行中和。"

"我明白了，你把胖子招了过去！他……他现在已经死了，是不是？" Jason 质问道。

"你先冷静，慢慢听我说。"必安双手搭在 Jason 肩膀上，把他推到凳子上坐下。他知道 Jason 一下子接到这么多信息有些发蒙，于是启开一罐可乐递给他。

Jason 接过可乐咕嘟咕嘟喝起来。

"正因为'司命'有了这个招聘，我才想到推荐胖子应聘，毕竟我直接负责面试。由于涉及两个空间，我们在二者之间的公共空间——我们称之为'金色办公室'的地方进行面谈，我通过催眠过去，而胖子是在睡梦里。这是一种保护机制，睡梦不会对胖子本人产生任何影响，他清醒后甚至有可能记不起来这个梦，当然也不会记得我。"

Jason 点点头，示意他说下去。

"当然了，就胖子那心理素质，我不可能告诉他实情，和他说明天面试也是为了减轻压力。我事先交代了他注意事项和技巧，这样在梦里他自然而然会迎合我的提问。他今天出了意外，就表示已经被 C 区录用，现在正在那边试用期呢，正式录取后他的肉身才彻底死亡，试用期内的表现就是昏迷，所以别担心他。"必安说。

"那计划呢，正常吗？"Jason看着必安，喝掉了最后一口可乐。

"放心，计划一切正常。我早就摸透了Ｃ区的状况，那边的技术水平不高，胖子绝对有机会到技术中心接触'司命'后台，成功修改几组数据而不被发现。喏，就是命运初始数值，我让他把咱们三个的财富和生命健康的比值调高，这样，我们这辈子就有享不尽的福了！"

"他不知道Ｃ区是怎么回事吧，你和他说过具体怎么修改了吗？"

"没说，但是……"

Jason瞪大眼睛，他张开嘴但是说不出话。刚才喝得急了，呃呃地打起嗝来，涨得满脸通红。

"你别担心，我早有安排！"必安知道他想问什么，"Ｃ区并不是工作结束清除或格式化记忆，而是刚过去就直接格式化，就像喝了孟婆汤一样，你什么都不会记得。所以我让你帮忙备份了记忆。我在那边的线人脐带会第一时间找到胖子，告诉他事情真相，协助他修改'司命'的数据。完成后，胖子会告知Ｃ区自己仍保留这个世界的记忆，这会触发空间转移紧急保护机制，因为他尚处在试用期，Ｃ区一定会将他遣送回来，同时调高他这次事故的康复值，以减少其痛苦，胖子回来后用不了多久就啥事都没有了。"

"他啥时候回来？"Jason问。

"两边时间标准不同，他在Ｃ区试用期半年，换算成我们的时间一周左右。"

"那我就放心了，但愿胖子能够顺利。"

"当然，他是这次计划的关键人物，只要按照我和脐带的话去办，基本没风险。你看，这个计划够复杂，够难以理解吧！所以我有所隐瞒，一来怕你们无法接受，二来怕你们分心。"

"这一切的确太不可思议了……那胖子修改了数据，不会对我们这里,或者整个大系统的平衡造成影响吗?"Jason联想到了电影里的情节。

"放心,修改三个人的几项初始数值是不会的,和脐带确认过,绝对安全。"

"脐带靠谱不,不会泄密吧?还有,我们给他什么好处?"

"靠谱,他是我的人。"必安咬着嘴唇,"你知道在C区修改数据可以影响这里,反过来一样,这个就不多说了,我私下里会帮他……这事儿,包括C区的任何事情,都不要告诉其他人,咱们闷声发大财就好了。现在呢,该干吗干吗,等着胖子回来吧!"

"也不知道胖子那边怎么样了……"

"哦对了,快给我催个眠!"必安看了眼手表。

"怎么了?"

"我得马上去金色办公室找脐带问问,了解下进展。"

两个小时后,睡梦中的必安从检查床上猛然起身,满头大汗,呼吸急促。

"怎么样?"Jason从外间办公室赶过来,急切问道。

"一个好消息,一个坏消息。"必安说。

四

"好消息是胖子的行动成功了。"

"是吗?"Jason兴奋地握拳。

"非常顺利,他轻而易举地进入了'司命'的数据库,直接修改了数值。"必安说。

"那真是太好了!"

"别急,我先确认下,一定有什么预兆。"必安打开手机,长出了一口气。他把手机递给 Jason，"你看，我这支万年套牢的股票要重组了，等着明天开盘涨停吧！"

"看来数值已经起作用了。那坏消息是什么？"

必安说胖子遇到了点麻烦，他已经向 C 区声明他拥有这里的记忆，但是 C 区组织特别认可他的技术，想把他留下来。留下他只能将其记忆二次格式化，才可以规避紧急保护机制，但如果实施二次格式化，很可能造成胖子脑部神经系统病变。在是否二次格式化问题上，C 区医学专家正在紧急讨论。

"这么说，胖子可能回不来了？"Jason 问。

"有一线希望，但需要你帮忙。"必安擦着头上的汗。

"我怎么帮忙？"

"去一趟 C 区。"

"什么？"

"那边的医疗水平很低，脐带托朋友说服政府从我们这临时调过去一名神经内科专家，帮忙研究二次格式化是否可行。走招聘流程，我直接推荐你过去，你在那边凭专业知识否定二次格式化的方案，然后就能和胖子一起回来了。"必安说。

"那……要是胖子不回来的话，对我们的计划有什么影响吗？"Jason 暗想，既然计划已经成功，胖子回不回来都无所谓了，况且他在那边工作得到器重，也不委屈。

必安摇摇头，这样风险太大，最近 C 区招聘了大批计算机技术专家，如果之后被人发现，胖子经不住调查而认罪，所有受益人的数值可能面临重置——这会让他们两个在后半生遭受极大苦难。

如果胖子顺利回来，即使 C 区发现异常，也无法和胖子当面对质，顶多派几个人在睡梦里和他交涉，到时候告诉他怎么应付就好了。

"这样的话，即使 C 区发现了也没辙，顶多把咱们的数值回调，影响不大。所以啊兄弟，咱们的计划能否顺利进行可取决于你这最后一步了。放心，一切就像做梦一样，对你没任何副作用。等你和胖子回来，咱们好好庆祝他三天三夜！"必安说。

"好吧，我去。"Jason 咬咬牙，"我马上进行记忆备份，你先和我说一下面试技巧吧！"

五.

必安躺在棕榈树下的长椅上，端着酒杯，沐浴在柔软温和的日光中。南海滩是整个迈阿密最棒的海滩，白色细沙绵延数十里，天空蓝得不可思议。必安摘下墨镜，眯着眼望着水里嬉戏的美女和悠闲飞翔的海鸥，抿了一口杯中的椰林飘香，甜鸡尾酒确实能抚慰心性，必安的心情舒缓了不少。

好久没出来散心了，之前的工作压得他喘不过气。倒不是互联网公司的业务，而是自己那份 C 区的兼职招聘的岗位，几乎不可完成的任务指标，整日与人的生死打交道，频繁地滥用镇静催眠类药物，让他几近崩溃。还好他挺了过来，扛着巨大压力完成了上季度的指标，拿着这份业绩，才好不容易说服了 C 区负责人，顺利辞职得以脱身。

海面上的波光随着水面的起伏不断闪耀，必安又戴上了墨镜。

我是成功出来了，可你们再也出不来了。

必安启开一罐红啤，倒了些在沙滩上，"敬你的，胖子。"挪了点距离又倒了一些，"Jason，这是敬你的。"

"我喝这个。"必安喝了口鸡尾酒，看着地上的两块小泥洼，"也不知道你们在 C 区怎么样，应该都适应了吧。肯定适应了，按照那边的时间算,你们过去都好几年了。"

海风拂面,吹得必安身上暖暖的,又有些痒。

"挺对不住你俩,我确实是为了咱的未来着想,哪知道这么不可控。你俩别怪兄弟,咱们在两个空间各自安好,C区真的不错,你们在那里绝对有发展。"

"不过咱们应该是没有缘分再见面了,两地时间不同,等我过去的时候,你们可能已经离开了。哎,这就是命哪!说真的,我还真挺想过去看看你俩呢!"必安笑了。

几罐红啤下肚,必安醉眼蒙眬,头耳燥热,他真想喝点冰镇饮料舒爽一下,可又不想挪身。对面的大海变得模糊不清,水面像绸缎一样扭曲翻转,逐渐向他逼近,潮闷的热气和浓重的咸腥味扑面而来,令他作呕。必安抓过草帽扣在头上,世界瞬间安静下来。

阳光透过金黄色的草帽映在他眼皮上,刺进他脑海里,他脑中一片金黄混沌。这个场景怎么这么熟悉,必安的世界被黄色填满,无声地填满。

"你好,谢必安,我叫无救,是负责C区的招聘主管。"

必安一个激灵坐起身,发现自己置身一个密闭的黄色空间,桌子对面是一个面目模糊、西装革履的人。

这是金色办公室!

他们找我做什么,我已经离职了啊?

"你好。"他微微起身,微笑着向那人打招呼。必安努力让自己平静,先看看对方什么意思。

"先聊聊你的工作吧,你是做互联网市场的?"面试官声音浑厚。

"对,工作八年多了。"

"能谈下具体工作内容吗?"

接下来的对话内容让必安明白，这次自己成了候选人。

果然，初步了解必安的工作后，那人表示他在物色一个网络平台市场运营总监的岗位，问问看他的意向。

C 区最近确实在加大力度发展互联网行业，看来新招到的技术人员把平台开发得差不多，准备进行下一步的运营推广了。这个岗位看起来不错，可是，如果我过去了，会不会遇到胖子和 Jason 呢……

面试官发现必安的犹豫，立即补充说，"这是我们互联网智能新区的一个新项目，有关未来人工智能，政府对此十分重视，已经投入了大量资金。项目立项刚刚几个月，预计成立两百人的团队，运营总监将参与运营部的团队组建工作，直接向 CEO 汇报。"

"嗯。"必安点点头。他心中窃喜，自己没离职的时候就听说过 C 区在规划建设智能新区了，它位于老区中心，科技感十足，据说其居民要经过层层选拔才能获得居住资格。他开始衡量，如果自己接了这个职位，会比这边更滋润，毕竟胖子的行动失败了，自己没有得到任何利益，现在过得也不是很开心，这个世界没什么值得留恋的。

"具体工作内容我们就不展开说了。聊聊其他方面吧，您平时有什么兴趣爱好呢？"那人问道。

"我这个人比较闲不住，喜欢旅游，各种体育运动，尤其像登山、潜水这种具有一定挑战性的活动。"必安回答。

"经常潜水吗，能潜多少米？"

"最近几年没怎么潜过，工作太忙了。之前在菲律宾长滩潜，那边水质好，也便宜。我拿到过 OW 潜水证，能潜十八米。"必安确实喜欢潜水，但菲律宾的事情是他胡诌的，他之前听过一个候选人这样说过，于是现学现用。

"您真专业。"

C区崇尚自由与挑战，登山和潜水在那里很受欢迎。多亏自己在梦中尚保持着清醒，必安决定接受这个岗位，于是开始迎合面试官的提问。

越到后面，必安觉得被选中的可能性越大，因为面试官开始问一些荒唐奇怪的问题，比如鞋的尺码大小，手指头上有几个斗等等，这往往是提前确定人选的信号。

最后，面试官整理好文件，站起身来。面目模糊的脸上似乎在微笑，"感谢您参与这次谈话，我对您个人情况非常满意，想邀请您正式入职，您意向如何？"

"嗯……"这出乎必安的意料。C区面试从不在现场决定是否任用，面试官需要回去根据谈话得出各项参数录入司命，结合数据匹配度和用人部门参考意见，得出最终结论。

"怎么，你在奇怪为什么我当场决定是吗？"

"你到底是谁？"必安大惊。

"怎么，不认识老朋友了？"那人撕下面具。

"Jason？！"

六

"你……你也做招聘了？"必安大为惊诧。

"没有，这不是和你开个玩笑嘛！"

"那你怎么到这来了？"

"这么久不见，想你了呗。咱俩两地相隔，也只能在这见到你了。怎么，不欢迎我？"Jason目光闪亮。

"怎么会，只是觉得太意外了。"必安前额渗出细细的汗珠。

"你小子最近很滋润嘛，看你油光满面的。"

"太阳晒的，难得有时间休息。"必安擦了擦汗，"你最近怎么样，在那边？"

"兄弟啊，真是你说的那样，C区的医疗水平实在是太落后了，我现在成了一流专家。哎，我比之前在市医院更上进了，争取做出点成绩。"

"那还真不错。胖子呢？"

"他和以前一样，兢兢业业地敲着代码，现在已经是一个中型项目的技术负责人了，也找到了女朋友。"

不知道Jason葫芦里卖的什么药，必安这么善于察言观色都没看出来他此次的目的。如果真是来叙旧，没必要假装招聘来玩弄我啊！如果不是，以他的性格早该开门见山有话直说了。

"你和胖子的事儿，我特别过意不去，但确实尽力了。"必安试探性地提起当初的事情。

"都过去了。"

"你放心，你家里的事情我帮你处理了，在C区好好混，别有牵挂。"

"那是自然，活在当下嘛。"Jason轻叹了口气，"说说你吧，积累不少资产了吧。"

"哪有，虽然胖子改了数据，但是不知道怎么回事作用并不是很大，那只股票重组失败，跌了个半死。我现在混得别提多惨了。"必安摆摆手。

"真可惜。"Jason说，"你辞去了招聘的兼职？"

"是啊，身体精神都吃不消，折寿的工作。"

"KPI很难完成吧？"Jason斜眼看着必安。

"当然，这毕竟横跨两个空间，还要断人生死，特别残酷。对了，你在那边成家了没？"必安试图转移话题。

"招聘工作确实不好做。你们当年KPI翻了一倍，而且强硬规定必须连续三个季度完成指标,否则没资格提辞职。"Jason继续刚才的话题。

"谁和你说的?"必安眼神慌乱。

"恭喜你啊我的兄弟,你三个季度的最后一天压哨完成了KPI,获得了难得的申请辞职的机会,脱离苦海了。"

"你……你什么意思?"

"两个方案。第一个方案,派胖子秘密修改数据,非常不幸,该方案失败了。"

必安沉默。

"你得知胖子失败后,立刻执行第二个方案,利用我和胖子充指标完成KPI,成功脱身,不再与C区有任何往来。"

"不,不!"必安双手捂着头。

"当时你离KPI还差两个指标,胖子回不来了,可以成为一个,我则成了另一个。C区召集医学专家只是谎言,你把我当成真正的候选人来面试,这样既能完成指标,又能灭口,一举两得。"

"兄弟,我错了,我错了……一开始我确实是为了我们的未来,后来实在迫于压力,不知道怎么想的就那样做了……"必安扑通一声跪在Jason跟前,痛哭流涕。

当时Jason到了C区之后便遭到记忆格式化,随即被安排在应聘的医生岗位上培训和实习,所幸其备份记忆生效,让他记得自己前来的任务。但一直没有见到必安说的专家会诊和胖子,让Jason深感不妙,他不敢贸然声张自己拥有之前的记忆,只能暗中观察,等待线人肚脐主动联系。过了很久,Jason无意中遇到了胖子,但这家伙根本不再认识自己,后来他才知道,C区规定对拥有原先记忆的人直接进行记忆二次格式化,胖子是被彻底删除了备份记忆。这时候Jason才意识到这是必安精心策划的骗局,所谓重组的股票,必安根本就没有买,线人脐带也只是他的幌子。Jason 这辈子再也回不去了。

"我对不起你,对不起你啊……兄弟,你在那里过得不也挺好嘛。"

"挺好?哈哈哈!"Jason 冷笑道,"你根本没有真正去过 C 区,那是人待的地方吗?那个世界的生命完全是另一种形态,你想象不到的恶心至极的形态!那里的人,比蟑螂、比蛆虫还恶心上百倍!"

"我错了,我真的错了……这些日子我一直活在痛苦和愧疚里,真是对不起你。"必安抱着 Jason 的大腿。

"你不知道这么多年我是怎么在 C 区活下来的。还好面试是真的,我的工作相对不错,我忍辱负重,努力混成上等公民,慢慢认识更多有权力的人,让自己变得强大。我通过技术手段追踪到你,动用各种关系才以招聘人员的身份在这里见你。没发现我变了吗,我不像以前那么急躁幼稚,处理问题更理性了。"

"是,是……"

"兄弟,我对你做的事儿可不太满意,你说该怎么办呢?"Jason 不紧不慢地问。

"我错了,你要我做什么都行。要不这样吧,你把我带到 C 区,我跟着你,什么都可以为你做,好好地补偿你。"必安苦苦哀求。

"不过,C 区好像没有适合你的岗位。"

"那我就在这个世界做你的线人,你安排什么任务都行,我一定做好。"

"我现在该有的已经都有了,没这个需要啊!我觉得这两个世界你都不适合。"Jason 甩开必安,起身拉开门,"这两个世界之间倒是挺适合你。"

Jason 大步走出房间,重重关上门。

"不,不,别走,别走!"必安跪着来到门前,房间里根本看不到任何门的痕迹，这里是一个完全密闭的空间，充满刺眼的金黄色。

必安大哭，大叫，歇斯底里。

不知过了多久，必安叫不出来，也哭不出来，才慢慢坐下，一动不动地看着墙壁。

房间里静极了，静得只能听到心脏跳动和血液在血管里流淌的声音。

◆ 观无语

星海一笑

日暮，如墨的乌云似狰鬼般在天空翻腾，隐隐透着红光。

青竹挑起的一盏避风灯放出橘黄的灯光，在这天地间如只安静的萤火虫。灯光下，女孩的长发在咸湿的海风中飘扬，如条舞动的黑色的缎带，红如火的长裙自悬浮岛的边缘垂向波涛汹涌的海面。如以前无数个日子那样，她光着白皙的脚丫望向西方的天际线，那里，红日与海面因引力而相互靠近，它们接触的刹那，这片海洋的唯一的响动便轰隆而至。海面下的那些生物贪婪地将这些声音纳入腹中，日落的声音弹指间变得越来越弱。女孩用耳朵努力捕捉空气的波动，不放过一丝一缕的声音，然后运用两个复合推算，女孩知道那个火球此次将损失千分之零点零五的质量，比前一天的损失又大了许多，照此，两个月后火球的损失率将过半。女孩脸上露出一抹笑容，完全把远方蒸腾而起的海水那波澜壮阔的变幻抛在了脑后。

师父曾说：火球消失，你便可以出师了。而火球损失达到百分之五十将是整个过程的关键点。

女孩曾仔细聆听这个世界，数个年头过去，除了落日入海的那声巨响，这片世界是安静的，安静到女孩只能听到自己的心跳，甚至有时能清晰听见周身血液的流动。

　　今天依旧如故，平静如一团死水。女孩提起避风灯，向岛中央的竹屋走去，却发现长裙被什么牵扯住了，沿着岛的边缘向下望去竟有个男孩，脸庞俊朗，湿淋淋的头发下一双明亮有神的眼睛恳切地望着她，并张着嘴巴大声说着什么。女孩什么也没听见，更不敢开口，就在她以为自己终于遇到了一个伙伴时，浪涛间翘起的硕大鱼尾让她顿时失望，不过是只人鱼罢了。她提提长裙，示意自己要回竹屋了，男孩开始显得焦躁不已，他急切地挥舞着一只手臂，指向日落之处，见女孩仍没什么反应，他顿了下来，用嘴咬破手指，开始在女孩长裙的一角飞快地书写着。女孩从来没想到过人鱼还有自己的文字，片刻过后，她提起垂落的长裙，上面显示着一行淡蓝色的字迹：相信无尾鱼，去日落处。

　　"为什么?"女孩不禁追问，又猛然发现自己做错了什么，忙捂住嘴巴。再向海面望去，只有一只叉头鲨独自游弋，显然它是寻到了猎物的气息。希望人鱼是逃开了，女孩提灯回屋时这样想着。

　　　　师父曾说：这片海洋的生物以自己的声音和大海的声音为
　　　食物，因此这海唤作无语，你的任务就是观望和参悟。还有你
　　　不能发出声音，外来的声音会如毒药般将那里的生物毒死。

　　次日清晨，女孩一走出竹屋便用驱云术把天空收拾得干干净净，刚升起的火球慢慢烘干带起的海水，抖落依附在表面的残片，这时，东边的海上便上演了一场小规模的流星雨，坠入海中的碎片翻起层层浪花。

　　寻思了一夜，女孩还是决定钓上一只无尾鱼试试。她折了一根青竹，忍痛拔下几根发丝打上结连起来，用散着清香气的竹叶作饵。花了半天工夫，终于钓上只半大的无尾鱼，它那呈梭形的身体静静地躺在青草丛

中，也不挣扎，只是鼓动着身体两侧的气囊，像是积蓄力量，然后它一字一顿地说道："所观皆虚无"。在女孩惊诧的眼神中，无尾鱼迅速脱水干瘪下去，最后变成一块有着古怪纹理的石片，闪着如初升火球般的光泽。此时女孩才知，这无尾鱼便是火球的残片所化。随后又困惑不已，能对这个世界进行高阶推算的术士，竟然对它底层的一些常识问题毫不知晓，这不是很没道理？

  师父曾说：不要相信任何一只无尾鱼。它们不以声音为食，是这个世界的异类。

  信，还是不信，这是个问题。

  女孩玩弄着手中的残片，心中不由得滋生出一股亲切感，竟不舍得再抛入海中，她索性把它放入口袋中。午后，她忍不住又钓了一条无尾鱼，小东西一句话也没说就化为了残片。之后的数天，钓鱼成了她新的乐趣，竹屋中收藏的残片也越来越多。而钓上来的无尾鱼都重复着第一条无尾鱼的话，这让女孩平静如水的心开始变得躁动，她以一种谨慎的目光扫视这个世界，即使她能进行高阶推算，也没有发现任何问题。

  第七天钓上来的一条无尾鱼给了女孩一个惊喜，它说：所闻皆真实。看样子这些鱼并不是总说着同一句话，女孩想着，又不得不认真思考这几天的变动，它们好像并不是无端地出现的，却怎么也捉摸不到问题的关键，直觉告诉她必须继续钓无尾鱼。

  第十二天，一条带着伤痕的无尾鱼说：你是主宰。女孩笑着把它又抛进了大海，现在不是需要恭维的时候。

  第十八天，收获了一块晶莹透明的石片，钓上来时，它说：以我为饵，可钓有尾之无尾鱼。女孩把这块可爱的石片当作了项坠。

第三十天，钓上的是一条长着金色鳞片的无尾鱼，它像是已进入了风烛残年，颇为艰难地对女孩说：打开避风灯。女孩看着一直带在身边的避风灯，不知该相信谁的话。

　　师父曾说：任何情况下都不得打开避风灯。那里面的萤虫只适合生活在灯内的气体中，一旦打开，它们便会死亡。你在暗夜里唯一的光源便会消失。

女孩感觉自己这段时间似乎入了魔。她开始觉得师父的形象是那么的陌生，而无尾鱼的话才最靠近她的内心。于是一个暖风习习的早晨，她打开了避风灯那有着古朴雕饰的顶盖。一阵耀眼的光芒闪过，两只萤虫身体僵硬地躺在灯底，她开始为自己的鲁莽感到后悔，但还是好奇地看着两只萤虫融为一摊荧光闪闪的液体。灯底，液体淌过的地方开始浮现文字，是一种古体字，还好，女孩能认识。看过第一行文字，女孩的心已颤动不已：火球损失达到百分之五十以前到日落处，否则，将永囚此境。她记得昨天火球的损失已达到百分之四十九点零二。继续看下去：以有尾之无尾鱼为密钥，旋开火球，入而升，可脱此境……后面的文字逐渐开始变得模糊不清，女孩仔细一看，原来液体已经干涸。

有尾之无尾鱼？难道无语海之中真有长着尾巴的无尾鱼？女孩迷惑不已，她在竹屋中不停摆弄着那些放在石板上的残片，却渐渐发现那些形状各异的残片不论怎么撒下去，最终都会整体排成楔形，而楔形的尖端总是指向日落的方向。女孩看了片刻窗外碧空下的火球，稍一推算，不禁愕然，楔形竟直指向落日与海面在今天的接触点。她下意识地摸了摸坠在胸前的石坠，这块石头所说的话再次回荡在她耳边。女孩提起钓竿又放下，这个世界已经开始让她不知所措，最终她拎起钓竿飞快地奔出了竹屋。

　　浮岛边，那块晶莹透明的石片一入水便开始膨胀，渐渐变为梭形，生出鳞片，长出双鳍，发丝就束在一个鱼鳍的尾端。无尾鱼鼓了鼓气囊，身子一侧潜入海中。女孩看着平静的海面陡然升起一圈环形水墙，并以迅雷之势向整个海面扩展开去。静静地等待中，海风暖暖地拂面而过，她发现自己早已习惯了浮岛的生活，习惯了自己观察者的身份，而这份习惯是何时养成的竟无从回忆起来。青竹竿猛地弯了一下，女孩用力一提，一条纯黑色的鱼被抛上了岸，它口含着那块晶莹透明的石片，身体两侧有无尾鱼特有的气囊，身后还摆动着一条优雅的尾巴，近乎透明。女孩陡然感觉对这个世界是如此陌生，师父的话语似乎也开始变得飘忽。黑色的鱼儿在她手中最终化为一个椭圆的石片，正面光滑如玉，背面显示着复杂的纹路。这是密钥，而日落之处又该不该去？

　　师父曾说：日落之处为世界之末，不可接近。

　　女孩接连两晚做了噩梦，梦里那狭小黑暗的空间让她喘不过一丝气息。女孩开始用竹篾一寸一寸加固屋顶的茅草，收拾屋内易碎的瓶罐，然后便是等待。收集了最近几天云量的增减和空气温度变化数，联合了数个高阶推算，她将启航日定在了后天，那一天将有最多数量的湍流可以利用。在充分考虑海水降温等变量的情况下，火球将在八天后入海时损失率达到百分之五十，而根据浮岛与落日点的距离估算此行至少耗费五天。毫无疑问这段航程将是紧迫的。

　　两天后，红通通的火球缓缓穿过天海一线的晨雾，开始给冷却一夜的空气加温，杂乱的湍流乘机生成。女孩坐在屋外青石台阶上，屏气凝神间启动了驱风术，只是刹那，海风开始猛烈地吹向浮岛，岛上一丛丛青竹都俯下了枝干，不时有噼啪的断裂声传入女孩的耳中。浮岛慢慢动了起来，随着风力的不断加大，浮岛开始加速。海风吹乱了女孩的长发，她额头闪着汗珠，眼睛一眨不眨，关注着挡在浮岛前方的逆向湍流。

次日，女孩趁着休息的间隙，再次推算浮岛与落日点的距离，她掐算的右手在算到最后一层时骤然僵住。竟然与预期值不符，难道还有某些未知的变量？扫了眼身旁石板上的楔形残片阵列，女孩松了一口气，不过是昨晚的航向出现了偏差。纠正航线又要花去一天的时间，照现在的速度是无法及时赶到落日点的，女孩看着天空的火球，咬了咬牙启动了最耗费体力和精神力的风暴术。随着海平面上的两个气流点被迅速冷却，两团风暴在浮岛前进的后方逐渐生成，不多时便如两条立于海面之上的巨龙，搅起大片的海浪，大量无尾鱼被高高地抛出海面，有些竟然在空中被风吹干变为残片。风暴大大加快了浮岛的航速，却让女孩不得不施加更高级别的定风术稳住竹屋。

第八天下午，浮岛四周逐渐云雾缭绕，空气越来越燥热，火球正逐渐朝浮岛的前方降落。女孩终于松了口气，她为整个小岛施了三重水云咒，那些残留下来的青竹还是尽数枯黄，飘落下来的竹叶触地即散碎一地。接近黄昏，火球在层层白雾间显露出庞大的身躯，它闪着特有的石质光泽，缓缓地自转，不时窜出的火焰让女孩无法直视。火球与海面的距离越来越小，女孩怎么也寻不到密钥的插孔，似乎整个火球表面是浑然一体的，倒是那块椭圆残片一接近火球便嗡嗡作响，拖着项坠的线绳向着火球的方向挣扎，勒得女孩脖子生疼。女孩索性取下它抛向火球，残片飞快地飘向火球的顶端。一点闪光，火球内部传出了巨大的隆隆声，让女孩感觉深沉又陌生，似乎这种声音根本不属于这片海洋。随着火球停止自转，它的表面露出一个竖向的椭圆缺口，放出暖暖的橘黄光芒，里面的空间似乎很深。女孩回头，相伴多年的竹屋在云气间静静地立着，屋边她亲手栽种的那片青竹静静地立着,岛上唯一的一座小山静静地立着,一切都如此安静平和,瞬间,女孩的眼中噙满了泪水。

擦干眼泪,女孩大步跨进了椭圆通道。眼前一黑,她失去了知觉。

在进入火球的那一刻,女孩想:该有些改变了,即使师父会责备。

  师父曾说:出师之日,我会去接你。

头痛得几乎要炸开,方灵羽艰难地睁开眼睑,面前是师兄那戴着大号黑框眼镜的脸庞。

"你终于醒了。导师曾说,这个全方位虚拟程序还不稳定,你这丫头硬是要试,他几乎把我骂死。昨天见你迟迟不回那个限时的通道,我几乎手足无措。你似乎……被困在那个该死的虚拟程序中了。"师兄劈头就是一通,也不知是责备还是自责。

"我这不是出来了。"方灵羽笑着说,她知道师兄说话从来都是相当跳跃。

"亏得我通过后门,潜入程序底层,通过人鱼给了你一个原始的提示……说来也怪,你刚进去,我就监测到一个叫师父曾说的小程序在后台自动启动了,它似乎能任意切入程序底层添加数据。导师曾说,现在网络上正流窜着一些自主程序,难道……"

"师兄……"方灵羽打断了师兄的长篇大论。

"嗯?"师兄关切地望向方灵羽。

"如果在限时通道最终关闭前我没有回来,我是不是会一直生活在那里?"方灵羽躲开了师兄的目光。

"理论上是这样。导师曾经说过,以前有一个叫创世的秘密团体试图在网上构筑自己的乐园,并让自己的意识永远地生活在那里。但他们失败了，不是因为技术而是经费，有些可笑但这就是现实。"

"师兄，如果没有你的提示，那个虚拟世界便成为我所认同的世界，对吗？"

"对，为使意识更好地融入虚拟环境，我对你的脑部记忆区进行了部分的沉睡处理，也就是说你一进去就会接纳那个世界。当然我们也在虚拟环境中设了苏醒通道，为使虚拟环境达到最佳效果，一般情况下这个通道是隐蔽的，只在一定的时间段内开通，而且次数有限。而那组程序似乎在阻止你接近通道，现在想起来还真有些后怕！"

"那个世界真的很美。"方灵羽呆呆地望着前方，似乎仍沉醉其中。

"醒醒吧，窗外的世界才是真实的。"师兄用手在方灵羽面前晃了晃。

"你怎么就这么肯定，我想，我想……好好睡一觉。"方灵羽说完，也不顾师兄僵在那里的笑容，便轻轻地闭上了双眼。

"这丫头，还是这么任性！"师兄给她掖了掖被子，轻轻地走出，轻轻地关上了房门。

方灵羽睁开眼睛，看着洁白的天花板，几滴泪珠滚落枕上。她其实想说，这个世界会不会是切入了导师曾说或者某某曾说的虚拟世界，但她怕，怕这一切又如那竹屋，那浮岛，刻在记忆的深处后眨眼间又无迹可寻。静静地观望，不去说什么，也许这个世界就真实了。

窗外，阳光拂过每一片绿叶，几声欢快的鸟鸣，清脆而真切。

◆
连锁信

赵佳铭

尊敬的收信人：

你们好。

你们现在所收到的是一封连锁信，你们是这封信的传递链条中，第150715个收件人。

同时，你们现在所收到的也是一个漂流瓶。我们不知道你们是谁，我们也不知道你们在哪里。

但是，我们大概知道你们会在什么时候收到这封信。

可以预料的是，你们在收到这封信的时候一定是欢呼雀跃的，就像我们当年收到同样的信的时候一样。因为收到这封信意味着，你们在茫茫的时空中并不孤独。如果我们猜得没错，这封信是你们的文明首次获得的来自其他文明的信号——而这可能仅仅发生在你们掌握超重力波探测技术很短的时间之后，面对一个布满整个宇宙的信号，你们不会忽略它的。

在读到这封信的时候，你们一定会震惊于我们拥有的技术。我们可以体会到这一点。回忆起不久前，当我们第一次探测宇宙中的超重力波的那一刻。面对加载在超重力波中布满天空的每一寸角落的信息，我们立刻意识到了发射这样的信号所需要消耗的能量是恒星级别的。在那个时候，我们也感受到了和你们一样的震惊。然而这没有必要，你们在读完这封信之后就会意识到我们付出了什么样的代价。也许你们正在担心我们会凭借强大的科技优势毁灭你们——不必做这样无谓的担心,我们已经不存在了。也许你们还会希望我们能够传授给你们先进的科学和技术——这正是我们发这封信的目的,而且我们将毫无保留地把我们所知道的一切教给你们。然而,很遗憾的是,在基础科学方面,我们懂得的并不比你们多出很多。

作为一个已经读到信的文明,你们一定已经发现了几个非常先进的物理学原理——广义相对论,量子场论,M理论和超统一理论。我用了先进这个词来形容,因为它们在我们的文明中,也已经是物理学的最高峰了。你们发现超统一理论的时候,也肯定同时在理论上预测了超重力子的存在,并且用了一点时间去发现和利用它们的波动效应。根据我们的推断,以及之前十万多个文明的经验,任何文明在发现超重力波的时候,一定会意识到这种在时空传播中几乎没有损耗、同时具有超高的保密性的波简直就是为了茫茫宇宙中文明间通信量身定做的方法。你们也一定立刻就开始通过超重力波窗口来观测天空——然后,你们一定会看到这一封我们写在了宇宙的每一个角落的信。

作为这封信的作者,我们还是有必要自我介绍一下。但要讲清楚我们来自哪里,需要先提一提宇宙学。你们的文明应该已经在早些时候开始了对于宇宙的研究,并且根据观测现象,提出了关于宇宙的起源、发展和终结的很多假说,但是你们还没有办法来验证它们。可以告诉你们的是,振荡宇宙模型是正确的。你们的宇宙产生于一个能量极大,温度极高的小区域,在发生宇宙大爆炸后,宇宙开始膨胀,直到某个临界点又开始收缩,之后收缩到一个很小的范围内时,重新经历大爆炸,不断循环。而我们,就是来自你们之前的某一个循环中的文明。而你们大概也已经猜出我在一开始说的"连锁信"的意思了。这封连锁信的每一个节点，都是在宇宙的不同轮回中的文明。

我们的文明诞生于一颗巨大的星系的边缘地带，我们的母恒星是一颗在宇宙中最为常见的一类恒星——并不是那种温度特别高、体积特别大的巨型恒星，也不是暗淡、矮小的老年恒星。我们所在的行星到恒星的距离恰到好处，温度正好允许一种由两个最简单的，仅具有一个质子的原子以及一个具有八个质子的原子组合成的分子以流态的形式存在，并且在我们行星轨道的外部，还具有两颗巨型行星。在我们生存的时代，宇宙中的物质大概占据了宇宙5%左右的成分，暗物质大概占据25%，暗能量大概占据70%。

读到这里，你们一定会非常惊讶——为什么上面描述的特征，和你们的文明也完全相符？同时，你们一定也对信中前几段提到的一些细节产生了许多的疑惑。文明的产生和发展可能是很随机的过程，为什么我们会对你们的科技发展了如指掌？为什么我们会在一开始说"我们大概知道你们会在什么时候收到这封信"？为什么我们会知道你们第一次收到的来自其他文明的信息就是我们这封信，而不是在你们的宇宙中的某个其他的文明？

相信在你们的文明中，那些最具有智慧的头脑已经看到了答案。随着对于物理学的了解越来越深，我们发现，宇宙中的一切，其实都被物理规律限制得死死的。虽然从微观的尺度上来说，量子效应和混沌过程让一切变得不可预测，但是从宏观的尺度上，统计学基本上限制住了一切将要发生的事情。同时，文明在宇宙中是一个非常脆弱的存在，只能恰好存在于上述特定时间和特定的位置。你们的科学家应该已经对恒星、星系和宇宙的演化做出过一定的了解，你们会预料到，宇宙的温度随着宇宙的膨胀而不断降低，在不同时间形成的星系和恒星，也都在性质上有一些相当微小的差别。这些微小的差别，对于智慧生命的诞生却是有着巨大的影响的。根据我们和我们之前所有文明的总结，智慧生命只能产生于宇宙诞生后 137.32948±0.00002 亿年，其偏差大概只会有千年左右。智慧生命也仅仅有可能诞生在一个相对于其附近星系很巨大的星系中，一颗在这个星系边缘的主序恒星上。当然，还有许多其他的限制，比如在这个文明所在的行星系统中必须具有一颗质量巨大的巨行星，而且其轨道必须处在这颗行星的外侧，文明所在的行星也必须具有一个质量在其 1/81 左右的卫星等等。在这封信的附件中，你们会找到详细的资料。这些严苛的限制让我们能够非常精确地预测你们的一切——因为我们以及之前的所有文明也都是这样的。同时，这些限制也告诉了我们，文明的诞生是一个概率非常小的事情。根据我们对之前所有文明的计算，在宇宙从大爆炸到大坍缩中的一个轮回中出现能够发展到探测超重力波的文明的概率大概只有 10 的负 52 次方左右。至于同时存在两个文明，这已经是可以忽略不计的概率了。这对于在你们文明中那些致力于寻找外星生命的研究人员来说，大概不是一个好消息。

我们不得不告诉你们的另外一个非常不幸的事实是，因为宇宙膨胀在这个阶段已经开始受到暗能量的主导，其膨胀速度是指数增长的。宇宙将会在很短的时间内变得不适合文明的生存。你们还剩下的时间，只还有大概一两千年。

仅从个体的角度来考虑，你们文明中没有任何个体需要为这件事情感到悲伤，千年的时间远远超过了任何文明中的个体的寿命，如果你们不再继续繁衍后代，没有任何个体会真的因为这种宇宙级别的灾难而死。

尽管如此，文明作为宇宙中如此特殊的存在，仍然会希望在复杂无序的物质世界中，留下属于文明的有序的痕迹。这也是这封信的目的。开启这封连锁信的第一代文明在意识到了这个宇宙轮回的真相之后，基本耗尽了这个文明所能掌握的全部能量，用超重力波技术向着整个宇宙发出了这封在一代一代文明之间流传的信,并将其所掌握的科学技术向着后代文明倾囊相授。在未被观测到之前,搭载着这封信以及这个文明所知的一切先进技术的超重力波信号会在宇宙坍缩与膨胀的一次又一次往复之中幸存,并最终被下一个诞生在某次宇宙轮回中的文明所观测到。一般来说,在一个文明接收到这封信之后,他们大概还有大概几百年到一千年的时间以供发展科学技术。于是一代又一代的文明就利用他们仅存的这一点点时间,依靠着之前文明积累下来的经验,不断把自己对于这个宇宙的了解向前缓慢推进。每一代文明都希望能够跳出这个死亡轮回,找到对抗这个宇宙级别的灾难的方法。然而这实在是十分困难。物理学向前进展所需要的难度是指数增长的。想要取得进一步的进展,我们需要极端抽象的数学工具、极端繁杂的计算量,甚至会要求研发人员具有更长的寿命。我们和前面的十余万个文明都曾经试图找出让生命逃脱这个宇宙死神的方法,然而我们都没有成功。不同文明之间存在的少许的理解障碍,也让科技在文明中的传承受到了一定的阻力。加在一起千万年级别的时间,也仅仅让我们朝向那或许存在的基础科学的突破前进了很小的一步。在所附的学术资料中,你们会找到我们一代一代文明目前所了解的一切。现在我们把我们以及之前十几万个文明所探索到的知识送给你们,并带着我们最为真挚和美好的祝福,希望你们能够利用我们的经验和自己的力量,跳出这个宇宙的无尽轮回中文明涅槃的循环。当然,你们也许只会和我们一样,在做出自己的文明所能尽的最大努力之后,将这封带着希望的信传递给下一个文明,成为这封连锁信链条中的一环,并贡献出自己的几百年的时间,为未来的某次轮回中的文明提供永存下去的可能。尽管我们根本不知道,逃脱这个因宇宙的迅速膨胀而引起的毁灭的可能是不是真的存在。

然而正如前面所说,向着全宇宙发出这封信,以及后面所有资料的超重力波信号需要耗竭大概一个恒星的能量。这导致的必然结果就是文明的生存和发出这封信是互斥事件。而且因为我们尚不能特别精确地判断宇宙开始不适合生存的时间点，这封信的发出需要留出一定的保险时间。总的来说，如果你们决定继续传承这封信，你们文明的生存时间或许会减少大概五六百年。当然，采用节育之类的方法可以让文明中的任何个体都不会直接因此而死，但是文明作为整体的生存的时间以及文明中一些个体的乐观心态会不可避免的受到影响。我们对此表示真挚的歉意。我们相信，你们一定热爱自己的文明，并期盼着自己文明的长盛不衰，这正如我们对于自己文明的态度一样。你们会在这封信末尾的署名处找到我们称呼自己文明的名字，这是一个于我们文明中所有个体而言最为温暖和崇高的名称。每一个文明都有辉煌的历史、有缤纷的艺术、有灿烂的文化，然而在茫茫宇宙的自然之力面前，我们仅仅能留下的就是这封信后面的科学资料、这封信的署名，以及我们对于后代文明的美好期望。

你们现在应该已经开始着手准备解读我们送给你们的资料，并且选择是否传递这封连锁信了。然而你们应该也意识到了，这个选择并不仅仅和你们有关。根据你们对于超引力波的了解，你们应该也发现了超引力波的量子特性，并且意识到了这意味着什么。当超引力波被任何观测者观测后，其携带的信息将会变得不可读取。所以如果你们文明选择放弃继续传承这封信，这封信的内容，伴随着其附带的我们以及之前所有的文明积累的科研成果，将会永远的湮没在宇宙中。

当然，这不意味着任何的威胁或者祈求。是否继续传递这封信的选择权在你们手中。如果你们选择让自己的文明多延续几百年并且放弃向下一代文明传递信息，我们，以及之前的 150713 个文明，永远尊重你们的选择。如果你们做出了这个选择，也不必有任何道德上的负罪感。尽管这意味着你们的下一代文明无法获得这封信的信息，但随着一代一代宇宙的轮转，无限进行的时间总会重新诞生一个能够重新开启这封连锁信的文明，重新启动让生命之花在这个黑暗残忍的宇宙中永远盛开的希望。

  无论你们如何选择，我们献上我们最诚挚的祝福。并祝福你们文明中的每一个个体都能够找到属于自己的幸福。

地球文明
敬上